Susanne Kirchner

Auf der (Medioclavicular-)Linie

Susanne Kirchner ist 42 Jahre alt und lebt mit ihrem Mann und drei Kindern im Harzvorland. Sie arbeitet seit fünfzehn Jahren als Krankenschwester in einem stationären Hospiz und hat bereits 2021 einen Roman mit dem Titel »Dezemberleuchten« veröffentlicht. Sie verliert oft die Nerven, gelegentlich den Verstand, aber nie den Glauben daran, dass das Glück meist ganz versteckt in den kleinen Dingen des Alltags liegt und am Ende alles einen Sinn macht.

Susanne Kirchner

Auf der (Medioclavicular-) Linie

Roman

Bibliografische Information der Deutschen Nationalbibliothek:
Die Deutsche Nationalbibliothek verzeichnet diese Publikation
in der Deutschen Nationalbibliografie; detaillierte bibliografische Daten sind im Internet über http://dnb.dnb.de abrufbar.
Die automatisierte Analyse des Werkes, um daraus Informationen insbesondere über Muster, Trends und Korrelationen gemäß §44b UrhG („Text und Data Mining") zu gewinnen, ist untersagt.

Verlag: BoD · Books on Demand GmbH, Überseering 33,
22297 Hamburg, bod@bod.de
Druck: Libri Plureos GmbH, Friedensallee 273,
22763 Hamburg

ISBN: 978-3-7693-7801-6

Inhaltsverzeichnis

I

DIE KELLERTREPPE

Ich schaue meine Schwester zweifelnd von der Seite an. Sie kann sich offensichtlich nicht mehr erinnern. Während ich eine der stärksten Rückblenden überhaupt, verbunden mit einer übermäßig heftigen Welle an Emotionen, durchlebe, kann sich Doro nicht einmal mehr erinnern. Manchmal kann ich es kaum fassen, dass wir verwandt sind.

Wir sitzen nebeneinander auf der Kellertreppe des Hauses unserer Tante. Und das nicht zum ersten Mal. Wir haben hier früher unzählige Male gesessen mit einem Eis oder einer bunten Tüte in der Hand, welche wir zuvor beim Kiosk zwei Straßen weiter erstanden hatten. Wir haben uns unseren Leckereien hingegeben und zugeschaut. Zugeschaut, wie Tante Gerti Squash gespielt hat. Mit einem enormen Kraftaufwand und unbändigem Feuereifer hat sie immer wieder den Ball gegen die Wand gespielt. Manchmal wirkte es fast, als wenn sie wütend wäre und ihr diese Wut die Kraft verleihen würde, so überaus stark auf den Ball einzuschlagen. Das war zumindest mein Eindruck in der Kindheit und jetzt, wo ich neben meiner Schwester wieder auf dieser Kellertreppe sitze, fühlt es sich an, als wäre ich zwanzig Jahre zurückgerutscht. Ich kann das Geräusch, dass der Ball beim Aufprall an die Wand verursacht, hören und ich kann meine Tante in ihrer blau glänzenden Sportleggings sehen. So greifbar und doch so irreal.

»Was ist denn los, Lissy?« Doro lässt ihr Handy, auf dem sie die ganze Zeit herumgetippt hat, in der Jackentasche verschwinden und knufft mich in den Arm. »Vermisst du die weißen Mäuse aus der bunten Tüte, die du immer als erstes gegessen hast? Oder nimmt dich Tante Gertis Tod jetzt doch so mit?«

Sie kann sich offensichtlich doch erinnern, bemerke ich überrascht, während ich überlege, was ich auf ihre mal wieder äußerst uneinfühlsame Frage antworte.

Tante Gerti war die große Schwester unseres Vaters. Sie war eine stets sehr abgeklärt und nüchtern wirkende Frau, welche uns als Kindern oft den Eindruck emotionaler Distanziertheit vermittelte. Sie hat uns nie in den Arm genommen. Schon von klein auf haben wir ihr zur Begrüßung förmlich die Hand gereicht.

Trotz oder vielleicht gerade wegen dieser Distanz zwischen uns war ich fasziniert von unserer Tante. Sie hatte einen äußerst extravaganten Kleidungsstil. Meist trug sie Kostüme in leuchtend knalligen Farben, welche durch Schmuck in der Form von übergroßen Broschen oder Halsketten ergänzt wurden. Zudem fiel sie durch ihre große und schlanke Figur auf, welche durch das stete Tragen von hochhackigen Pumps noch hervorgehoben wurde. Selbst die langen, dünnen Zigaretten, die Tante Gerti rauchte, wirkten, als wären sie modetechnisch auf ihre lackierten Fingernägel abgestimmt.

Alle paar Jahre hatte sie einen neuen Partner, hat jedoch wohl nie ernsthaft in Erwägung gezogen, mit einem von ihnen zusammenzuziehen oder gar zu heiraten. Hätte auch nicht zu ihr gepasst, fanden Doro und ich. Es wirkte, als wenn sich die ganze Art und Weise, wie sie ihr Leben führte, nicht mit einer Ehe oder gar der Gründung einer Familie vereinbaren ließ.

Der Keller, in den die Treppe führt, auf der meine Schwester und ich gerade so einträchtig sitzen, war eigentlich dafür ausgelegt, als Schwimmbad genutzt zu werden. Wir Kinder haben es sehr bedauert, dass unsere Tante den Keller als Squash-Halle zweckentfremdete, anstatt ihn so zu nutzen, wie ursprünglich gedacht. Trotzdem liebten wir den Keller. Es war unglaublich viel Platz zum Toben und Tanzen. Außerdem war es ein Ort, an dem wir so laut sein durften, wie wir wollten, ohne irgendjemanden zu stören. Ein Ort, der besondere Erinnerungen der Kindheit gefangen gehalten hat, welche mich in diesem Augenblick wellenartig überrollen.

»Natürlich nimmt mich Tante Gertis Tod mit. Dich nicht?«

»Klar, ist schon traurig. Aber ganz ehrlich hatten wir, seit Oma Anni tot ist, ja nicht mehr gerade besonders viel Kontakt.

Man hat ja nichts mehr von ihrem Leben mitbekommen und ich habe richtig den Bezug verloren.«

Ich verstehe, was Doro meint, da es mir ähnlich geht. Nachdem die gemeinsame Mutter von unserem Vater und Gerti gestorben war, hat sie sich sehr rar gemacht. Sie hat Einladungen unserer Eltern zu den Feiertagen zumeist ausgeschlagen und selbst nur noch höchst selten welche ausgesprochen. Sie hat viel gearbeitet und wenn sie dies nicht getan hat, ist sie viel gereist. Der Kontakt wurde immer weniger, ohne dass irgendetwas geschehen wäre. Zuletzt haben wir sie vor etwas mehr als zwei Jahren auf der Geburtstagsfeier unseres Vaters gesehen.

Ich zucke mit den Schultern, was Doro nicht sehen kann, weil sie ja neben mir sitzt und sage nichts, weil ich gerade einfach keine Lust habe, das Gespräch zu vertiefen. Gerade habe ich Lust, noch ein Weilchen still hier auf dieser Treppe zu sitzen und mich zu erinnern. Mich so intensiv zu erinnern, dass ich es fühlen kann, was mir selten, aber genau hier auf dieser Treppe ganz leicht gelingt.

Wir sitzen still noch ein paar Minuten nebeneinander, bis meine Schwester schließlich aufsteht. Sie legt mir ihre Hand auf die Schulter. »Ich gehe hoch, Lissy. Vielleicht kommst du bald nach, dann können wir mit Mama und Papa noch Kaffee trinken fahren.«

Ich nicke und folge ihr, nachdem ich mir noch einen Moment allein gegönnt habe. Die Stufen der Treppe hallen genau wie damals unter meinen Schritten nach und als ich den kühlen Griff der Türklinke mit meiner Hand umschließe, habe ich den Geschmack von weißen Schaumzuckermäusen im Mund.

FORMALITÄTEN

Doro und ich sitzen gemeinsam mit unseren Eltern am Küchentisch. Ich weiß gar nicht, wann wir uns zuletzt in dieser kleinen Konstellation gesehen haben. Spätestens seitdem Doro weggezogen ist, war es nahezu unmöglich, sie allein anzutreffen. Irgendjemand ist immer dabei, wenn sie ihre Heimatstadt besucht. Sie wohnt mittlerweile bereits seit über drei Jahren gemeinsam mit ihrem Ehemann Martin und ihren Zwillingen Justus und Jonas im circa vierhundert Kilometer entfernten Frankfurt.

Ich bin oft traurig, dass eine so große Distanz zwischen Doro, ihren Kindern und mir liegt. Ihr Mann könnte von mir aus noch weiter entfernt wohnen. Zwischenmenschlich liegen Martin und ich nämlich nicht gerade auf einer Wellenlänge, wobei ich mehrfach Versuche gestartet habe, mich irgendwie mit ihm zu arrangieren. Schon allein deshalb, weil er nun mal

Doros Mann und der Vater meiner absoluten Lieblingsjungs ist. Aber was soll ich sagen: Bis jetzt auf der ganzen Linie erfolglos, zumindest in dieser Hinsicht. Diesmal ist Doro jedoch tatsächlich völlig ungeplant und deshalb ohne Martin oder die Jungs im Schlepptau angereist.

Vor fünf Tagen rief unser Vater erst mich und dann Doro an, um uns mitzuteilen, dass Gerti völlig überraschend verstorben ist. Sie ist auf dem Nachhauseweg von der Universität, an der sie einen Lehrstuhl für höhere Mathematik bekleidete, zusammengebrochen. Mitten auf der Straße. Rettungskräfte waren wohl binnen weniger Minuten vor Ort, aber die Wiederbelebungsversuche waren zwecklos. Herzinfarkt war die nachträglich angegebene Diagnose.

Die Beerdigung ist für übermorgen geplant. Ich hatte bereits vor zwei Tagen meinen Vater zum Bestattungsinstitut begleitet, um die Formalitäten zu klären. *Formalitäten,* so nannte es die Mitarbeiterin des Bestattungsinstitutes am Telefon. Ich finde den Begriff eigentlich übermäßig unpassend, wenn man bedenkt, dass es um den endgültigen Abschied von einem Menschen geht.

Meine Mutter hatte mich um Mitanwesenheit bei dem Treffen gebeten. Sie selbst hatte einen Arzttermin, wollte jedoch trotzdem meinem Vater etwas Unterstützung bei dem Gespräch und zur Entscheidungsfindung der noch offenen Fragen angedeihen lassen. Außerdem würde ich mich ja bei solchen Geschichten sowieso besser auskennen, das war zumindest ihr Wortlaut, als sie mich fragte, oder nennen wir es passenderweise: verpflichtete. Ich hatte das Gefühl, dass sie nicht besonders traurig war, nicht dabei sein zu können.

Der Bestatter hatte mich gleich erkannt. »Wir kennen uns doch. Sie arbeiten im Hospiz.«

Ich arbeite mittlerweile schon seit fast acht Jahren als Krankenschwester im Hospiz, was als Begleiterscheinung hervorruft, dass ich ziemlich viele Mitarbeiter sämtlicher Bestattungsinstitute im näheren Umkreis zumindest vom Sehen her kenne. Ob das eine schöne Schicksalsfügung ist oder eher nicht, traue ich mich selbst nicht so richtig zu beurteilen. Ich nickte und schaute dabei in seine wässrigen Augen.

»Wusste ich doch. Sie arbeitet mir quasi zu«, sagte er und schaute uns amüsiert an.

Weder mein Vater noch ich verzogen auch nur eine Miene, weshalb sein Lachen recht schnell verhallte und er sich um einen sachlichen Ton bemühte.

Er wendete sich an meinen Vater. »Wenn ich das richtig sehe, sind Sie und Ihre beiden Töchter die einzigen noch direkten Verwandten von der Verstorbenen.«

»Ja, das sehen Sie richtig«, antwortete mein Vater. »Gertrud war nicht verheiratet, hatte keine Kinder und unsere gemeinsamen Eltern sind bereits vor längerer Zeit verstorben.«

»Na, dann wollen wir mal schauen, wie wir es für Ihre Schwester noch möglichst hübsch machen können.« Er lachte erneut und erntete dafür die gleiche Reaktion von uns wie zuvor.

Da er jetzt endlich zu bemerken schien, dass seine Art von Humor bei uns auf völlig unfruchtbaren Boden fiel, wechselte er vom lustigen in den betroffenen Modus, den ich ehrlicherweise noch unpassender fand. Er hielt überdies noch einen kleinen Vortrag, wie heimtückisch Herzerkrankungen seien und wie schlimm er es für das eigene Leben fände, wenn die Geschwister sterben. Während dieser Ausführungen wirkte es fast so, als wenn zwischenzeitlich Tränen in seinen wässrigen Augen aufsteigen würden.

Menschen gibt es – wenn man die nicht erleben würde, könnte man es sich fast nicht vorstellen, dass es sie wirklich gibt. Glücklicherweise schafften wir es dann aber trotz dieser mehr oder weniger gelungenen Ausschweifungen bestatterseits, alle Formalitäten (er nutzte das Wort gern und häufig) nach einer guten Stunde zu klären.

»Wie lange bleibst du?«, fragt meine Mutter Doro und drückt dabei ihre Hand.

»Ich würde morgen nach der Beerdigung fahren. Martin ist sowieso völlig unbegeistert, dass ich jetzt schon hier bin und er sich die Tage allein um die Jungs kümmern muss. Aber ich wollte sie halt ungern aus der Schule nehmen und sie kannten Gerti ja fast gar nicht.«

Ich verdrehe die Augen. »Er hat doch promoviert. Dann wird er es ja vielleicht auch schaffen, sich mal für drei Tage um seine Kinder zu kümmern.«

»Macht er ja. Es ist halt nur anstrengend, wenn man beruflich dermaßen viel um die Ohren hat, wie es bei ihm der Fall ist. Du musst nicht gleich wieder zicken, sobald sein Name fällt.«

»Na klar, verstehe ich. War nicht so gemeint. Er ist ein ganz toller Typ.« Ich strecke Doro die Zunge raus, worauf sie tatsächlich lachen muss und es mir gleichtut.

»Ihr werdet wohl nie erwachsen«, kommentiert unsere Mutter unser Verhalten. »Du weißt aber schon, dass wir danach noch ein kleines Beisammensein bei Kaffee und Kuchen geplant haben. Es kommen sicherlich einige Leute von der Uni und die wollte ich nicht alle ohne irgendwas stehen lassen. Ich dachte, ich bereite das in Gertis Haus vor. Da ist genug Platz und es passt natürlich persönlich am besten zu ihr.«

Ich will gerade erwidern, dass ich das aber eine schöne Idee finde, da schaltet sich Doro ein. »Mama, dein Ernst? Du machst dir übertrieben viel Arbeit. Ich finde das wirklich unnötig.«

Darauf erntet sie einen Blick von unserer Mutter, der recht aussagekräftig ist. Doro wird ein bisschen kleiner auf ihrem Stuhl und schiebt noch hinterher: »Klar, wenn euch das wichtig ist, bleibe ich noch zum Kaffeetrinken nach der Trauerfeier. Auf die zwei Stündchen kommt es dann auch nicht mehr an.«

ARNE

Als ich zu Hause ankomme, ist es bereits früher Abend. Kurz nachdem ich erst meine Wohnung und dann mich selbst halbwegs in Ordnung gebracht habe, klingelt es an der Tür. Wie immer, fast genau fünf Minuten vor unserer verabredeten Zeit.

Ich betätige den automatischen Türöffner und warte in der Tür, bis Arne meine Wohnungstür erreicht hat. Wir sind seit knapp einem halben Jahr ein Paar und über diese Situation bin ich äußerst glücklich.

Seine Schritte, mit denen er durch das Treppenhaus zu meiner Dachgeschosswohnung eilt, klingen sportlich und dynamisch. Übrigens zwei Begriffe, die den ganzen Arne gut beschreiben. Unglaublich, denke ich bei mir, während ich auf den

Klang seiner Schritte höre. Unglaublich, dass ich solch einen Freund habe, während ich äußerst unsportlich und vor allem undynamisch daherkomme.

Arne und ich sind zum gemeinsamen Kochen verabredet. Er war so nett und hat den dazu passenden Einkauf vorab übernommen. Umso erstaunlicher, dass er trotz der Belastung durch zwei schwere Beutel derart aktiv die Treppenstufen erklimmt. Während er sich direkt in der Küche ans Werk macht, entkorke ich uns erst einmal die Flasche Wein, die ich nebst Lebensmitteln aus einem seiner mitgebrachten Beutel entnommen habe. Ich befülle für jeden von uns ein Glas und setze mich neben ihn an den Küchentisch. Arne ist, seitdem er die Küche betreten hat, bereits in die Berichterstattung über seinen Arbeitstag gegangen. Das ist relativ häufig bei ihm der Fall, dass nach Feierabend erst einmal großer Redebedarf herrscht. Manchmal verstehe ich nur die Hälfte, höre aber trotzdem immer geduldig zu. Er bekleidet eine leitende Position in einer Werbeagentur und ich kann mir selbstverständlich vorstellen, dass sich besonders die Mitarbeiterführung nicht immer leicht gestaltet und oftmals zu Konflikten führt, über die man gerne noch mal sprechen möchte. Dies ist auch heute der Fall.

Während ich zuhöre, schweifen meine Gedanken ab zu Tante Gerti. Seitdem Doro und ich auf ihrer Kellertreppe gesessen haben, fühle ich mich ihr auf eine unerklärbare Weise nah und bin die ganze Zeit dabei, in meinem Kopf nach Erinnerungen an sie zu kramen.

»Sag mal, Lissy, hörst du mir überhaupt noch zu?«, reißt Arne mich aus meinen Gedanken.

»Klar, ich musste nur gerade kurz an meine Tante denken.«

»Ach ja, ihr wart ja heute im Haus. Wie war es denn?«

»Besonders.«

Arne guckt mich etwas schräg an. »Also Lissy, wie du dich immer ausdrückst. *Besonders*. Was soll man mit diesem Wort denn anfangen? Besonders gut oder besonders schlecht oder besonders anstrengend?«

»Das kann ich nicht umschreiben. Es war einfach besonders. Ich habe mich kurz in meine Kindheit zurückgesetzt gefühlt.«

»Manchmal bist du wirklich arg gefühlsduselig.«

Jetzt fange ich langsam an, mich zu ärgern. »Mag sein, aber wenn ich das nicht wäre, dann wären wir beide wahrscheinlich gar kein Paar.«

»Na, da habe ich ja Glück«, sagt er und fängt wieder an, von seinem Arbeitstag zu erzählen.

Ich trinke meinen Wein in zwei großen Zügen aus und beobachte Arne, wie er höchst konzentriert Gemüse schneidet und dabei weiter unermüdlich spricht, ohne auf eine Reaktion von mir zu warten. Er hat noch nicht mal gemerkt, dass ich mich geärgert habe. Schon irgendwie ignorant, denke ich mir, während ich das soeben neu eingeschüttete Weinglas bereits wieder zur Hälfte geleert habe. Aber vielleicht muss ich mich an diese ganze Partnerschafts-Sache erst wieder gewöhnen. Ich war vor meiner Beziehung zu Arne ungefähr zwei Jahre Single und bin es deshalb vielleicht nicht mehr gewöhnt, mich so einzulassen, wie man es am besten tun sollte. Arne schaut von seinem Gemüse hoch und legt den Blick auf, den ich am meisten mag.

»Sag mal, Lissy, mein Herz, trinkst du den ganzen Wein etwa ohne mich aus? Die Flasche ist fast leer und ich habe gerade mal ein halbes Glas abbekommen. So funktioniert das nicht in einer Beziehung.« Er lacht und bewirft mich mit einem Streifen Paprika. Ich muss lachen und werfe zurück.

Kurz darauf hält er mich im Arm, wie nur er es kann und ich verspreche ihm, immer noch lachend, eine zweite Flasche Wein zu spendieren, die wir ganz gerecht aufteilen. Als wir abends nebeneinander im Bett liegen, fühle ich mich ganz schön betrunken. Hauptsächlich vom Wein, ein bisschen aber auch vor Glück.

DORO

Am nächsten Tag treffe ich mich vormittags mit meiner Schwester in der Stadt zum Frühstücken. Nur wir beide, ohne unsere Eltern. Darauf habe ich mich schon gefreut, direkt nachdem wir es verabredet hatten.

»Wie lange ist das her, Lissy, dass nur wir beide völlig allein Zeit für uns hatten? Es ist so lange her, dass ich mich tatsächlich nicht mehr erinnern kann, wann es war.«

Ich nicke. »Das haben wir Tante Gerti zu verdanken. Sie hätte sich bestimmt gefreut, wenn sie gewusst hätte, dass sie uns damit exklusive Schwestern-Zeit schenkt.«

Wir sitzen über zwei Stunden beim Frühstück und sprechen über alles, was man sonst am Telefon nicht gern beredet. Doro fragt mich übertrieben ausführlich über meine Beziehung zu Arne aus.

Es ist verrückt, aber es wirkt immer so, besonders jetzt, wo wir beide allein sind, dass wir aus unseren Rollen als große und kleine Schwester nicht herauskommen. Doro war schon früher die perfekte große Schwester. Manchmal zu perfekt. Sie hat die besten Pausenbrote geschmiert und mir mit den Hausaufgaben geholfen. Sie hat mir das Fahrradfahren beigebracht und mich getröstet, wenn ich Streit mit meiner Freundin hatte. In der zweiten Klasse gab es einen Jungen, der mich jeden Tag richtig fies geärgert hat. Doro, die damals Fünftklässlerin war, hat ihm nach Schulschluss aufgelauert und nach einer kurzen verbalen Auseinandersetzung hat sie ihm tatsächlich ein blaues Auge verpasst. Danach wurde ich in meiner gesamten Grundschulzeit nie wieder geärgert.

Ich war damals dermaßen beeindruckt von meiner Schwester. Es schien mir so, als wenn es für sie keine Hindernisse gäbe. *Doro schafft einfach alles.* Ich habe sogar mal ein Bild für sie gemalt, auf dem sie mit Superheldenumhang durch die Nacht fliegt. Der Preis, den ich dafür zahlen musste, war allerdings ihr stetes Bemuttern und Kontrollieren, was, je älter wir wurden, immer mehr gestört hat. Doro hatte mich immer im Auge. Sie wusste, mit wem ich meine Pause verbracht habe und ob ich nach der Schule direkt nach Hause oder in die Stadt gegangen bin. Später wusste sie, mit wem ich meine Abende verbracht habe und wann ich nachts nach Hause gekommen bin. Es wurde alles von ihr kontrolliert und meist ebenfalls kommentiert. Meine Eltern hatten lange nicht so viel an mir auszusetzen wie Doro. Wobei ich fairerweise sagen muss, dass sie natürlich nicht ansatzweise so viel wussten.

Heute bekommt Doro aufgrund unserer Lebensumstände zum Teil recht wenig von meinem Leben mit, was ihr jedoch nicht recht zu sein scheint.

»Mittlerweile seid ihr nun ein halbes Jahr zusammen und ich kenne deinen Arne so gut wie gar nicht. Kommt er denn morgen mit auf Tante Gertis Beerdigung?«

»Nee, ich habe ihn aber auch nicht gefragt. Er kannte Gerti ja gar nicht. Außerdem kommt Martin doch ebenfalls nicht mit.« Mein Unterton klingt bei dieser Erwiderung vermutlich eine Spur zu patzig, was damit zusammenhängt, dass sie einen kleinen wunden Punkt erwischt hat. Ich habe ihn tatsächlich nicht explizit gefragt, aber mehrfach in seiner Gegenwart erwähnt, wann und wo die Beerdigung stattfindet und dass es ja schön wäre, wenn ich nicht allein hinfahren müsste. Allerdings ist er nicht weiter darauf eingegangen.

»Es geht doch nicht darum, ob er sie kannte. Es geht darum, dass er an deiner Seite ist. So verhält man sich in einer Partnerschaft. Martin wäre selbstverständlich mitgekommen, wenn er nicht unsere beiden schulpflichtigen Kinder in einem anderen Bundesland betreuen würde.« So, jetzt klingt Doro patzig. Ich lenke deshalb ein und nehme mir selbst vor, Arne heute Nachmittag noch mal ganz direkt zu fragen.

Nach dem Frühstück gehen wir noch gemeinsam auf die Suche nach einer schwarzen Hose für Doro.

»Ist bei mir ja nicht wie bei dir, wo der Großteil des Kleiderschrankes aus schwarzen Klamotten besteht«, kommentiert sie meine Ungläubigkeit auf die Tatsache, dass sie keine schwarze

Hose habe.»Ich habe sogar kurz überlegt, ob man überhaupt schwarze Sachen benötigt. In vielen Traueranzeigen steht ja heutzutage: <Im Sinne des Verstorbenen ist von Trauerkleidung abzusehen.> Aber dann sah ich Gerti mit ihrer speziellen Art vor meinem geistigen Auge und dachte, bei ihr hätte stehen müssen: <Traditionelle Trauerkleidung ist zwingend erforderlich.>« Wir müssen beide grinsen.

Am späten Nachmittag habe ich nach drei Versuchen endlich Arne am Telefon. »Du bist ja heute schwer zu erreichen,« begrüße ich ihn.

»Ja, Lissy, ich habe hier heute richtig viel Stress.« Der von ihm erwähnte Stress klingt in seiner Stimme deutlich mit.

»Ah, okay, ich dachte, du hast schon Feierabend.«

Er seufzt. »Leider nicht.«

»Ich wollte dich eigentlich nur kurz fragen, ob du vielleicht morgen Vormittag Zeit hast, zu der Beerdigung von meiner Tante mitzukommen?« Ich merke selbst, wie mein Herz eine Spur schneller klopft, als es das normalerweise tut. Ich bin auf seltsame Weise nervös, ihm diese Frage zu stellen.

»Das ist jetzt nicht dein Ernst? Wie soll ich das derart kurzfristig machen? Außerdem kannte ich deine Tante doch gar nicht.«

»Na ja«, antworte ich etwas zögerlich. »Es geht ja nicht darum, ob du meine Tante kanntest, sondern darum, dass du an meiner Seite bist.«

»Ich kann mir im Moment nicht einfach einen Vormittag freinehmen. Das ist bei mir alles etwas komplizierter als bei dir. Ich trage Verantwortung.«

Mittlerweile klopft mein Herz noch mal eine Frequenz höher und ich habe tausend Erwiderungen im Kopf. Ich will sagen, dass ich ebenfalls nicht *einfach so* freimachen kann. Ich habe mehrere Dienste getauscht und muss nach der Beerdigung dafür lange am Stück durcharbeiten. Außerdem arbeite ich an Wochenenden und Feiertagen, wenn die meisten Menschen, unter anderem Arne, ihre Freizeit genießen. Ich arbeite bis spät am Abend; wenn ich zum Frühdienst fahre, drehen sich die meisten Menschen noch dreimal im Bett um und ich schlage mir relativ häufig die Nacht um die Ohren. Außerdem würde es reichen, wenn er sich für zwei Stunden von der Arbeit freimachen würde und ich bin der festen Überzeugung, dass das bei ihm möglich ist. Ich schlucke es aber, warum auch immer, runter.

»Na, dann halt nicht. Ich wollte dich nur gefragt haben. Im Übrigen trage ich ebenso in meinem Beruf Verantwortung.« Ich drücke ohne Verabschiedung auf das Symbol mit dem roten Telefonhörer.

Mein Herz schlägt mir bis zum Hals. Das Gefühl der Aufgeregtheit ist jetzt nach hinten gerutscht, um dem in mir aufsteigenden Ärger Platz zu machen.

Ich stehe noch ein paar Minuten mit dem Telefonhörer in der Hand im Flur und warte, ob Arne mich nicht zurückruft, um sich zu entschuldigen. Dies passiert jedoch nicht. Stattdessen klingelt es an der Tür, worauf ich mich dermaßen erschrecke, dass mir das Telefon aus der Hand fällt und die Akkus das für sie bestimmte Fach verlassen und über den Boden kullern. Ich tappe zur Tür und erkundige mich vorsichtig durch die Gegensprechanlage, wer vor der Tür steht. Ich habe ein bisschen Angst, dass es meine Nachbarin sein könnte, für deren Empfang ich mich in meiner derzeitigen Verfassung nicht in der Lage fühle.

Durch die Gegensprechanlage ertönt Doros Stimme. Ich atme auf und lasse sie rein. Sie spricht schon mit mir, obwohl sie meine Wohnungstür noch nicht erreicht hat. »Das ist immer eine halbe Bergsteigertour, bis man dich erreicht hat. Wenn du irgendwann mal umziehst, dann nicht mehr unters Dach. Ich habe eben ganz spontan beschlossen, dass ich dich noch mal besuche. Schließlich fahre ich ja morgen wieder und wer weiß, wann ich meine liebste Lissy dann wieder live und in Farbe sehen kann«, sagt sie lachend und erklimmt unter leicht erschwerter Atmung die letzten Stufen. »Sag mal, was ist denn mit dir los?«, fragt sie, als wir in meiner Wohnung stehen und sie mich mustert, während sie die Tür hinter sich zuzieht.

»Nichts«, sage ich und fange an zu weinen.

Doro zieht mich in ihren Arm und drückt mich so lange, bis ich aufhöre zu weinen. Ich drücke mich fest an ihre Schulter. Wie gut, dass sie da ist. Wie so oft, zur richtigen Zeit an der richtigen Stelle. Meine große Schwester.

DIE BEERDIGUNG

Die Sonne strahlt vom Himmel, als ich mich zu der verabredeten Zeit mit meinen Eltern und Doro vor der Friedhofskapelle treffe.

»Der Hut steht dir richtig gut«, sagt meine Mutter, als wir uns zur Begrüßung umarmen. »Der hätte Gerti ebenfalls gefallen.«

Ich trage einen Hut mit hoher Krempe, der von einem schwarzen samtartigen Stoff überzogen ist. Früher hätte ich nie geglaubt, dass mir sowas stehen würde, aber ich wurde eines Besseren belehrt. Der Hut erinnert mich an eine wundervolle und besondere Begegnung, die ich im Hospiz hatte und ich trage ihn mit einem besonderen Stolz. Manchmal bilde ich mir sogar ein, dass er leichte Zauberkräfte hat, da es scheint, als wenn er mich nicht nur körperlich ein Stück in die Höhe wachsen lässt.

»Danke Mama! Das habe ich tatsächlich ebenfalls gedacht.«

Ich habe den gesamten Vormittag gewartet oder besser gesagt, gehofft, dass Arne sich noch bei mir meldet. Um sich zu entschuldigen, um mich zu fragen, wie es mir geht oder im besten Fall, um zu sagen, dass er doch zur Trauerfeier mitkommt. Nichts dergleichen ist passiert. Das hat mich traurig und sogleich nachdenklich gestimmt. Aber seitdem ich den Hut aufgesetzt habe, geht es wieder deutlich besser. Es sind tatsächlich recht viele Leute zum Abschiednehmen erschienen. Die kleine Kapelle ist bis unters Dach gefüllt. Der Trauerredner findet die passenden Worte und als wir nach der anschließenden Beisetzung den Friedhof verlassen, scheint die Sonne immer noch. Allerdings jetzt mit einer Kraft, wie es dieses Jahr noch nicht passiert ist.

Zu dem geplanten Kaffeetrinken in Gertis Haus erscheint zur Erleichterung meiner Mutter nur ein Bruchteil der auf der Trauerfeier anwesenden Leute. Es ist tatsächlich sehr schön, noch mal zusammen zu sitzen und sich an Gerti zu erinnern. Allerdings sind wir alle recht erschöpft, nachdem sich der letzte Gast verabschiedet hat. Vor allem emotional erschöpft, besonders mein Vater. Er hatte heute ständig Tränen in den Augen, was unter normalen Umständen äußerst untypisch für ihn ist. Wie auch jetzt, als er sich an Doro und mich wendet.

»Ich kümmere mich die Tage um eine Haushaltsauflösung. Wie sieht das aus bei euch? Wollt ihr vielleicht noch mal durch das Haus gehen, ob es persönliche Gegenstände gibt, die ihr haben möchtet?«

Doro und ich streifen gemeinsam durch das Haus. Im Schlafzimmer von Gerti steht ein kleiner Schminktisch. Ich fühle mich richtig ein bisschen unwohl, dass wir einfach so in ihr Schlafzimmer gehen. Irgendwie so, als wenn wir unerlaubt in einen höchst privaten Bereich eindringen. Der Schminktisch weist unter der Tischfläche mehrere kleine Schubladen auf.

»Findest du das richtig, dass wir hier herumstöbern?«, frage ich Doro, die gerade eine von diesen Schubladen öffnet.

»Klar! Tante Gerti wäre bestimmt damit einverstanden gewesen. Besser wir als irgendwelche fremden Leute.«

»Wahrscheinlich hast du recht.«

»Guck mal, Gerti hat Gedichte oder sowas geschrieben.«

Doro reicht mir ein kleines Notizbuch, was sie aus einer der Schubladen gezogen hat. Der Einband ist aus gelbem Stoff mit floralem Muster. Ich schlage es auf. Die Seiten scheinen aus handgeschöpftem Papier zu sein und ich erkenne sofort die überaus ordentliche Handschrift unserer Tante. »Gedanken zu meinem Leben« steht als Überschrift zu einem Text auf der ersten Seite. Ich blättere weiter durch und sehe, dass das Büchlein ebenfalls auf den folgenden Seiten mit persönlichen Aufzeichnungen von Gerti gefüllt ist.

»Das hätte ich nicht von Gerti gedacht. In meinen Augen war sie immer nur Mathematikerin«, murmele ich.

»Warum soll man als Mathematikerin nicht seine Gedanken verschriftlichen? Ich glaube, es gibt so einiges, was wir nicht über sie wussten.«

»Hm, wahrscheinlich. Darf ich das Buch mitnehmen?«

»Natürlich! Ich habe schon gefunden, was ich mitnehme.«

Doro hält mir ein Paar riesige extravagante Ohrringe unter die Nase. Ich habe selten etwas gesehen, dass dermaßen stark glitzert und muss lachen.

»Da will ich aber ein Foto, wie du sie trägst. Die reichen dir bestimmt fast auf die Schultern.«

»Das bekommst du.« Auch sie muss sich das Lachen verkneifen.

Unterm Dach befindet sich Gertis Arbeitszimmer. Kurioserweise das einzige Zimmer, das mit persönlichen Bildern ausgestattet ist. Tatsächlich hängen hier mehrere Fotografien, auf denen ich mit meiner Schwester abgelichtet bin.

»Schade eigentlich, dass der Kontakt eingeschlafen war«, sagt Doro, während sie mit der Hand über die Bilderrahmen fährt, als könnte sie die Bilder spüren.

Jede von uns nimmt sich eines der gerahmten Bilder mit. Ich entscheide mich für ein Bild, was am Geburtstag von unserer Oma, der Mutter von Gerti und meinem Vater, aufgenommen wurde. Oma Anni sitzt im Sessel und hält einen großen Strauß Tulpen in der Hand, auf der linken Lehne des Sessels sitzt unsere Tante, auf der anderen unser Vater. Doro steht neben dem Sessel und ich sitze auf dem Schoß von Anni. Meine Mutter ist nicht mit drauf, was sicherlich dem Umstand geschuldet ist, dass sie das Bild aufgenommen hat. Wenn man in die Gesichter der fotografierten Menschen schaut, lässt sich erahnen, dass dies ein sehr glücklicher Moment gewesen ist, der hier festgehalten wurde.

Doro verabschiedet sich, kurz nachdem wir das Arbeitszimmer verlassen haben.

»Drück mir Justus und Jonas ganz dolle und sag, dass ich sie liebhabe«, flüstere ich ihr ins Ohr.

»Das mache ich. Und du meldest dich bei mir, wenn was ist. Gestern Abend hast du mir gar nicht gefallen«, flüstert sie zurück.

Ich nicke und sie küsst mich auf die Stirn.

Als Doro weg ist, setze ich mich noch für ein paar stille Minuten auf die Kellertreppe, den Hut tief in mein Gesicht gezogen, bevor ich schließlich gemeinsam mit meinen Eltern aufbreche und dieses besondere Haus verlasse.

DAS HOSPIZ

Seitdem ich unser Telefonat durch verabschiedungsloses Auflegen beendete, habe ich tatsächlich nichts mehr von Arne gehört.

»Das sitze ich jetzt aus«, sage ich zu mir selbst, als ich meine Tasche für den Spätdienst packe.

Ich finde seine Äußerungen während des Telefonats nach wie vor total unangebracht, weshalb ich überhaupt nicht in der Stimmung bin, mich zuerst bei ihm zu melden.

Als ich im Hospiz angekommen bin und mich mit einem Kaffee ins Dienstzimmer setze, bin ich fast ein bisschen froh, dass ich mich in den folgenden Stunden mental mit etwas anderem auseinandersetzen kann als mit unserem Streit. Das Hospiz ist aktuell fast voll belegt. Die kleine Pflegeeinrichtung fasst acht Plätze, welche aktuell durch sieben Hospizbewohner, bei uns jedoch bevorzugt »Gäste« genannt, besetzt sind.

Was haben wir für ein Glück, dass wir die Menschen, die das Hospiz als ihr letztes Zuhause betrachten, in solch einer guten Besetzung versorgen können! Nur dadurch ist es uns möglich, uns um jeden Gast individuell und in einem angemessenen Zeitrahmen zu kümmern. Die Individualität - ein Begriff, der mir vor allem im beruflichen Zusammenhang wichtig ist.

Jeder Mensch verdient es, unter dem Aspekt seiner Einzigartigkeit verstanden zu werden.

Gerade im Hospiz fällt auf, wie unterschiedlich sich die Betreuung der einzelnen Gäste gestaltet. Jeder, der hier Lebenden hat verschiedene Bedürfnisse und benötigt dementsprechend eine andere Form der Zuwendung. Jeder hier hat einen ganz eigenen Weg hinter sich und zumeist auch einen ganz eigenen Weg vor sich. Jeder hier ist wichtig, weil er er selbst ist. Jeder hier steht im Mittelpunkt, weil er in seiner Einmaligkeit unglaublich wichtig ist.

Nach der Übergabe gehen meine Kollegin und ich durch die Gästezimmer. Ich merke deutlich, dass ich ein paar Tage nicht hier gewesen bin. Es hat sich viel verändert vom Allgemeinzustand der Gäste und zwei von ihnen kenne ich nicht, da sie in den letzten Tagen erst eingezogen sind. Einer von den beiden ist ein Mann Mitte vierzig. Er hat gerade Besuch von seinem Sohn, der noch ziemlich jung zu sein scheint, aber immerhin ist er schon volljährig, da er uns erzählt, dass er allein mit dem Auto gekommen ist. Er sitzt mit seinem Sohn am Tisch und als wir uns vorstellen, schält er sich umständlich aus dem Lehnstuhl, um uns in stehender Position zu begrüßen. Er reicht erst meiner Kollegin, dann mir die Hand.

»Schön, Sie beide kennen zu lernen. Ich bin Herr B., gestern hier eingezogen.«

Als ich ihm die Hand schüttele und dabei ins Gesicht schaue, fallen mir seine Augen auf. Die normalerweise typisch weiße Lederhaut, welche die Pupillen umgibt, ist bei ihm stark gelb gefärbt. Ein Symptom seiner Grunderkrankung, welches vermuten lässt, dass die Leber ihre Organfunktion einschränkt. Trotz dieser Gelbfärbung scheinen die Augen zu leuchten. Ein unglaublich strahlender Blick geht von ihnen aus, welcher von vielen kleinen Lachfalten eingerahmt wird.

»Meine erste Freundin, damals in der sechsten Klasse, hieß auch Elisabeth. Das kann ja nur gut werden«.

Ich muss lachen und nicke. »Bestimmt! Sie kennen sich dann ja aus mit Elisabethen.«

Ich verabreiche Herrn B. noch das regulär angesetzte Schmerzmittel und bringe seinem Sohn und ihm noch einen Kaffee, bevor wir unsere Runde durch die Gästezimmer fortsetzen. Wir haben sehr viele Angehörige heute Nachmittag im Hospiz, was als Folgeerscheinung sehr viele Gespräche mit sich zieht. So vergeht der Nachmittag wie im Flug und meine Kollegin deckt gerade den Tisch in der Küche zum Abendbrot, als ich noch mal einen Blick auf mein Handy werfe.

»Lissy, es tut mir leid. Ich wollte mich nicht mit dir streiten. Ich würde dich als Wiedergutmachung gerne zum Essen einladen. Würde dich so gegen neunzehn Uhr abholen.«

Ich freue mich, dass Arne sich gemeldet hat und sich entschuldigt. Gleichzeitig ärgere ich mich aber, dass er nicht mal fragt, wie die Beerdigung war und fast noch mehr darüber, dass er offensichtlich nicht weiß, dass ich Spätdienst habe. Ich trage meinen Dienstplan immer bei ihm im Kalender ein, außerdem haben wir mehrfach darüber gesprochen, dass ich dieses Wochenende bis spät abends arbeiten muss.

»Ich muss bis 22 Uhr arbeiten«, tippe ich in mein Handy und als wir später in der Küche sitzen, überkommt mich das Gefühl, vielleicht doch etwas übertrieben unfreundlich geantwortet zu haben.

Zu den Mahlzeiten in der großen Küche sind alle eingeladen: Gäste, Angehörige, Ehrenamtliche. Diesem Umstand haben wir es zu verdanken, dass wir hier selten allein sitzen. Auch heute ist dies nicht der Fall. Herr B., noch ein weiterer Hospizgast und eine Angehörige leisten uns Gesellschaft. Die Sonne strahlt mit voller Kraft durch die Terrassentür und wirft kleine goldene Lichtpartikel, die von dem gedeckten Tisch ausgehen, an die Decke. Die Ehrenamtlichen haben uns einen Salat vorbeigebracht. Einen Salat mit Wassermelone und Schafskäse, perfekt für den heutigen Abend.

»Was für ein schönes Licht. Jetzt haben wir Sommer«, sagt Herr B. und lacht mit seinen Augen.

Oft sind es diese kleinen Momente, die das Leben im Hospiz ausmachen und uns, wenn wir es schaffen sie wahrzunehmen, ein wenig Zauber, der von der besonderen Alltäglichkeit ausgeht, spüren lässt.

Später, als wir zur Abendversorgung erneut durch die Zimmer wuseln, finde ich Herrn B. vor, wie er sich vor der Toilette kniend schwallartig erbricht.

Ich bleibe bei ihm, verabreiche Medikamente gegen Übelkeit, helfe ihm anschließend zurück zum Bett und als es ihm sichtlich besser geht, schimpfe ich noch etwas, warum er sich denn nicht gemeldet hat.

»Hatte keine Zeit, das kam ganz plötzlich.« Er lächelt etwas schief. »Haben Sie das gesehen? Das war rot. Meinen Sie, da war Blut dabei?«

»Nee, ich bin mir sehr, sehr sicher, das war Wassermelone.«

Er schaut mich an und muss plötzlich lachen. »Stimmt! Sie haben Recht. Da habe ich überhaupt nicht mehr dran gedacht. Gut, dass Sie hier so den Durchblick haben.«

Jetzt muss ich lachen. »Ja, wenn es ums Essen geht, weiß ich immer voll Bescheid. Nächstes Mal drücken sie trotzdem den roten Knopf, wenn es Ihnen nicht gut geht. Neben der Toilette ist übrigens ein Notrufknopf«.

»Jup, mache ich. Ich danke Ihnen. Einen schönen Feierabend!«

Ich nicke. »Danke! Ihnen eine gute Nacht und bis morgen.«

Als ich später nach Dienstschluss zu Hause ankomme, sitzt Arne vor meiner Haustür. Mir fällt vor Schreck fast der Schlüssel aus der Hand.

»Schwester Elisabeth, machen Sie doch einmal pünktlich Feierabend.«

Er nimmt mich in den Arm und mein ganzer Unmut auf ihn ist auf einen Schlag verflogen.

»Wie schön, dass du da bist«, murmele ich in seine Schulter.

Er drückt mich noch ein kleines bisschen fester. »Das finde ich auch.«

KALTER KAFFEE

Wir schlafen so lange, bis die Mittagssonne durch das Wohnzimmerfenster scheint und meine kleine Dachgeschosswohnung stärker erhitzt, als es angenehm ist. Arne kocht Kaffee, während ich mich im Bad für die Arbeit zurechtmache. Wenig später sitzen wir uns am Küchentisch gegenüber.

»Schade, dass du arbeiten musst. Hätte den Tag heute gerne mit dir verbracht.«

Ich blinzele ihn an. Will erst etwas sagen in der Richtung: Ich kann mir nicht einfach den Tag freinehmen. Das ist bei mir am Wochenende alles etwas komplizierter als bei dir. Aber der letzte Abend war zu schön, um im Nachhinein unseren Streit nochmals aufflammen zu lassen. Deshalb schlucke ich meine Bemerkung mit einem großen Schluck Kaffee runter und frage lediglich: »Wann sehen wir uns wieder?«

»Ich weiß es nicht genau. Im Moment ist es ganz schön viel auf der Arbeit. Lass uns telefonieren, ja?«

»Ja, klar! Ich muss jetzt gleich los.«

Etwas übereilt stehe ich auf.

»Alles klar, Lissy? Ich dachte, wir trinken wenigstens den Kaffee noch aus?«

»Ja, alles gut. Ich hatte die Zeit nur nicht im Blick und habe mich gerade erschrocken, dass es schon so spät ist.«

In Wahrheit ist natürlich nicht alles gut. Mich ärgert seine Antwort. Nie kann man etwas planen. Immer muss ich warten, bis er sich meldet. Der latente Gedanke, dass seine Arbeit vor mir Priorität genießt, wird stetig etwas stärker. Aber mir ist wirklich daran gelegen, mich heute nicht zu streiten, weshalb ich das Gespräch lieber schnell beende und versuche, mir nichts anmerken zu lassen, auch wenn das bedeutet, dass ich meinen Kaffee stehen lassen muss.

Auf der Arbeit angekommen, schenke ich mir gerade einen neuen Kaffee ein, als es aus einem der Gästezimmer *Alarm* klingelt. Diese Art von Klingeln wird immer dann ausgelöst, wenn einer von den Kollegen ein Gastzimmer betritt, indem er eine Notfallsituation vorfindet, zu dessen Bewältigung er Hilfe braucht. Ich lasse den Kaffee also stehen und sprinte in Richtung des Zimmers, in dem der Alarm ausgelöst wurde. Es ist das Zimmer von Herrn B.

Herr B. liegt in äußerst unglücklicher Position zwischen Lehnstuhl und Bett auf dem Boden. Die Bemühungen meiner Kollegin, ihm auf die Beine zu helfen, waren bislang vergeblich. Ich helfe ihr und gemeinsam schaffen wir es, dem schwer atmenden Herrn B. in sein Bett zu helfen.

»Oh Mann! Ich bin ja echt eine Zumutung für Sie«, wendet er sich an uns, als er wieder ausreichend Luft zum Sprechen gesammelt hat.

Meine Kollegin winkt ab. »Viel wichtiger wäre zu wissen, ob Sie sich was getan haben.«

»Ich bekomme bestimmt einen blauen Fleck hier an der Flanke.« Er hält sich seine linke Hüfte. »Aber ansonsten ist alles gut. Und bevor Sie gleich wieder fragen, ich brauche und will kein Schmerzmittel, so schlimm ist es nicht. Es ist mir nur unangenehm und tut mir leid, dass ich Ihnen solche Arbeit mache.«

Als ich später am Nachmittag nochmals sein Zimmer betrete, um ihm ein kühlendes Gel zum Einreiben und Kaffee mit Keksen zu bringen, berichtet er mir, wie es zu dem Sturz kam. »Ich bin ganz normal aufgestanden und meine Beine sind einfach weggesackt. Ich konnte sie gar nicht mehr durchdrücken. Das ist mir in der letzten Zeit häufiger passiert, aber da konnte ich mich meist irgendwo abstützen. Ich weiß nicht, was da los ist. Am Anfang dachte ich, dass es daran gelegen hätte, dass ich so viel im Bett war und meine Muskulatur abgebaut hätte. Ich dachte, wenn ich genug trainiere, wird das wieder. Aber allmählich habe ich das Gefühl, dass mir meine Beine immer weniger gehorchen.« Er hat den Blick in die Ferne gerichtet und seine Augen glitzern. »Aber mir kann hier ja nicht viel passieren. Sie kümmern sich ja alle hier übertrieben rührend um mich.«

Er nimmt sich einen Keks von dem Tablett, was ich kurz zuvor auf seinem Nachtschrank abgestellt hatte und schaut mich an. Jetzt strahlen sie wieder, seine Augen.

Gegen Abend fällt mein Blick in der Küche auf die von mir mit Kaffee gefüllte Tasse, die noch vom Nachmittag auf der Arbeitsplatte der Küche steht. Ich schütte ihn in den Abguss und nachdem ich seufzend überprüft habe, dass die Kaffeekanne bereits vollständig geleert ist, stelle ich meine Tasse in den Geschirrspüler. Meine Kollegin und ich haben einen recht ruhigen

Abend ohne weitere besondere Vorkommnisse. Die meisten Gäste sind erschöpft von ihrem sonntäglichen Besuch und früh zu Bett. Herr B. hat sich sowohl körperlich als auch psychisch von seinem Sturzereignis erholt. Ich habe im Vorbeigehen mitbekommen, dass er lange mit seinem Sohn telefoniert hat, was womöglich zur Verarbeitung beigetragen hat. Im Moment schaut er gerade den Krimi, der jeden Sonntag im Ersten ausgestrahlt wird. Er gibt mir zu verstehen, dass er nichts benötigt und lieber den Film schauen möchte, als sich zu unterhalten.

So kommt es, dass meine Kollegin und ich etwas zwanzig Minuten vor dem offiziellen Dienstende das Hospiz verlassen, um nach Hause zu fahren. Als ich mir zu Hause die Schuhe ausziehe, fällt mein Blick auf das gerahmte Foto von Tante Gerti. Ich war mir nicht genau sicher gewesen, wo ich es verwahren wollte und hatte es deshalb an dem Tag, als ich aus Gertis Haus nach Hause gekommen bin, erst mal auf meine Flurkommode gelegt. Ich wollte es in die oberste Schublade stecken, aber die war bereits mit sämtlichem Krimskrams überfüllt und das Bild ließ sich aufgrund seiner unhandlichen Maße nicht mit reinquetschen. Ganz gut eigentlich, denke ich bei mir, während ich das Foto in die Hand nehme und betrachte, denn oft finde ich die Dinge, die ich in die oberste Schublade reinwerfe, nie wieder. Was mich allerdings nicht hindert, neben unelementarem Krimskrams noch höchst wichtige Dokumente dort zu verstauen. Meine Freundin Marie nennt die Schublade Lissys Bermuda-Dreieck und hat mir mehrfach untersagt, dort Dokumente abzulegen, nachdem sie in stundenlanger Mission mit mir erst mein Abiturzeugnis, dann meinen Impfpass und schließlich eine Bußgeldverwarnung wegen viel zu schnellen Fahrens innerhalb geschlossener Ortschaften gesucht hat. Und obwohl ich um die Problematik weiß und noch Maries drohende Warnung im Ohr habe, ist es wie ein Automatismus. Wenn ich meine Wohnung betrete und irgendwas in der Hand halte, womit ich mich nicht umgehend auseinandersetzen möchte, landet es in dieser Schublade.

Liebevoll betrachte ich das Bild, was bestimmt absichtlich vom Schicksal vor dem Bermuda-Dreieck gerettet wurde. Nach einem kurzen prüfenden Rundgang durch meine Wohnung beschließe ich, das Bild über dem Sofa aufzuhängen.

»Sehr schön«, sage ich zu mir selbst, als es hängt. Mein Blick bleibt noch einen Moment an meiner geliebten Oma Anni und danach an Gerti hängen. Ich schicke gedanklich einen Gruß in den Himmel. Dann gehe ich in die Küche. Auf dem Tisch stehen noch die Tassen von Arne und mir. Ihr Anblick macht mich ungewollt traurig. Ich schüttele mich etwas in der Hoffnung, das Gefühl hierdurch etwas schneller loszuwerden und gieße den kalten Kaffee weg.

DIE NOTFALLAUFNAHME

Was gibt es denn noch für Notfälle in einem Bereich der Medizin, in dem man sich bewusst entscheidet, nicht mehr mit allen Mitteln um das Leben zu kämpfen, sondern ihm seinen Lauf zu lassen? Ein Bereich, der nicht die Heilung in den Vordergrund stellt, weil sie auszuschließen ist und sich somit auf den Kampf gegen die belastenden Symptome konzentriert. Linderung und Begleitung prägen diesen Bereich der Medizin. Linderung von Schmerzen und anderen belastenden Krankheitsbeschwerden. Begleitung bei psychischen, sozialen und spirituellen Problemen, welche sich oft ungewollt zum Lebensende in den Vordergrund drängen. Eine Krankenschwester, mit der ich gemeinsam meine Lehrjahre verbracht habe, arbeitet schon sehr lange auf der Intensivstation. Sie fährt immer mit dem Rad zum Krankenhaus und während dieser Fahrt sagt sie sich ihr kleines Arbeits-Mantra auf: Heute wird nicht gestorben. Tina ist der absolute Profi in der Herz-Lungen-Wiederbelebung, sie bekommt sekundenschnell in jeden Patienten einen Beatmungsschlauch geschoben und wenn ich jemals einen Autounfall haben sollte, würde ich mir wünschen, dass sie mich findet, da es keine Notfallsituation gibt, die sie überfordert. Ich mag Tina, ich bewundere sie oft sogar und ich bin mir sicher, dass Tina mich auch mag. Wenn wir allerdings über die jeweils von uns beiden unterschiedlich umgesetzte Ausübung unseres Berufes sprechen, prallt mir die blanke Verständnislosigkeit entgegen. Für sie ist jeder Tod eine Niederlage und sie kann es nicht verstehen, wie man das Sterben eines Menschen auf diese Weise annehmen kann und es als Teil des Lebens versteht, wie es im Hospiz getan wird. Ich habe ihr oft angeboten, mich mal auf der Arbeit zu besuchen und das Hospiz kennen und vielleicht ein bisschen verstehen zu lernen. Aber auf das Angebot geht Tina höchstwahrscheinlich nie ein. Sie möchte dem Tod nicht begegnen. Nicht beruflich und erst recht nicht privat. Manchmal glaube ich, dass sie denkt, dass bei mir irgendwas nicht stimmt, weil ich mich für diesen Arbeitsplatz entschieden habe.

»Wir haben doch was komplett anderes gelernt«, hat sie bei unserem letzten Treffen gesagt. »Wir haben gelernt, dass wir den Menschen helfen wollen, wieder gesund zu werden.«

Ich will immer ganz viel erwidern, zum Beispiel, dass man noch unglaublich viel tun kann, für all die Menschen, bei denen nichts mehr zu machen ist oder wie bereichernd und ausfüllend diese Art der Arbeit ist, aber ich weiß aus der Vergangenheit, dass es sinnfrei ist, mit ihr zu diskutieren. Sie hat ihren Blick so starr geradeaus gerichtet, dass keine Sicht zur Seite möglich ist.

Auf jeden Fall war es Tina, welche die Verbindung von den Begrifflichkeiten »Notfall« und »Hospiz« für unvereinbar hielt.

Dabei gibt es sie recht häufig, diese Notfälle in der Palliativmedizin.

Und diese Notfälle benötigen ein schnelles, kompetentes Eingreifen, auch wenn sich dieses manchmal natürlich stark von den Notfallhandlungen in der Rettungsmedizin unterscheidet.

Heute im Spätdienst haben wir eine Notfallaufnahme und ich muss unweigerlich schon allein wegen der Begrifflichkeit an Tina denken. Wir haben die Dame um 17 Uhr abends von zu Hause aufgenommen, weil es ihr nicht gut ging. Der ambulante Dienst, der sie zu Hause versorgt, hat sich eingeschaltet. Sie hatte starke Luftnot und Schmerzen, hat sich deshalb kaum noch bewegen können. Ihre Medikamente reichten nicht aus, um diese Symptome erträglich zu machen, und sie hat leider keine Angehörigen. Sie wollte nicht mehr ins Krankenhaus, ihre Krebserkrankung sei *austherapiert*, hatten die Ärzte zu ihr bei der letzten Entlassung gesagt. Sie solle sich die letzte Zeit so schön wie möglich machen. Aber wie soll das gehen, wenn Schmerzen und Luftnot täglich stärker werden, die helfende Hand und vor allem die emotionale Nähe, die meist derart wichtig ist in der letzten Lebensphase, fehlt? Wir konnten leider nicht viele Vorbereitungen bezüglich der Aufnahme dieser Dame treffen, da sich ihr Allgemeinzustand zu Hause recht plötzlich akut verschlechtert hat und wir aufgrund dessen erst äußerst kurzfristig informiert wurden, dass hier Handlungsbedarf besteht.

Ganz klein und zusammengesunken, aber sehr schwer atmend, nehme ich Frau Z. vom Rettungsdienst in Empfang. Der Rettungssanitäter hebt sie ganz leicht, als würde er ein Püppchen hochnehmen aus dem Transportstuhl. Ich bleibe bei ihr und wir warten gemeinsam auf unseren Arzt, der wenige Minuten später bei uns eintrifft und ihr die zur Symptombekämpfung passenden Medikamente ansetzt.

Am Abend, als es ihr etwas besser geht, räume ich den Inhalt ihrer Reisetasche in den Schrank. Es ist nicht viel, was sie mitgebracht hat. Ein paar Kleidungsstücke inklusive Hausschuhe, ein Rätselheft, ein kleines Fotoalbum und eine Kulturtasche. Die Kulturtasche stelle ich ins Badezimmer, wobei mir auffällt, dass der Reißverschluss defekt ist. Um den Inhalt am Herausfallen zu hindern, hält ein roter Plastik-Clip, in der Form eines Herzens, die Tasche provisorisch am oberen Ende zusammen. Ein Aufnahmegespräch ist am heutigen Abend kaum möglich. Es ist offensichtlich, dass momentan die Besserung ihrer Beschwerden und ein langsames Zur-Ruhe-Kommen für heute Priorität genießen sollten. Trotzdem verbringe ich am frühen Abend viel Zeit bei ihr im Zimmer. Um Sicherheit zu vermitteln, um die Wirkung der Medikamente zu überprüfen, um sie zu fragen, ob ich irgendwas für sie tun kann.

Größtenteils jedoch nur, um da zu sein. Sie lehnt das Abendbrot ab und auch die abendliche Versorgung.

»Ich bin froh, dass es mir besser geht. Ich will einfach nur schlafen.«

Sie hält die Patientenklingel, welche ich ihr gereicht habe, fest umklammert und nickt mir zu. Ich nicke zurück, wünsche eine Gute Nacht und schließe leise die Tür hinter mir.

Herr B. hatte am Nachmittag Besuch von seinem Sohn gehabt. Die beiden haben lange auf der Terrasse gesessen und schließlich dort sogar Abendbrot gegessen, wonach sich sein Sohn dann nach Hause verabschiedet hat. Als ich später am Abend sein Zimmer betrete, bemerkt er mich nicht. In seinen Ohren stecken kabellose Kopfhörer, über die er Musik zu hören scheint und sein Blick ist zum Fenster gerichtet. Als ich meine Hand auf seine Schulter lege, erschrickt er sichtlich.

»Elisabeth, Sie können sich doch nicht so anschleichen. Ich bin schon krank genug, da kann ich nicht noch einen Herzinfarkt verkraften«, sagt er und nimmt die Kopfhörer aus den Ohren.

»War nicht meine Absicht« »Ist nicht schlimm. Ihnen verzeihe ich sowieso fast alles. Mein Sohn hat mir neue Mucke mitgebracht. Wollen Sie mal hören?«

Ich nicke, woraufhin er mir einen seiner Kopfhörer abgibt. Ich setze mich auf seine Bettkante und wir hören zusammen zwei Lieder einer irischen Punkband.

»Nächstes Mal müssten wir eigentlich ein Bier dazu trinken, dann kommt die Musik noch viel besser.«

Ich lache. »Wenn ich hier nicht arbeiten würde, wäre das `ne Idee«.

»Sie können mich doch mal in ihrer Freizeit besuchen.« Seine Augen strahlen mich an. »Ich lade Sie hiermit hochoffiziell ein, mich zu besuchen. Meine Adresse ist Hospiz am Waldrand, Zimmer 8, schräg gegenüber der Küche. Ich habe fast immer Zeit, außer morgen Nachmittag.«

»Aha, was haben Sie denn morgen Schönes vor?«

»Mein Kumpel Kletti kommt zu Besuch.«

»Na, dann schaue ich mir den morgen mal an. Ich bin nämlich ohnehin morgen nochmal zum Arbeiten hier«.

»Alles klar! Somit sehen wir uns ja morgen. Dann haben Sie einen schönen Feierabend.«

»Danke.«

Ich stelle seine Abendmedikamente auf den Nachtschrank und winke ihm zum Abschied, als ich das Zimmer verlasse.

DER VERLORENE SOHN

Ich wache durch das Geräusch meines klingelnden Telefons auf. Ich bleibe so lange liegen, bis es aufgehört hat zu klingeln und mache mich dann langsam auf den Weg in den Flur, wo mein Telefon seinen Stellplatz hat, um zu überprüfen, wer die Frechheit hat, mich morgens um halb zehn anzurufen. Kaum, dass ich den Hörer in die Hand nehme, klingelt er wieder. Ein Blick auf das Display des Hörers zeigt mir, dass Doro die Absenderin des Anrufes ist.

»Hallo«, melde ich mich und klinge wahrscheinlich noch recht verschlafen.

»Na, jetzt habe ich dich wahrscheinlich geweckt. Ist auch richtig so. Man weiß ja sonst nie, wann man dich erreichen kann. Hatte es gestern Abend bereits versucht.«

»Spätdienst«, murmele ich nur zur Erklärung.

»Hör mal, Lissy. Erstmal wollte ich hören, wie es dir geht, beziehungsweise ob mit Arne alles okay ist.«

Sie macht eine Pause, die offensichtlich dafür vorgesehen ist, dass ich antworte.

»Hm, ist alles okay«, erwidere ich. Ich habe aktuell keine Lust auf große Gespräche über meine Beziehung, erst recht nicht um diese Uhrzeit.

»Ja, gut. Dann versuche ich, dir das mal zu glauben«, antwortet meine Schwester, die mich einfach zu gut kennt. »Und dann wollte ich dich fragen, ob du was von Mama und Papa gehört hast.«

»Nö.«

»Ach Mensch, Lissy! Du könntest dich ruhig mal bei ihnen melden. Am kommenden Wochenende findet die Haushaltsauflösung von Tante Gerti statt und es wäre schön, wenn du da vielleicht ein bisschen unterstützen könntest. Papa fällt das Ganze wohl emotional sehr schwer, sagte Mama.«

Sie hat gleich wieder ihren bevormundenden und leicht vorwurfsvollen *Große Schwester-Unterton* in ihrer Stimme mitklingen.

»Ja, ich wusste ja noch nicht mal, wann die Haushaltsauflösung ist«, versuche ich mich zu verteidigen.

»Das liegt daran, dass du dich nicht meldest. Wenn der Plan, den ich hier liegen habe, noch stimmt, hast du ja nächstes Wochenende frei.«

»Ja, habe ich, wobei …«

Doro unterbricht mich mitten im Satz. »Super, dann kannst du dich ja kümmern. Ich wäre ebenfalls gekommen, aber das Wochenende geht wirklich nicht schon wieder. Ich habe am Freitag noch tausend Termine und am Sonntag haben die Jungs großes Hockeytunier.«

Allmählich wird es mir ein bisschen viel mit ihrer bestimmenden Art.

»Vielleicht bin ich nicht ganz so wichtig wie du, aber ich habe ebenfalls manchmal Termine.«

»Ach Lissy, meine Süße, so war das nicht gemeint. Natürlich hast du auch was vor, aber du bist halt vor Ort. Das macht grundsätzlich vieles leichter. Ich wäre gerne näher bei unseren Eltern, um unkomplizierter da zu sein. Und dich würde ich sowieso gerne viel öfter sehen, das weißt du ja wohl hoffentlich.«

Ich nicke, was Doro aufgrund der Tatsache, dass wir telefonieren, natürlich nicht mitbekommt. »Ich rufe nachher zu Hause an.«

»Sehr schön! Ich danke Dir! Wir hören uns und wenn was ist, meldest du dich bei mir. Ich muss jetzt leider los, weil ich noch ein Team-Meeting habe.«

Komisch, dass man in meinem Alter noch zu Hause zum Elternhaus sagt, wobei ich doch schon vor etlichen Jahren ausgezogen bin. Vermutlich zeigt das den hohen Wert, den dieses Haus und die darin lebenden Eltern darstellen, vermute ich. Nach dem ersten Kaffee und einem Abstecher im Bad rufe ich meine Mutter an, welche mir gleich bestätigt, dass beide Tage nächstes Wochenende die Haushaltsauflösung stattfindet und sie sich über meine Anwesenheit freuen würden.

»Mama, ihr könnt mich ruhig fragen, wenn sowas ist.«

»Du warst ja bereits im Vorfeld mit deinem Vater beim Bestatter und hast dich so viel gekümmert. Da wollte ich dich nicht gleich wieder einspannen, gerade wo du ja immer so viel arbeiten musst. Aber wenn du sagst, dass es für dich in Ordnung ist, freue ich mich sehr.«

»Klar, wir sehen uns am Wochenende.«

Eigentlich hatte ich mir das Wochenende mehr oder weniger bewusst für Arne freigehalten. Aber er hat sich noch nicht gemeldet und vielleicht kann er ja mitkommen. Wäre vielleicht sogar ganz nützlich, überlege ich mir später, als ich im Auto sitze und den Berg zum Hospiz hochfahre.

Ich treffe zeitgleich mit Kletti im Hospiz ein. Er hat sich zwar noch nicht vorgestellt, aber ich bin mir ziemlich sicher, dass er das sein muss. Er parkt sein Motorrad links vom Seiteneingang und kommt dann mit schweren Schritten, bedingt durch seine Biker Boots, zum Haupteingang.

»Muss man hier klingeln?«

»Normalerweise schon, aber ich kann Sie mit reinnehmen.« Ich wühle meinen Schlüssel aus der Tasche und schließe die Tür auf.

»Sie arbeiten hier wohl?« Er mustert mich von der Seite.

»Jep.«

»Ich will meinen Kumpel Herrn B. besuchen.«

»Dachte ich mir. Er hat mir erzählt, dass er Besuch bekommt.«

»So, hat er Ihnen erzählt.«

Er mustert mich erneut, was mir langsam unangenehm wird, weshalb ich ihm schnell das Zimmer von Herrn B. zeige und dann erst mal in der Umkleidekabine verschwinde, bevor ich gemeinsam mit meinem Kollegen den Dienst beginne.

Frau Z. hat eine erholsame Nacht gehabt und macht auf mich heute, trotz ihrer immer noch bestehenden Kurzatmigkeit, einen viel entspannteren und aufgeräumteren Eindruck als am Vortag bei ihrer Aufnahme. Als ich am späten Nachmittag noch ein paar Fragen habe, zur Vervollständigung ihrer Unterlagen, bittet sie mich, dass ich mich zu ihr setze. Ich nehme einen Stuhl vom Tisch und schiebe ihn neben ihr Bett. Sie zieht das kleine Fotoalbum, was ich gestern aus ihrer Reisetasche hervorgeholt habe, unter ihrem Kopfkissen hervor. Ob Sie mir ein paar Bilder zeigen dürfe, fragt sie.

»Aber natürlich!«, nicke ich ihr zu.

Sie zeigt mir Bilder von ihrem Sohn. Andere Fotos enthält das Album nicht. Nur ihr Sohn, von der Geburt bis zu seinem dreißigsten Lebensjahr. Er war von Geburt an behindert. Aber er war der tollste Junge der Welt und ihr Ein und Alles, berichtet sie, während sie sich durch die abgegriffenen Seiten blättert.

»Sein Vater hat getrunken und mich geschlagen, deshalb habe ich ihn schon in der Schwangerschaft verlassen. Wir waren immer allein, der Junge und ich. Aber das war gut so. Es hat niemand gefehlt. Ich konnte mich immer gut um ihn kümmern und auch wenn das Geld oft nur für das Nötigste reichte, hatten wir ein schönes Leben. Als er zweiunddreißig Jahre alt war, ist er plötzlich gestorben. Eine Woche nach seinem Geburtstag. Er hatte wohl noch einen unerkannten Herzfehler, haben die Ärzte gesagt.«

Sie schweigt einen Moment und lautlos kullert eine große Träne die Wange hinunter.

»Seitdem er weg ist, bin ich alleine. Er hat die Freude aus meinem Leben mitgenommen und ich habe sie nicht wiedergefunden, obwohl sein Tod bald zwanzig Jahre her ist.«

Ich drücke ihre Hand.

»Aber wissen Sie was?« Sie schaut mich mit großen Augen an. »Gestern Nacht, als Sie weg waren, war er hier. Er saß am Tisch, genau auf dem Stuhl, auf dem Sie jetzt sitzen. Und er hat gelächelt und mir zugewunken. Da wusste ich, es wird alles gut. Er ist derjenige, der mich abholt. Mir kann nichts passieren.«

Ich gucke ein bisschen perplex, da ich auf ein Gespräch in diese Richtung nicht gefasst war.

»Ich bin so froh, dass ich hier bin und mein Junge auch da ist.« Sie macht eine Pause, was aufgrund ihrer Kurzatmigkeit unumgänglich scheint. »Ich hoffe, Sie halten mich jetzt nicht für verrückt.« Sie wirft einen unsicheren Blick in meine Richtung.

»Nein, das tue ich nicht.« Ich drücke erneut ihre Hand.

»Danke! Vielleicht tun Sie mir einen Gefallen und behalten unser Gespräch für sich.«

Ich verspreche es ihr und bin bemüht, mir selbst ein paar Tränen wegzublinzeln, bevor ich ihr Zimmer verlasse.

EIN KOMPLIMENT

Als ich später Herrn B. sein Schmerzmittel verabreichen will, finde ich ihn gemeinsam mit Kletti auf der Terrasse sitzend. Die beiden trinken Bier, den Flaschen nach zu urteilen, jeder schon das zweite und rauchen Zigaretten.

»Ist halt Männerabend«, kommentiert Herr B. meinen leicht überraschten Blick in Richtung Aschenbecher.

»Ich wusste gar nicht, dass Sie rauchen.«

»Mache ich auch nicht oft, nur bei besonderen Gelegenheiten.«

»Er achtet auf seine Gesundheit«, wendet Kletti ein.

»Hat mir ja nicht besonders viel genützt.«

Herr B. zuckt mit den Achseln und lächelt mich dabei etwas schief an. Ich lächele zurück und überlasse die beiden wieder ihrer geselligen Zweisamkeit. Später am Abend mache ich gerade die Medikamentenbestellung für die nächsten Tage fertig, als Kletti ohne zu fragen ins Dienstzimmer tritt und mir beherzt freundschaftlich auf den Rücken klopft, sodass mir der Stift aus der Hand fällt.

»So, ich will mal wieder los. Passen Sie gut auf ihn auf. Er ist ein echt feiner Kerl.« Ich nicke.

»Wir kennen uns schon ewig, deshalb habe ich es gleich gesehen, dass er Sie wirklich sehr gerne zu mögen scheint.« Er haut mir erneut auf den Rücken. »Hauen Sie rein. Bis denne!«, und verlässt, ohne auf eine Erwiderung von mir zu warten, das Hospiz.

Wenige Minuten später höre ich, wie sein Motorrad beim Starten laut knattert und dann immer leiser wird.

»Jetzt habe ich ein kleines Stimmungstief«, sagt Herr B. kurze Zeit später zu mir. »Ich wäre gerne mit Kletti zusammen abgehauen. Wussten Sie, dass ich auch Motorrad gefahren bin? Das ist ein unglaublich freies Gefühl. Ich habe es aufgegeben, weil mein Sohn immer große Angst hatte, wenn ich mit der Maschine unterwegs war. Na ja, nun sterbe ich so. Weiß nicht richtig, ob das besser ist als ein Motorradunfall.«

Er macht eine kurze Pause und schaut aus dem Fenster. Dann winkt er mich zu sich. »Gucken Sie mal, was Kletti dagelassen hat.«

Er öffnet das untere Schubfach seines Nachtschranks und es kommen mehrere Dosen von einem Whisky-Cola-Gemisch und zwei Schachteln Zigaretten zum Vorschein.

»Falls ich mal einen draufmachen will.« Er lacht und schaut mich mit seinen leuchtenden Augen an. »Wenn ich nicht so krank wäre und hier liegen müsste, würde ich Sie fragen, ob Sie einen mit mir draufmachen würden.«

»Mich?« Ich schaue völlig ungläubig.

»Ja, genau Sie. Ich würde Sie zum Essen einladen und danach würden wir einen draufmachen. Das kann man bestimmt gut mit Ihnen.« Er schiebt das gut gefüllte Schubfach seines Nachtschranks wieder zu. »Echt schade, dass wir uns nicht unter anderen Umständen kennen gelernt haben. Das wäre echt gut geworden.«

Ich bin völlig perplex und das sieht man mir wahrscheinlich auch an.

»Mensch, jetzt wollte ich Ihnen aber keinen Schrecken einjagen. So schlimm wäre das mit mir gar nicht gewesen.« Er lacht und seine Augen leuchten mich an.

»So war das nicht gemeint«, stammele ich zurück. Ich habe zwar keine passende Antwort, aber immerhin meine Fassung wieder.

»Tut mir leid, dass Sie sich meinen Schwachsinn anhören müssen. Ich habe zu viel Bier getrunken, vertrage ja mittlerweile nichts mehr und dann noch in Kombination mit dem guten Morphin.«

Ich winke ab, lächele ihn an und nachdem wir noch kurz über die zeitliche Verteilung seiner Medikamente über die Nacht gesprochen haben, verlasse ich das Zimmer.

Vor Feierabend räume ich noch den Terrassentisch vor Herrn B.s Zimmer auf. Die eine Bierflasche ist noch halb voll. Ich nehme sie mit in die Küche und schütte das Getränk in den Abfluss, wobei mein Blick auf das Etikett der Flasche fällt. Unter den Namen des Herstellers steht es in großen schwarzen Buchstaben gedruckt: Alkoholfrei.

DAS ROTE HERZ

Wenn ich mehrere Tage am Stück Spätdienst habe, komme ich mir manchmal gar nicht vor, als wäre ich in einer Beziehung. Seit unserer etwas abrupten Verabschiedung am Sonntag habe ich von Arne nichts mehr gehört. Er arbeitet den Vormittag, den ich frei habe und ich arbeite den Abend, den er frei hat. Trotzdem oder vielleicht gerade deshalb könnte er mir ja wenigstens mal eine Nachricht schreiben. Einfach mal fragen, wie es geht. Sagen, dass man sich vermisst. Ich kaue auf der Unterlippe und überlege, wie ich es am besten formuliere.

Schließlich schreibe ich es ganz direkt: »Hey Arne! Sehen wir uns am Wochenende? Ich unterstütze meine Eltern bei der Haushaltsauflösung meiner Tante. Vielleicht hast du ja Zeit und Lust zu helfen?«

Als ich mich zwei Stunden später auf den Weg zur Arbeit mache, habe ich noch keine Reaktion auf meine Nachricht erhalten, was bei Arne allerdings nicht viel zu heißen hat, da er seinem privaten Handy oft zu wenig Beachtung schenkt.

Im Hospiz komme ich schnell auf andere Gedanken. Man merkt gleich bei Betreten des Flures, dass die Luft brennt. Die Kollegen vom Frühdienst rennen aufgescheucht hin und her und das Telefon hört nicht auf zu klingeln. Dieses Chaos setzt sich in unserem Dienst fort und als mein Kollege und ich uns das erste Mal hinsetzen, um zu dokumentieren, ist es fast Zeit zum Abendbrot. Glücklicherweise übernimmt unsere Ehrenamtliche die Vorbereitungen für die Mahlzeit in der Küche, sodass wir noch einen Moment haben, um in Ruhe unsere vorab angefangenen Arbeiten zu beenden. Als ich kurze Zeit später bei Frau Z. reinschaue, um sie zu fragen, was sie zum

Abendbrot haben möchte, schläft sie tief und fest. Ich stelle mich neben ihr Bett und beobachte sie. Im Schlaf wirkt ihre Atmung aktuell unangestrengt und ihre gelösten Gesichtszüge vermitteln den Eindruck von Entspanntheit. Ich will mich gerade wieder leise davonschleichen, da schlägt sie die Augen auf.

»Stehen Sie schon lange hier?« Sie lächelt.

»Einen kleinen Moment. Ich wollte schauen, wie es Ihnen geht und ob ich Ihnen was zum Abendbrot machen kann.«

Sie schüttelt den Kopf. »Ich möchte nur schlafen. Einfach nur schlafen.«

Ich nicke. »Vielleicht können Sie mir ja kurz im Bad helfen. Dann mache ich mich gleich zur Nacht zurecht oder meinen Sie, das ist noch zu früh?«

»Nein, wenn Sie sich danach fühlen, ist genau die richtige Zeit dafür.«

Ich helfe ihr aus dem Bett und wir gehen gemeinsam mit kleinen langsamen Schritten ins angrenzende Badezimmer. Sie mag wohl kaum mehr als vierzig Kilo wiegen, wie sie in ihrer äußerst zarten Statur am Waschbecken steht. Die Arme und Beine dünn, wie kleine Äste, die drohen, bei starkem Wind zu zerbrechen. Ich wasche ihr auf Wunsch den Rücken und reibe ihn mit ihrer Rosenwasserlotion ein. Das Gesicht wäscht sie sich selbst und sucht danach in ihrer Kulturtasche nach ihrer Gesichtscreme.

Sie macht dabei das rote Plastikherz, welches in seiner Funktion als Clip zum Verschließen ihrer Kulturtasche zweckentfremdet wurde, ab. Sie drückt es mir in die Hand mit dem Satz: »Halten Sie mal mein Herz«, und durchwühlt die Tasche. Als sie kurz darauf ihre Creme gefunden hat, schaut sie mich schwach lächelnd an. »Das ist ja was. Nachdem ich Ihnen gestern mein Herz ausgeschüttet habe, bitte ich Sie heute, es zu halten.«

»Das mache ich beides sehr gerne für Sie.«

Ich bürste ihr vom vielen Liegen platt gedrücktes Haar, während sie sich ihr Gesicht eincremt.

»Wissen Sie was? Ich würde es Ihnen gerne schenken.«

Ich habe die Bürste aus der Hand gelegt und Frau Z. hat sich zu mir umgedreht.

»Eigentlich würde ich Ihnen gerne Geld geben, für Sie und ihre wundervollen Kollegen. Ich würde gerne spenden. Aber ich habe nichts, was ich geben kann. Vielleicht machen Sie mir eine Freude und nehmen das Herz von mir an, auch wenn es nichts wert ist.«

Ich schaue auf den kleinen Clip in meiner Hand und spüre, dass es eine Geste von ihr ist. Eine Geste, mit einer für sie wertvollen Bedeutung. Ich spüre, wie wichtig es für sie ist, deshalb sage ich zu ihr: »Ich fühle mich ausgesprochen geehrt, dass Sie mir Ihr Herz schenken.«

Sie nickt lächelnd und nimmt es mir noch mal aus der Hand, um es mir in die Jackentasche zu stecken. Ich begleite sie zurück ins Bett und helfe ihr, sich bequem einzukuscheln. Sie trinkt noch einen Schluck Wasser, den ich ihr reiche und schließt dann die Augen.

»Vielen Dank! Dann kann ich mich ja wieder meinen Träumen hingeben.«

Ich nicke, was sie aufgrund ihrer bereits verschlossenen Augen nicht mehr sieht und sage leise: »Schlafen Sie schön«, bevor ich das Zimmer verlasse.

Jedes Mal, wenn ich an diesem Abend noch nach ihr geschaut habe, hat sie ruhig geschlafen und als ich selbst längst zu Hause war, hat sie in ihrem Schlaf aufgehört zu atmen und ist gegangen.

Frau Z. ist in dieser Nacht gestorben und ich bin mir sicher, es war ihr Sohn, der sie abgeholt hat.

DAS KÜCHENFENSTER

Heute Vormittag gehe ich einer meiner absoluten Lieblingsbeschäftigungen nach. Ich sitze am Küchenfenster, trinke

Milchkaffee und beobachte den Himmel. Strahlend blau verheißt er heute die Aussicht auf bestes Wetter. Nur vereinzelt ziehen ein paar zuckerwatteähnliche Wölkchen vorbei. Doro und ich haben früher oft »Wolkenraten« gespielt. Einer von uns hat sich immer überlegt, was für eine Figur eine Wolke darstellen könnte und hat es laut gesagt, der andere musste dann immer raten, welche Wolke gemeint war. Wir konnten das mit einer gewissen Ausdauer locker bis zu zwei Stunden spielen, am liebsten in Oma Annis Garten auf der Wiese liegend. Warum auch immer war ich der festen Überzeugung, dass bei Anni immer viel schönere Wolken vorbeikamen als im elterlichen Garten. Ob es heute noch Kinder gibt, die sich mit Wolkenformen beschäftigen, frage ich mich, während ich eine Wolke betrachte, die meiner Meinung nach genauso aussieht wie Schleswig-Holstein. Ich lasse meine Gedanken dahinziehen, wie es die Wölkchen tun und vertrödele gekonnt den gesamten Vormittag auf diese Art und Weise. Arne hat erst heute früh auf meine vom Vortag an ihn gesendete Nachricht reagiert. Er würde gerne helfen, könne aber noch nicht genau sagen, wie sich das Wochenende bei ihm gestaltet. Er meldet sich noch mal. Beim Lesen der Nachricht habe ich die Augen verdreht, da ich mir eine andere Reaktion, in Form einer klaren Zusage, gewünscht hätte, vor allem, da heute bereits Donnerstag ist. Dafür ist heute vorerst mein letzter Spätdienst, tröste ich mich selbst, als ich mich kurz darauf auf den Weg zur Arbeit mache. Die Sonne steht heute hoch am Himmel und wir sind echt dankbar, dass die Zimmer im Hospiz mit einer Klimaanlage ausgerüstet sind. Meine Kollegin hat für die Gäste und uns Eis vom Italiener mitgebracht, was wir sicherheitshalber gleich in der Tiefkühltruhe verstauen, bevor wir es in einem ruhigen Moment gemeinsam in der Küche verzehren. Meine Gedanken driften in dieser entspannten Minute gleich wieder zu Arne. Ich versuche es zu verhindern, aber ich komme nicht dagegen an. Ich ärgere mich wahnsinnig über seine Nachricht. Ich hätte mir einfach mal ein bedingungsloses Ja gewünscht. Ein »Ja, ich komme natürlich, wenn du mich brauchst.« Vielleicht hätte ich es eindringlicher formulieren sollen, dass ihm wirklich bewusst wird, dass es für mich wichtig wäre, wenn er sich zumindest für ein paar Stunden die Zeit nehmen würde, bei der Haushaltsauflösung zu helfen.

»Alles in Ordnung bei Ihnen?« Herr B. sitzt mir gegenüber und hat offensichtlich meine mentale Abwesenheit in dieser Situation bemerkt.

»Jep, alles in Ordnung.«

Ich schaue ihn an. Seine Augen wirken heute auf mich noch gelber als sonst und unüblicherweise sind sie von tiefen Ringen umgeben. Als er meinen Blick auffängt, fangen sie jedoch trotzdem an, in ihrer gewohnten Art und Weise zu strahlen. Unsere Blicke bleiben eine kleine Weile aneinander hängen.

»Sie sehen nicht so aus, als wenn alles in Ordnung wäre. Außerdem essen Sie Ihr Eis gar nicht, was bei diesen Temperaturen echt verhängnisvoll enden könnte.«

Ich muss lachen.

»Schon besser.«

Er lächelt mich in seiner typischen Art an und ich muss an unser Gespräch von vor zwei Tagen denken. Das Türklingeln reißt mich aus meinen Gedanken. Ich deute meiner Kollegin, sitzenzubleiben und überprüfe, wer vor der Tür steht. Es ist das Bestattungsinstitut, welches beauftragt wurde, Frau Z. abzuholen. Ich öffne den Bestattern die Tür. Der eine ist der gleiche Bestatter, welcher damals das Gespräch mit meinem Vater und mir bezüglich Gertis Beisetzung geführt hat.

»Hallöchen. Da sehen wir uns bereits wieder«, sagt er fröhlich.

Meiner Meinung nach viel zu fröhlich, wenn man betrachtet, was für Vorkommnisse der Anlass sind, dass sich unsere Wege häufiger kreuzen. Ich nicke nur und begleite sie zum Zimmer von Frau Z. Ich bleibe im Zimmer, während die Bestatter Frau Z. von dem Bett in den Sarg umbetten und halte ihnen die Tür auf, als sie das Hospiz verlassen. Ich bleibe noch einen kleinen Moment in der Tür stehen und schaue dem großen schwarzen Wagen hinterher, wie er um die Ecke biegt und schließlich nicht mehr zu sehen ist. Ich fasse mit der Hand in meine Jackentasche und fühle nach dem kleinen Plastikherz, das Frau Z. mir gestern selbst dort hineingesteckt hat. Bevor ich nach Dienstende meine Jacke in den Schrank hänge, nehme ich das Herz aus ihrer Tasche. Ich betrachte es kurz und lasse es dann in meiner Handtasche verschwinden.

Für Sonnenstrahlen ist es nach dem Spätdienst leider immer zu spät, aber die Luft ist noch angenehm warm und scheint eine laue Sommernacht einzuläuten. Ich fahre mit heruntergelassenen Fensterscheiben und lauter Musik nach Hause. Dort angekommen mache ich mir ein Bier auf setze mich ans Küchenfenster. Irgendwie bin ich gerade in einer Stimmung. In solch einer Stimmung, wie ich selten bin und die zu beschreiben, mir einfach nicht gelingt.

FRAU BRAUN

Ich wache auf mit Kopfschmerzen. Dem ersten Bier von gestern Abend folgten noch fünf weitere. Dann waren meine Vorräte aufgebraucht und ich, für meine Verhältnisse, ausreichend betrunken. Ich schaue auf mein Handy. Ich habe gestern mit Zuhilfenahme von angetrunkenem Mut noch eine Nachricht an

Arne versendet. Ich habe ihm geschrieben, dass ich jetzt doch langsam mal gerne wüsste, ob ich ihn am Wochenende mit einplanen kann und dass ich es nicht gut finde, dass man mit ihm nie oder nur höchst selten die nächsten Tage planen kann. Ich war so in Stimmung, ihm meine Meinung mitzuteilen, dass ich eigentlich keine Nachricht, sondern besser einen mindestens fünfseitigen Brief verfasst hätte, um alles loszuwerden, was ich auf dem Herzen habe. Aber da ich das auch nicht wollte und meiner Meinung nach die meisten Dinge besser persönlich als per digitaler Nachricht besprochen werden, habe ich den Großteil meiner Anliegen runtergeschluckt und als abschließenden Satz nur noch hinzugefügt, dass für mich eine Beziehung auf diese Art und Weise dauerhaft nicht funktionieren kann. Wer mich kennt, weiß, dass das mutig von mir war. Mir gelingt es nicht gerade oft, meine Gedanken in konkrete Worte zu verpacken und diese der betreffenden Person mitzuteilen, zumindest dann nicht, wenn es sich um kein positives Gedankengut handelt.

Ich lese die Nachricht noch einmal durch und bin erstaunlicherweise immer noch mit ihr zufrieden. Es wird schließlich Zeit, dass ich es zumindest in meiner Beziehung schaffe, für mich selbst einzutreten. Ich putze mir gerade die Zähne und spiele mehrere Antwortmöglichkeiten von Arnes Seite durch, als es an der Tür klingelt. Ich schlurfe in den Flur und will gerade die Fernsprechanlage nutzen, als ich höre, dass es direkt an meiner Wohnungstür klopft. Ich öffne die Tür und lasse vor Schreck die Zahnbürste aus der Hand fallen. Im Türrahmen steht Frau Braun, meine Nachbarin aus der Erdgeschosswohnung.

»Fräulein Höfer, sind Sie etwa gerade erst aufgestanden?«

Mit leicht tadelndem Unterton deutet sie auf meine auf dem Teppich liegende Zahnbürste. Ich hebe sie schnell auf und nicke.

»Na ja, wahrscheinlich haben Sie wieder lange gearbeitet. Ich müsste mal reinkommen.«

Ohne auf eine Antwort von mir zu warten, schiebt sie sich an mir vorbei und geht ins Wohnzimmer, wo sie sich gleich aufs Sofa plumpsen lässt. Ich bringe meine Zahnbürste ins Bad und folge ihr.

Als ich vor circa zehn Jahren meine kleine Dachgeschosswohnung bezogen habe, hat Frau Braun bereits die Erdgeschosswohnung bewohnt. Ihre oft sehr präsente Anwesenheit ist also quasi ein Teil dieses Hauses und seitdem ich hier wohne, auch von meinem Leben. Eigentlich hätte sie im Mietvertrag mit aufgeführt sein müssen.

»Haben Sie was zu trinken für mich?«

»Ich wollte gerade einen Kaffee kochen.«

»Lieber nicht, dann geht der Blutdruck wieder hoch«, seufzt sie und deutet auf eine Blutdruckmanschette an ihrem Arm, die mir zuvor noch gar nicht aufgefallen ist.

Ich muss etwas lachen, weil die Manschette, die zu einem Langzeitmessgerät gehört, ganz eindeutig falsch positioniert um ihren Unterarm baumelt.

»Warum lachen Sie denn? Das sitzt nicht richtig, oder?«

Ich setze mich neben sie und lege ihr die Manschette neu am Oberarm an.

»Ich weiß sowieso nicht, was das soll. Ich bin Mitte siebzig und immer, wenn ich mich aufrege, ist der Blutdruck zu hoch. Mein Hausarzt war deshalb in Sorge und hat gesagt, dass er das hiermit mal für einen Tag überprüfen will.«

Sie deutet auf das Langzeitmessgerät.

»Das Problem ist, wenn ich bei ihm bin, rege ich mich immer auf. Er hat eine neue Sprechstundenhilfe. Eine ganz unmögliche junge Frau, da kann ich nicht anders, als mich zu ereifern. Sie spricht mit mir und ich merke selber, wie mein Blutdruck hochgeht und das regt mich dann natürlich noch mehr auf.«

Ich nicke bemüht verständnisvoll. »Reden Sie ruhig weiter. Ich setze nur schnell den Kaffee auf.«

Das lässt sie sich nicht zweimal sagen. Während ich nebenan in der Küche bin, plappert sie ohne Unterlass und ich muss gestehen, dass ich zum Teil nur mit halbem Ohr hinhöre. Als ich schließlich, wie gewünscht, ein großes Glas stilles Wasser vor ihr abstelle, ist sie mit den für sie wichtigsten Ausführungen gerade zum Ende gekommen.

»Und dann habe ich die ganze Nacht kein Auge zumachen können, weil das Gerät immerzu piept und sich aufpumpt. Wirklich nervenzehrend! So, jetzt wissen Sie erst mal Bescheid, was bei mir los ist.«

Ich nicke.

»Und bei Ihnen, Fräulein Höfer? Ich habe Ihren Freund länger nicht mehr gesehen.«

Sie schaut mich an. Frau Braun hat stets den siebten Sinn.

»Alles gut. Der muss im Moment viel arbeiten.«

Sie wirft mir einen prüfenden Blick zu. »Wenn Sie das sagen.«

Ich bin so schlecht im Lügen, dass ich nicht mal einer extrem kurzsichtigen Rentnerin was vormachen kann.

»Jetzt muss ich nachher noch extra mit dem Bus in die Stadt fahren, um das blöde Blutdruck-Ding wieder in der Praxis abzugeben.«

»Ich wollte nachher sowieso noch in die Stadt, ich kann das Gerät mitnehmen und bei ihrem Arzt abgeben.«

»Ach, das wäre ja zu nett von Ihnen. Schauen Sie mal, ich habe auch was für Sie.«

Aus dem Ärmel ihrer Strickjacke zieht sie ein kleines Geschenktütchen, was sie mir triumphierend überreicht. Ich nehme es mit einem leicht gequälten Lächeln an, während ich beobachte, wie ein benutztes Taschentuch, das vermutlich an der gleichen Stelle in ihrem Strickjackenärmel beheimatet war, auf mein Sofa fällt.

Frau Braun hat eine ausgeprägte Leidenschaft für Handarbeiten, besonders für Gehäkeltes. Diesem, meiner Meinung nach, äußerst unglücklichem Umstand habe ich es zu verdanken, dass ich, seitdem ich hier wohne, in unregelmäßigen Abständen mit gehäkelten Kunstwerken wie Untersetzern, Figuren jeglicher Art und vor allem Blumen versorgt werde. Meine Flurkommode quillt über vor Häkelblumen jeglicher Art und Farbe.

»Ich habe mich mal an was anderem versucht. Sie werden staunen.«

Sie beobachtet mich aufgeregt, während ich das Tütchen vorsichtig öffne und eine Mütze zum Vorschein kommt.

»Das ist eine Sommermütze mit großem Lochmuster. Ausgesprochen modisch. Und damit sie ihre geliebten Blumen nicht vermissen, habe ich eine an der Seite aufgenäht.«

Ganz eindeutig hat sie wesentlich mehr Freude an dieser Geschenkübergabe als ich. Das Lochmuster der dunkelroten Mütze macht auf mich einen sehr eigenwilligen Eindruck und tatsächlich hat sie an der Seite zusätzlich eine Häkelblume angenäht, was meinen Geschmack leider völlig verfehlt.

»Ich verstehe, dass sie sprachlos sind. Ich war ja selber überrascht, dass die Mütze mir so gut gelungen ist.«

Sie erhebt sich etwas schwerfällig vom Sofa, wobei ihr Blick auf das von mir erst kürzlich aufgehängte Familienporträt aus Gertis Haus fällt.

»Ach, was für ein schönes Bild.« Sie deutet mit dem Finger auf Oma Anni. »Das ist bestimmt Ihre Großmutter. Sie sind ihr ja wie aus dem Gesicht geschnitten. Das sieht man sogar schon hier, wo sie noch als kleine Zuckerpuppe bei ihr auf dem Schoß sitzen.«

Ich nicke und bin ein bisschen verblüfft, dass Frau Braun sofort in der Lage war, sowohl meine Oma als auch mich auf dem Foto auszumachen. Und ein bisschen gerührt bin ich ebenfalls, was daran liegt, dass ich zu niemandem lieber eine optische Ähnlichkeit habe als zu meiner geliebten Anni. Erstens, weil ich als Kind immer fand, dass sie die hübscheste Frau auf der Welt sei - trotz ihres damals bereits nicht geringen Alters - und zweitens, weil ich das Gefühl habe, sie weiter zu tragen und das nicht nur in meinen oft bei ihr weilenden Gedanken. Ich begleite Frau Braun zur Tür und lasse mir von ihr das Versprechen abnehmen, ihr am frühen Nachmittag das Blutdruckmessgerät abzunehmen und bei ihrem Arzt vorbeizubringen.

Als ich die Tür hinter ihr geschlossen habe, werfe ich die Mütze in die oberste Schublade meiner Flurkommode und setze mich dann mit Kaffee und Handy bewaffnet ans Küchenfenster. Arne hat mir immer noch nicht geantwortet, was langsam anfängt, mich zu ärgern. Gut, dass ich aktuell keine Blutdruckmessung habe, denke ich bei mir, wahrscheinlich würde ich langsam, durch Arnes Verhalten aufgeregt, ebenfalls erhöhte Werte entwickeln. Ich rufe meine Freundin Marie an, welche aktuell noch auf der Arbeit ist, aber auf den Vorschlag, sich heute Nachmittag mit mir in der Stadt auf einen Kaffee zu treffen, äußerst freudig reagiert. Marie ist meine Freundin seit Kindheitstagen und Arnes Schwester. Deshalb kenne ich Arne gleichermaßen schon seit geraumer Zeit. Trotzdem haben unsere äußeren Umstände dafür gesorgt, dass wir erst vor einem guten halben Jahr eine Partnerschaft eingegangen sind. Ich finde es manchmal schwierig, dass Marie Arnes Schwester ist. Sie geht damit jedoch völlig entspannt um.

»Du bist meine Freundin und er ist mein Bruder. Das sind für mich zwei völlig verschiedene Dinge. Von mir aus könnt ihr heiraten und fünf Kinder kriegen oder ihr könnt euch wieder trennen. Ich freue mich für euch beide, wenn ihr glücklich seid. Wenn das miteinander ist, umso besser. Wenn das getrennt voneinander ist, auch okay.«

So bestätigt sie mir ihre Sicht der Dinge, als wir etwas später an diesem Tag im Kaffee sitzen. Tatsächlich entspannt mich das im Umgang miteinander und ich erzähle ihr sogar kurz von den aktuellen Problemen, welche sie mit der Aussage:»Was für ein Blödmann! Wenn er sich keine Zeit für dich nehmen kann, hat er dich gar nicht verdient« kommentiert.

Nach zwei Stückchen Eierlikörtorte begleitet mich Marie noch in die Drogerie. Frau Braun hat mir zusätzlich zu ihrem Blutdruckmessgerät, noch einen kleinen Einkaufszettel in die Hand gedrückt.

»Deine Nachbarin hat ganz schön großes Glück mit dir«, merkt Marie an, als wir den kompletten Laden nach solch speziellen Dingen wie Pferdebalsam und kräftigendem Haarwasser absuchen.

»Und ich habe Glück mit meiner Freundin, die diesen Einkauf hier mit mir erledigt.«

Marie nickt und sagt, dass sie als Ausgleich noch einen Hawaii-Toast von mir fordere. Ein Gericht, was für uns beide nach liebgewonnener Erinnerung schmeckt, weil es das Standard-Abendessen auf unseren Kindergeburtstagen war. Ich willige deshalb gerne ein und mache für Marie und mich ein ganzes Blech voll dieser nostalgischen Köstlichkeiten zum Abendbrot.

DIE HAUSHALTSAUFLÖSUNG

Ich mache mich gleich morgens auf den Weg zu meinen Eltern. Wir wollten noch einen Kaffee zusammen trinken, bevor wir uns gemeinsam auf den Weg zu Gertis Haus machen. Mein Vater wirkt müde und blass, als er mir die Tür öffnet.

»Dein Vater ist ganz schön mitgenommen«, flüstert mir meine Mutter später in der Küche zu. »Ich habe nicht damit gerechnet, aber Gertis Tod scheint ihn doch richtig aus dem Gleichgewicht gebracht zu haben. Ich bin froh, wenn das Wochenende überstanden ist und dann hoffentlich etwas Ruhe eingekehrt.«

Ich beobachte meinen Vater, wie er langsam die Treppe runter steigt und nicke. »Damit habe ich auch nicht gerechnet.«

»Schön, dass du da bist«, sagt meine Mutter und streicht mir über den Rücken. »Ich hatte eigentlich gehofft, dass du vielleicht Arne mitbringst. Eine Unterstützung fürs eventuelle Möbelschleppen wäre gar nicht schlecht gewesen.«

Ich seufze. »Vielleicht schafft er es morgen für ein paar Stündchen.«

Marie hatte sich gestern Abend längst verabschiedet, als die bereits überfällige Antwort von Arne eintraf: Er hätte versucht seine Termine umzustrukturieren, aber ausgerechnet dieses Wochenende sei alles äußerst schwierig. Samstag habe er leider komplett keine Zeit. Sonntag könne er sich aber auf jeden Fall für ein paar Stündchen freimachen.

Wahrscheinlich hat er erwartet, dass ich aufgrund dieses, meiner Ansicht nach, kleinen Zugeständnisses, in Dankbarkeit verfalle, was mir jedoch fern liegt. Schon bevor wir ein Paar wurden, habe ich gefühlt Tage bis Wochen damit verbracht, auf Anrufe oder Nachrichten von Arne zu warten. Es stört mich mittlerweile immer mehr, dass er sich stets derart verzögert meldet und ich das Gefühl habe, permanent zu warten. Ich warte auf eine Nachricht, auf einen Anruf, auf ein Treffen. Ich möchte einfach nicht mehr warten. Ich möchte eine Beziehung, in der ich mich auf den anderen verlassen kann. Ich möchte jemanden, der immer da ist, zumindest dann, wenn ich ihn brauche und nicht nur für ein paar Stündchen, wenn es gerade reinpasst. Deshalb habe ich auf seine gestrige Nachricht nicht geantwortet, was höchstwahrscheinlich der Anlass war, dass er mir heute früh geschrieben hat, dass er mich liebe und mich nachher anrufe.

Meine Mutter mustert mich von der Seite und ich spüre förmlich, dass sie etwas sagen möchte, was sie sich aber verkneift. Sie packt einen riesigen Korb mit Lebensmitteln, dessen Inhalt darauf Aufschluss geben könnte, dass wir für mehrere Wochen das Land verlassen. Als wir kurz darauf zu dritt im Auto sitzen und den circa dreißigminütigen Weg zu Tante

Gertis Haus bestreiten, fängt sie auch tatsächlich gleich an, mir irgendwelche Müsliriegel und Obststücke nach hinten zu reichen, was mir aufgrund der Tatsache, dass ich an Ermangelung an Zeit heute das Frühstück ausfallen lassen habe, sehr gelegen kommt.

Der Tag gestaltet sich lang und anstrengend. Ich renne die Treppen hoch und runter, führe unzählige Gespräche mit mehr oder weniger sympathischen Menschen und schleppe mannigfache Dinge durch die Gegend. Meine Eltern sehe ich nur im Vorbeigehen, weil sie ebenfalls mit ähnlichen Dingen vollauf beschäftigt sind. Ich befürchte, wir haben alle den Stress, der sowohl physisch als auch psychisch mit einer solchen Aktion einhergeht, unterschätzt. Als wir gegen zwanzig Uhr wieder zurück sind und die Reste des Korbinhaltes am Küchentisch verzehren, schauen wir uns alle drei mit müden Augen an.

»Papa, wir sind heute so viel losgeworden. Wie wäre es, wenn wie den morgigen Tag einfach ausfallen lassen? Wir können ja vielleicht die Restbestände von einer Firma entsorgen lassen. Es ist ja jetzt nicht mehr viel.«

Meine Mutter schaut mich dankbar an.

»Ja, vielleicht hast du recht«, erwidert mein Vater nach kurzer Bedenkzeit. »Meinst du denn, es wäre für Gertrud in Ordnung gewesen, wenn eine Firma sich darum kümmert?«

»Ganz bestimmt, Papa. Es sind ja keine wirklich persönlichen Gegenstände mehr da. Es geht jetzt schließlich nur noch um Möbel und Haushaltsutensilien. Das wäre ihr egal gewesen.«

Meine Mutter nickt und drückt meinem Vater die Hand.

»Mach dir nicht so viele Gedanken. Wie ich Gerti kenne, wäre es ihr wichtig gewesen, dass sie keine Umstände macht.«

Mein Vater lächelt ein Lächeln voller Erleichterung und Müdigkeit. »Ihr habt wie immer etwas mehr Durchblick und Weitsicht, als ich jemals bekommen werde. Dann machen wir das so. Morgen fällt aus und ich schaue Montag mal, wen ich am besten mit der restlichen Veräußerung professionell beauftragen kann.«

Wir verabschieden uns kurz darauf und ich fahre nach Hause, falle sofort ins Bett und versinke in einer Nacht voller wirrer Träume.

SONNTAGSGEFÜHLE

Ich stehe unter der kalten Dusche. Während das Wasser mir den Körper herunterrinnt, merke ich, dass ich langsam wieder einen klaren Kopf kriege. Ich habe wahnsinnig viel und intensiv geträumt. Obwohl ich angestrengt versuche, mich an die nächtlichen Träume zu erinnern und sie zu sortieren, bekomme ich es nicht mehr zusammen, aber es war von allem etwas dabei. Ich habe von meiner Kindheit geträumt, von Doro, meinen Eltern, von Gerti und Oma Anni. Ich habe von Arne geträumt, vom Hospiz und von Herrn B.

Jetzt träume ich schon von den Gästen, schüttele ich den Kopf über mich selbst, als ich mich wenig später mit nassen Haaren ans Küchenfenster setze und meinen Blick über die Bergwiesen schweifen lasse. Obwohl es noch relativ früh am Tage ist, sind einige Segelflieger am Himmel zu sehen. Gerade erst neulich habe ich mal wieder solch ein Gespräch über meine Arbeit geführt. Ein Gespräch, wie ich es in der Form bereits häufiger, meiner Meinung nach sogar deutlich zu oft, geführt habe. Es war mit dem Geistlichen, der die Trauerrede auf Tante Gertis Beerdigung gehalten hat.

»Da haben Sie eine schöne, aber zugleich schwere Arbeit«, sagte er zu mir, als er auf Nachfrage erfuhr, wer mein Arbeitgeber ist. »Wichtig ist, dass Sie sich abgrenzen können, dass sie eine Grenze zwischen Beruf und Privatleben ziehen und nichts mit nach Hause nehmen.«

Ich habe artig genickt und nichts weiter dazu gesagt. Wie soll das gehen? Wie soll das funktionieren, dass man die Tür seiner Arbeitsstätte schließt und keinen Gedanken mehr an sie verschwendet, bis man sie wieder öffnet? Wie soll das klappen,

wenn man engen Kontakt zu Menschen hat und Schicksale mit-
erlebt? Wie soll das gehen, wenn man sich mit dieser Arbeit
identifiziert, sie ernst nimmt und bestrebt ist, sie bestmöglich
auszuüben? Ich vermute, dass selbst der Büroangestellte einen
Streit mit seinem Kollegen oder einen Konflikt mit dem Chef
mit nach Hause nimmt. Die Angestellte vom Jugendamt wird
mit Sicherheit nach Feierabend an manches Familienschicksal
denken und genauso geht es eine meiner Jugendfreundinnen,
die heute bei der Kripo arbeitet und in ihrer Freizeit jede Menge
Gedanken an ihre aktuellen Fälle verschwendet. Wie sollte das
auch anders funktionieren, wo wir doch alles Menschen sind?
Menschen voller Emotionen und Empathieempfinden. Menschen, die sich weiterentwickeln, auch in oder durch ihren Beruf, den sie bestmöglich ausüben möchten.

Wenn ich daran denke, wie viel sich Arne mit seiner beruflichen Funktion der Mitarbeiterführung nach Feierabend noch
auseinandersetzt.

Ich bin froh über all das, was ich nicht nach Verschließen
der Tür zurückgelassen, sondern mitgenommen habe. Ich habe
so viele Menschen und Momente im Hospiz erlebt, die mich
nachhaltig geprägt haben. Sie haben mich beeindruckt und mir
Erinnerungen geschenkt. Wenn ich an manchen verstorbenen
Hospizgast denke und das Andenken an ihn noch so schön und
voll ist, dann bin ich richtig stolz. Stolz darauf, dass dieser

Mensch in meiner Erinnerung noch weiterlebt. Häufig passiert es im Alltag, dass ich eine Situation erlebe, die mich an einen Gast erinnert. Meist eine Erinnerung, die nach vorne tritt, um mir für einen kurzen Moment ein Lächeln aufs Gesicht zu zaubern, um direkt im Anschluss daran, wieder schnell nach hinten zu rutschen. Ich kann gut leben mit diesen Momenten, die mich immer wieder mal kurz an einen besonderen Menschen erinnern. Ich mag sie sogar und deshalb bin ich froh, dass ich nicht, wie so oft empfohlen, eine klare Grenze zwischen dem Hospiz und meinem Privatleben ziehen kann. Was soll ich machen? Auf solche Geschehnisse, wie dass Herr B. sich in einer Samstagnacht völlig ungefragt in meine wirren Träume mogelt, habe ich einfach keinen Einfluss.

Das Türklingeln reißt mich aus meinen Gedanken. Es ist Arne. Mit seinen gewohnt dynamischen Schritten geht er durchs Treppenhaus. In der Hand hält er einen überdimensional großen Strauß Blumen. Es ist ein wunderschöner Strauß voller bunter Sommerblumen, sogar Löwenmäulchen, meine Lieblingsblumen, sind mit eingebunden. Er drückt ihn mir in die Hand und nimmt mich in den Arm. Keine kurze schnelle Umarmung, er hält mich ganz fest für eine lange kleine Weile. Und wie ich da stehe, fest in seiner Umarmung, mit nackten Füßen auf den aufgeheizten Holzdielen des Treppenhauses, meinen Kopf in seiner Schulter vergraben, umgeben vom

Geruch von Sommerblumen, spüre ich es. Das Glück und die Leichtigkeit, die in diesem Moment liegen.

Als wir uns aus der Umarmung lösen, sind alle negativen Gefühle verflogen. Es wirkt, als hätte er sie gebündelt von mir abgenommen und ich habe nur noch eine nebulöse Erinnerung daran, dass irgendwas nicht ganz stimmig war. Ich stelle die Blumen ins Wasser und wir schauen uns an.

»Ich habe den kompletten Tag für dich reserviert. Wir machen nur, was du möchtest.«

»Ich würde erst mal gerne frühstücken.«

Arne holt Brötchen und ich decke den Tisch. Wir sitzen den ganzen restlichen Vormittag bei mir in der Küche und er hört mir zu. Ich erzähle von dem gestrigen Tag, und dass mein Vater sehr belastet wirkte.

»Wollen wir zum Kaffee zu deinen Eltern fahren?«

Ich nicke und wir backen kurz darauf, zum allerersten Mal gemeinsam, einen Kuchen. Am frühen Nachmittag klingeln wir ohne Voranmeldung bei meinen Eltern und ich bin der Meinung, dass meine Mutter, als sie die Tür öffnet, ebenso überrascht wie auch erfreut ist über unseren Besuch. Wir sitzen bis zum frühen Abend auf der Terrasse meines Elternhauses. Arne war noch nicht oft hier und trotzdem wirkt es, als würde er perfekt in diese Umgebung passen.

Mein Vater wirkt wesentlich gelöster als am Vortag und als wir uns verabschieden, murmelt er in mein Ohr: »Danke Lissy, dass du gestern so viel geholfen hast und dass ihr heute sogar nochmal da wart.« »Für meinen Papa immer«, flüstere ich zurück, worauf er mir einen Kuss auf die Stirn gibt.

Bevor Arne mich nach Hause bringt, fahren wir noch an die Talsperre. Wir halten die Füße ins Wasser und schauen auf die leichten Wellenbewegungen, die von der Oberfläche ausgehen. In der Dämmerung fahren wir nach Hause und als Arne mich zum Abschied im Auto küsst, fühle ich mich ganz leicht. Ganz leicht und ein bisschen wie in Watte gepackt. So, wie man sich halt fühlt, wenn man entweder über vierzig Grad Fieber oder das Glück hat, dass das Leben einem einen Tag schenkt, der durchzogen von Sonnen- und Freudenstrahlen ist.

KIRSCHKUCHEN MIT SAHNE

Meine drei Grundstimmungen sind: gut drauf, schlecht drauf und müde. Müde ist eindeutig die dominierende Stimmung. Eigentlich müsste ich den Großteil der an mich gerichteten Fragen, die sich nach meinem Befinden erkundigen, mit *müde* beantworten.

So wäre es auch heute früh, wenn mich jemand fragen würde, wie es mir geht. Das tut allerdings niemand. Ich sitze in der Übergabe für den Frühdienst und versuche mich mit meinem Kaffee aus meiner aktuellen Stimmung herauszuholen. Nach der zweiten Tasse scheint mir das zumindest im Ansatz zu gelingen. Meine Kollegin und ich schleichen uns nach der Übergabe leise durch die Gästezimmer, um niemanden zu wecken. Die meisten Hospizbewohner schlafen noch, was ich ihnen gleichtun würde, wenn ich nicht gezwungen wäre, meinen Dienst, zu dieser viel zu frühen Zeit am Morgen, zu beginnen. Herr B. sitzt allerdings putzmunter und kerzengerade im Bett, als ich zu ihm hereinschaue. Er hält sein Handy in der Hand und tippt darauf herum.

»Ha, Schwester Elisabeth! Sie sind ja wieder da.« Seine Augen strahlen. »Ein Wochenende ohne Sie kann richtig lang werden.«

Ich will irgendwas antworten, kriege es aber nicht hin. Ich stottere nur etwas Unverständliches und merke, dass mir heiß wird.

»Sie wissen doch, dass das Spaß ist, müssen nicht gleich rot werden.«

Ich werde daraufhin vermutlich noch röter, was ich glücklicherweise selber nicht sehen kann.

»Klar!«, antworte ich nur und stelle seine Medikamente auf dem Nachtschrank ab, wobei er mich genau fixiert und erneut das Wort an mich richtet: »Hatten Sie denn ein schönes Wochenende? Ich habe Samstagnacht irgendwas von Ihnen geträumt. Aber fragen Sie mich nicht, was. Irgendwas Wirres, Zusammenhangsloses.«

Ich stocke einen Moment und bin kurz davor zu rufen: »Ich auch!«, bekomme mich aber noch schnell gesammelt.

»Ich hoffe, es war kein Albtraum«.

Ich zwinkere ihm zu. Er zuckt mit den Schultern.

»Wie gesagt, ich bekomme es überhaupt nicht mehr zusammen. Aber ich kann mir nicht vorstellen, dass es ein Albtraum war. Das würde nicht zu Ihnen passen.«

Wir schauen uns einen Moment still an.

»Soll ich Ihnen einen Kaffee bringen?«

»Das wäre super!«

Den Rest des Tages komplementiert mich Herr B. meist schnell wieder aus seinem Zimmer heraus. Er lehnt jegliche Hilfestellung von meiner Kollegin oder mir ab, wobei es offensichtlich ist, dass ihm seine eigenständige Mobilisation zunehmend schwerer fällt.

Auf meine Frage, wie es denn mit dem Stehen klappt, ob seine Beine sich im Stand durchdrücken lassen, antwortet er nur: »Mal ja, mal nein. Sie haben doch mitgekriegt, dass das nicht mehr so einwandfrei funktioniert und ich muss mir vermutlich keine Illusionen mehr machen, dass sich bei mir körperlich nochmal irgendwas bessert.«

Dies sagt er mit einer für ihn ungewöhnlichen Härte in der Stimme. Anschließend wendet er sich ab, womit er mir ganz klar und deutlich zu verstehen gibt, dass die Unterhaltung hier für ihn beendet ist.

Als ich vor Feierabend noch mal in sein Zimmer schaue, scheint sich seine Stimmung wieder gebessert zu haben. Er telefoniert angeregt und lacht dabei. Er ist dermaßen in sein Gespräch vertieft, dass er mich gar nicht bemerkt, wie ich kurz in der geöffneten Tür stehe und einen Blick auf ihn werfe.

Zuhause im Hausflur treffe ich auf Frau Braun.

»Fräulein Höfer! Sie müssen mir mal einen Gefallen tun.«

Ich seufze leise, da ich ahne, dass das mal wieder eine Aktion wird, aus der ich nicht so schnell herauskomme, wo ich mir eigentlich für heute Nachmittag was anderes vorgestellt hatte.

»Um was geht es denn?«, frage ich, bemüht mir nicht anzumerken lassen, dass ich, auf was auch immer jetzt kommt, höchstwahrscheinlich keine Lust habe.

»Ich müsste einmal schauen, wie das mit der Größe Ihrer neuen Häkelmütze passt. Kommen Sie bitte gleich mal zu mir rein und bringen Sie die Mütze mit, ja? Das wäre ganz reizend von Ihnen.«

Ich nicke artig und gehe erst mal hoch. Völlig entgegen meiner Erwartung ziehe ich die Schublade meiner Flurkommode auf und entdecke sofort die Mütze. Das hat echt Seltenheitswert, aber ich vermute, dass selbst das Bermuda-Dreieck kein Interesse daran hatte, dieses modische Highlight in seinen Fängen gefangen zu halten. Ich lasse mich kurz aufs Sofa plumpsen und spiele mit dem Gedanken, eine plötzlich aufgetretene Erkrankung zu simulieren, weil ich ehrlich gesagt am liebsten allein hier sitzen bleiben würde. Da mein schauspielerisches Talent allerdings mehr als begrenzt ist, erhebe ich mich schweren Herzens wieder und gehe mit der Mütze in der Hand zu Frau Braun runter.

»Ah, da sind Sie ja endlich. Kommen Sie mal rasch rein. Ich habe vorhin auf die Schnelle noch einen Kirschkuchen gebacken, weil ich mir dachte, nach der Arbeit wollen Sie bestimmt erst mal gerne eine Kleinigkeit essen.«

Ich nicke und gucke sie leicht irritiert an. Ich habe ja erwähnt, dass Frau Braun über den siebten Sinn verfügt, aber dass sie wusste, dass ich heute Frühdienst habe, finde ich recht kurios. Wahrscheinlich ruft sie heimlich im Hospiz an und lässt sich meinen Dienstplan durchgeben, damit sie weiß, wann sie mir im Treppenhaus auflauern kann. Ich bekomme ein großes

Stück Kirschkuchen mit einem Schälchen frisch aufgeschlagener Sahne serviert, während Frau Braun mir erzählt, dass sie vom Landfrauenverein, der im nächsten Dörfchen beheimatet ist, angefragt wurde, mehrere Mützen zu produzieren, um diese dann für wohltätige Zwecke zu veräußern. Sie bekommt richtig rote Wangen, während ihrer ausschweifenden Berichterstattung und man kann den Stolz und die Begeisterung, die in ihrer Stimme mitschwingen, deutlich heraushören. Ich lasse mir von ihr den Kopfumfang ausmessen, verschiedene Mützen aufprobieren und kurze Zeit später noch ein zweites Stück des wirklich fantastisch schmeckenden Kuchens servieren. Während ich so Kuchen essend dasitze, Frau Braun in ihrer Euphorie beobachte und immer wieder lachen muss, sowohl über ihre manchmal etwas eigene Ausdrucksweise als auch über den Inhalt des Gesagten, muss ich mir eingestehen, dass es wirklich Schlimmeres gibt, als eine Weile auf diesem Sofa zu verbringen. Ich helfe noch beim Muster und Wolle Aussuchen, sodass es Abend ist, als sie mir an der Tür eine mit Kuchen befüllte Plastikdose in die Hand drückt.

»Das wird eine tolle Sache, glauben Sie nicht auch? Vielleicht werde ich ja berühmt. Es gab da doch mal zwei junge Männer, die haben Wintermützen zum Häkeln auf den Markt gebracht. Ich mache das Gleiche jetzt mit meinen Sommermützen.«

»Ja, das wird bestimmt eine ganz tolle Sache«, antworte ich und bin mir dabei selber nicht sicher, ob ich das ironisch oder ernst meine.

HERZSCHMERZ

An diesem Tag hat er dichtgemacht. Unsere Konversation beschränkte sich den gesamten Vormittag nur auf das Nötigste, zumeist nur Ja oder Nein. Kein lustiger Spruch, kein Lächeln, kein strahlender Blick in meine Richtung. Der Nachtdienst berichtete, dass Herr B. am gestrigen Abend erneut gestürzt sei und die anschließende Mobilisation sich äußerst schwierig gestaltet habe, da es so wirkte, als ob er gar keine Spannung mehr in den Beinen aufbauen konnte. Er wollte darüber aber mit mir nicht sprechen und gleichermaßen über nichts anderes. Leider sprach er auch mit niemand anderem. Es tut mir unglaublich leid zu sehen, wie es ihm geht. Natürlich geht es ihm nicht gut. Wie soll es jemandem in seiner Lage gutgehen? Wie würde ich mich fühlen an seiner Stelle? Warum ist es überhaupt so, dass das Schicksal Menschen in dieser Art und Weise aus ihrem Leben reißt? Oft fühlt es sich ungerecht und falsch an.

Ohne es fassen zu können stehe ich immer wieder vor vielen menschlichen Schicksalen. Aber das Leben nimmt keine

Rücksicht darauf, ob es als ungerecht oder falsch empfunden wird oder ob ich ein Problem damit habe, die Härte, die manchmal von ihm ausgeht, zu erfassen. Ohne Rücksicht zieht das Leben seine Kreise. Mein Kopf hat das längst verstanden. Mein Herz tut sich manchmal etwas schwer. Und wenn es mal wieder etwas gar nicht annehmen will, was dennoch akzeptiert werden muss, dann zieht es sich so stark zusammen, dass es schmerzt. Herr B. wirkte, seit ich ihn kenne, sehr gefestigt im Umgang mit seiner Situation. Er *wirkte* so. Wie es ihm mit der Situation wirklich ging, weiß niemand außer ihm.

Jetzt wirkt er nicht mehr gefestigt, jetzt lässt er seinen Emotionen freien Lauf und das gilt es geschehen zu lassen. Auch wenn ich ihm gerne helfen oder in irgendeiner Form für ihn da sein würde, muss ich es in diesem Moment akzeptieren, dass er es nicht möchte.

Als ich nach Feierabend wieder zu Hause eintreffe und mir die Schuhe von den Füßen streife, fällt mein Blick auf die Häkelmütze, die ich gestern von Frau Braun wieder mitbekommen habe mit den Worten: »Sie haben da jetzt etwas richtig Besonderes. Das erste Modell einer außergewöhnlichen Kollektion und sie wirkt, wie für Sie gemacht.«

Ich probiere sie vor dem Spiegel nochmals auf und entscheide, dass entweder Frau Brauns Kurzsichtigkeit ausgeprägter ist, als bisher angenommen oder sie unter starker

Geschmacksverirrung leidet. Mich erinnert mein Spiegelbild stark an die junge Boxerhündin, welche zwei Straßen weiter wohnt. Ich nehme die Mütze deshalb schleunigst wieder ab und werfe sie wieder in die oberste Schublade meiner Flurkommode. Ich will die Schublade gerade wieder schwungvoll zuknallen, um der Mütze schnellstmöglich die Gelegenheit zu geben, tief im Bermuda-Dreieck unterzutauchen, da bleibt mein Blick an etwas hängen. Die Ecke von einem kleinen gelben Buch ragt aus dem Durcheinander von unnützen Dingen heraus. So gelb, dass es fast zu leuchten scheint. Noch bevor ich es herausziehe, weiß ich, dass es Gertis Notizbuch ist, welches ich an dem Tag ihrer Beerdigung mit nach Hause genommen habe. Ich halte es in der Hand und streiche über den weichen Stoffeinband, der mit Blumen bestickt ist. Wie konnte ich es nur vergessen? Ich mache mir einen Milchkaffee und setze mich ans Küchenfenster.

Andächtig schlage ich es auf und beginne zu lesen. Ich lese so lange, bis ich Kopfweh habe und mein Herz sich verkrampft. Eigentlich tut es das nicht oft, aber heute bereits das zweite Mal.

Herzschmerz in meiner Brust.

GERTIS NOTIZEN

Die Gedanken begleiten mich den ganzen Tag. Sie dulden es kaum, wenn ich versuche, sie zur Seite zu schieben, um mich auf etwas anderes zu konzentrieren. Die Gedanken an meine Tante Gerti drängen sich, ohne dass ich es will, permanent in den Vordergrund. Einzig im Zimmer von Herrn B. gelingt es mir, mich auf etwas anderes zu fokussieren. Er ist seit seinem letzten Sturzereignis tatsächlich nicht mehr in der Lage, allein aufzustehen. Diesem Umstand ist es geschuldet, dass er, obwohl es ihm offensichtlich überaus unangenehm zu sein scheint, zunehmend auf unsere Hilfe angewiesen ist.

»Soll ich lieber meinen Kollegen holen?«

Ich versuche Blickkontakt zu ihm zu bekommen, während ich mit ihm spreche und ihm sämtliche pflegerische Hilfsangebote anbiete, die er allesamt nur äußerst knapp angebunden ablehnt.

»Nein, auf keinen Fall. Wenn ich überhaupt Hilfe annehme, dann von Ihnen.« Er macht eine Pause. »Geben Sie mir etwas Zeit. Ich muss mich erst mal daran gewöhnen, dass ich keine Kontrolle mehr über meine Beine habe. Es ist so zum Kotzen, dieses Gefühl, nicht mehr aufstehen zu können. Ich würde lieber heute als morgen sterben.«

Den letzten Satz spricht er dermaßen leise vor sich hin, dass ich ihn nur mit Mühe verstehen kann und mir dabei nicht wirklich sicher bin, ob er überhaupt für meine Ohren bestimmt ist.

Er richtet das erste Mal seit zwei Tagen den Blick wieder auf mich. Seine Augen glitzern.

»Es hat nichts mit Ihnen zu tun. Ich hab nur keinen Bock mehr und kann mit alledem hier nicht gut umgehen.«

Er wendet den Blick wieder ab. Ich stehe hilflos neben dem Bett. Mir fehlen die passenden Worte, weshalb ich lediglich meine Hand kurz auf seine Schulter lege, was er geschehen lässt.

»Danke! Bis morgen!«

Der harte Ton, der seit gestern in seiner Stimme mitschwang, ist verschwunden.

»Bis morgen.«

Ich gehe mit langsamen Schritten zur Tür und verharre noch einen kleinen Moment, bis ich durch sie hindurch schreite.

Zuhause sprinte ich die Treppen in einem Tempo hoch, als wenn irgendwas verloren gehen würde, wenn ich zu langsam wäre. Ich schmeiße meine Tasche auf den Boden und gehe in die Küche. Das kleine gelbe Notizbuch liegt in der Fensterbank meines Küchenfensters. Es wird von der Sonne angeleuchtet, die mehrere sattgelbe Strahlen durch die Fensterscheibe schickt.

Ich nehme es andächtig in die Hand. Ich bin froh, dass ich es mitgenommen habe und jetzt darin lesen kann. Aber zugleich ein bisschen traurig. Traurig darüber, dass ich manches von den hier niedergeschriebenen Dingen nicht früher wusste und traurig darüber, dass ich meine Tante so wenig kannte. Das ich offensichtlich nicht in der Lage war, hinter ihre Fassade zu schauen, um die Dinge zu sehen, die mit dem bloßen Auge nicht sichtbar sind.

Sie hat poetische und weiche Worte gefunden, um verschiedene Facetten ihres Lebens zu beschreiben, wobei sie durchaus nicht alle einfach waren. Es waren nicht viele Menschen, die sie auf ihrem Lebensweg begleitet haben. Diesen wenigen Menschen hat sie jedoch eine besondere Bedeutung zuteilwerden lassen, was bereits aus der liebevoll wirkenden Beschreibung dieser Personen hervorgeht. Für mich unfassbar, bin ich eine dieser Personen.

Ich durchblättere das kleine Buch zu der Stelle, an der ich am Vortag aufgehört habe zu lesen. Vorsichtig streiche ich die Seite glatt und beginne, mich in das Geschriebene zu vertiefen, um mich kurze Zeit später darin wieder hilflos zu verlieren. Als ich das Buch zuschlage, da ich es komplett durchgelesen habe, ist es bereits Abend. Während ich die Augen über die Bergwiesen schweifen lasse, drücke ich das Buch an meine Brust, als könnte ich es auf diese Weise noch mehr fühlen. Ich muss unbedingt Doro anrufen.

Als ich die Nummer von Familie Lawin gewählt habe und sich nach mehrmaligem Klingeln jemand am anderen Ende der Leitung meldet, ist zu meiner großen Enttäuschung Martin derjenige, den ich als Gesprächspartner erreicht habe.

»Elisabeth, vielleicht kann ich dir ja helfen. Es muss ja dringlich sein, wenn du um solch eine Uhrzeit anrufst.«

Seine Stimme klingt leicht genervt. Ich werfe einen Blick auf meine Wanduhr: 19:30 Uhr. Als wenn das eine Uhrzeit wäre, um die es unmöglich wäre, jemanden ohne exorbitant wichtigen Grund anzurufen.

Ich verdrehe die Augen. »Nee, danke, Martin. Ich wollte schon Doro sprechen«, erwidere ich vermutlich eine Spur zu patzig.

Manchmal regt mich bereits die Art und Weise, wie er meinen Namen ausspricht, auf. Er zieht die Vokale ganz lang, was bei mir den Eindruck vermittelt, als möchte er damit zum Ausdruck bringen, dass selbst mein Name einen äußerst unschönen Klang hat und albern wirkt.

»Deine Schwester ist beim Yoga, sie benötigt etwas Me Time, um ihre Kraftreserven zu füllen, so sagt sie es zumindest.« Er lacht doof.

»Ja, gut. Dann sag Doro, dass ich angerufen habe und es morgen Nachmittag wieder versuche.«

Er macht eine kurze Pause und atmet geräuschvoll ein.

»Also, nichts Wichtiges?«

Wichtiger geht es kaum!

»Nein, nichts Wichtiges. Grüß mir die Jungs.«

Ich lege schnell auf, bevor ich noch anfange, mich ernsthaft über Martin zu ärgern und mir damit die besondere Stimmung, die mir Gertis Buch geschenkt hat, zu verderben.

Ich schaffe es am heutigen Abend kaum, das Buch aus der Hand zu legen, weshalb ich es später sogar mit ins Bett nehme, um vorm Schlafen nochmals die Passage zu lesen, die ich mir heute bestimmt insgesamt fünf Mal angeschaut habe. Ich blinzele mir die heute immer wieder hochsteigenden Tränen weg und fange an zu lesen:

»Lebensliste - Was ich mit meinen Nichten Dorothea und Elisabeth noch erleben möchte, bevor ich gehe.«

DIE LEBENSLISTE

Wie schade ist es, dass so vieles in unserem Leben ungesagt bleibt, weil wir uns nicht trauen, es auszusprechen, vielleicht aus dem unsinnigen Grund, weil wir glauben, es wäre nicht der passende Zeitpunkt.

Dahinter stecken viele versäumte Chancen, versäumte (gemeinsame) Augenblicke, vielleicht sogar versäumte Glücksmomente. In Gertis Fall war es ganz bestimmt so. Ich habe vieles von ihr nicht gewusst, ehrlich gesagt nicht mal erahnt. Ich wusste nicht, dass Gerti derart oft ihre Lebenspartner wechselte, weil sie eine Beziehung suchte, die ähnlich erfüllend war, wie die zu ihrem ersten Freund, der tragischerweise in jungen Jahren bei einem Autounfall starb. Ich wusste nicht, dass Gerti keine Kinder bekommen konnte, obwohl sie gerne welche gehabt hätte. Ich wusste nicht, dass sie dafür ihre Nichten abgöttisch liebte und gern viel mehr gemeinsame Erlebnisse mit ihnen geteilt hätte. Ich wusste nicht, dass sie zu depressiven Verstimmungen neigte und große Mühe hatte, ihre Emotionen in Worte zu fassen, weshalb sie es oft sein ließ und ihre Gefühle in ihrem Inneren verbarg. Ich wusste es nicht, dass es die Mathematik war, der sie ihr Leben verschrieb, weil diese keine ungeplanten Überraschungen für sie bereithielt, sie nicht enttäuschte und aufgrund ihrer Berechenbarkeit eine wichtige Konstante für Verlässlichkeit und Sicherheit auf ihrem sonst unsteten Lebensweg bildete.

Den von Gerti gewählten Ausdruck »Lebensliste« finde ich ehrlich gesagt viel schöner und auch wesentlich passender als die heutzutage benutzten Begrifflichkeiten wie Bucketlist oder auf Deutsch Löffelliste. Es geht ja eigentlich darum, Wünsche zu formulieren, die man sich erfüllen möchte, wenn man mitten im Leben steht und nicht, wenn man den Tod schon vor Augen hat. Ich glaube, dass dies ein Umstand wäre, der großen Einfluss auf das Erlebte hätte. Mir zumindest käme es ganz anders vor, wenn ich eine Reise unter der Prämisse erlebe, dass sie die letzte Reise ist oder ich den Gedanken tragen darf, dieses Ziel vielleicht nochmals zu bereisen und vor allem um die Möglichkeit weiß, diese Reise noch lange als Erinnerung in mir zu tragen und in meinen Alltag mitnehmen zu können.

Ich besitze solch eine Liste nicht und ich habe, selbst bei genauerem Darübernachdenken, keinerlei Ambitionen, mir eine zu erstellen. Es ist nicht so, dass ich keinerlei Wünsche habe, was ich in meinem Leben noch erreichen oder erleben möchte. Da fällt mir einiges ein, was mir selbst, ohne es zu verschriftlichen, präsent ist und nicht in den Hintergrund gerät. Nein, es ist viel eher so, dass keiner dieser Wünsche für mein Leben eine dermaßen starke Bedeutung hätte, dass es mich schmerzen würde, diese Welt zu verlassen, ohne ihn erfüllt zu haben. Für mich sind es die Beziehungen zu Menschen, die sich wichtig anfühlen. Viel wichtiger als alles andere.

Hätte es mir jemand erzählt, hätte ich es ihm nicht geglaubt, dass Gerti solch eine Liste angefertigt hat. Erst recht nicht, dass sie die dort aufgeführten Erlebnisse mit Doro und mir teilen wollte. Aber je mehr ich in ihrem Notizbuch gelesen habe, umso deutlicher wurde mir, dass ich sie nicht besonders gut kannte. Ein Umstand, der mich nachdenklich stimmt und ungewollt traurig macht.

Seitdem ich vor zwei Tagen angefangen habe, in dem Buch meiner Tante zu lesen, komme ich gedanklich nicht mehr davon los.

Direkt nach der Arbeit versuche ich erneut, Doro zu erreichen, was mir diesmal tatsächlich direkt gelingt.

»Alles gut bei dir, Lissy? Martin hat mir heute früh erzählt, dass du gestern Abend so spät angerufen und irgendwie komisch geklungen hättest.«

»Nee, es war überhaupt nicht so spät und ich klang bestimmt nicht komisch. Ich wollte nur nicht mit ihm sprechen, sondern mit dir.«

»Du hättest aber trotzdem ruhig ein paar Worte mit ihm sprechen können. Langsam müsstest du deine Einstellung gegen ihn vielleicht mal überarbeiten. Furchtbar, diese ablehnende Art ihm gegenüber. Das merkt er ja schließlich auch.«

»Er macht sich übrigens lustig darüber, dass du abends zum Yoga gehst, weil du Zeit für dich willst.«

»Das glaube ich nicht. Du musst nicht immer in alles was hineininterpretieren, wo nichts ist.«

Es entsteht eine kurze Pause.

»Lissy, ihr seid zwei äußerst wichtige Menschen in meinem Leben und es wäre unaussprechlich schön, wenn ihr es auf irgendeine Art und Weise hinbekommen könntet, wie normale Menschen miteinander umzugehen.«

Doro klingt jetzt richtig sauer, was mich wiederum etwas kleinlaut werden lässt.

»Ist gut. Tut mir leid! Ich wollte nicht anrufen, um mit dir zu streiten.«

Doro schnauft noch einmal ins Telefon, wahrscheinlich den Rest ihres Ärgers über mich, und spricht dann wieder in einem ruhigeren Tonfall zu mir: »Also, Lissy, was ist los? Es ist ja irgendwas los, sonst würdest du nicht abends bei uns anrufen. Da muss ich meinem Mann recht geben.«

Ich hole einmal tief Luft, schiebe Martin aus meinen Gedanken raus und fange an zu erzählen.

Doro und ich telefonieren über zwei Stunden. Zwischendurch kommen immer wieder mal Justus oder Jonas herein und unterbrechen unser Gespräch, weil sie kurz mit mir sprechen wollen oder ihre Mutter ihnen unverzüglich bei den Hausaufgaben helfen oder Süßigkeiten servieren soll.

Zu meiner völligen Überraschung sagt sie zum Ende des Telefonats: »Wir machen das, Lissy! Wir erleben Gertis Liste. Ich will das unbedingt!«

Ich wische mir vor Rührung und Glückseligkeit eine Träne aus dem Augenwinkel. Keine Reaktion habe ich mir so sehr gewünscht, wie diese.

Es gibt Dinge, die nur bestimmte Menschen sehen. Ich sehe sie selbst sicher nicht immer. Manchmal laufen mir die Augen über. Sie laufen über von den ganzen Reizen, die mich umgeben. Die ich eigentlich gar nicht sehen will. Aber Augenschließen ist keine Alternative, denn dann sehe ich es erst recht nicht. Also versuche ich meinen Blick zu filtern. Und zwar immer dann, wenn ich merke, dass meine Augen überlaufen. Leider merke ich es oft nicht. Und dann ziehen sie an mir vorbei, die besonderen Momente. Ungesehen, ungefühlt. Einfach so, laufen sie ins Leere.

Tante Gertis Lebensliste ist nicht lang und auch nicht übermäßig aufwendig. Die Klassiker, wie auf den Bahamas mit Delfinen zu schwimmen oder die sieben Weltwunder zu erkunden, fehlen. Die erste und einzige Bedingung für die Erfüllung der aufgeführten Wünsche ist, dass sie es nicht allein macht. Ihre beiden Nichten oder zumindest jeweils eine von ihnen soll dabei sein.

Sie hat jede einzelne Seite ihres Notizbuches mit einem Datum versehen. Auf dieser Seite ist das Datum eines Tages im Mai vor über fünf Jahren notiert. Sie wollte diese Erlebnisse also mit ihren erwachsenen Nichten teilen, nicht mit den kindlichen, wie ich zuerst vermutet hatte.

Acht Punkte stehen zur Abarbeitung aufgelistet:

1. ein Wochenende im Sommer in einem Hausboot verbringen
2. mit einem Heißluftballon fliegen
3. mit dem Zug nach Paris fahren und in Sacre Coeur eine Kerze anzünden
4. mein Streuselkuchenrezept veröffentlichen
5. morgens als Erste im Zoo am Gorillafelsen sein und die Tiere ganz in Ruhe beobachten
6. ein oder mehrere Tiere aus dem Tierheim adoptieren
7. einen Yoga-Kurs besuchen
8. Motorrad fahren, egal, ob als Fahrer oder Beifahrer, Hauptsache zu schnell

SOMMERREGEN

Jedes Jahr, wenn die Temperaturen milder und die Tage länger werden, nehme ich mir vor, mit dem Rad zur Arbeit zu fahren. Jeden Morgen, wenn im Sommer mein Wecker klingelt, entscheide ich noch im Bett, dass ein paar Minuten länger Schlafen bestimmt wichtiger für mein Wohlbefinden sind als die sportliche Betätigung zu solch früher Stunde. Dafür fahre ich mit heruntergelassenen Fensterscheiben im Auto und rede mir ein, dass das zumindest vom Gefühl her, den Fahrtwind im Gesicht zu spüren, so ähnlich wie Fahrradfahren sein sollte.

Trotz der schon frühmorgens aufgeheizten Luft ist der Himmel von grauen Wolken bedeckt.

»Das gibt heute bestimmt noch ein Gewitter«, sagt meine Kollegin zu mir, als wir später am Vormittag gemeinsam am Fenster vom Dienstzimmer stehen und sie mit kritischem Blick den Himmel inspiziert.

»Ich wollte erst mit dem Fahrrad kommen«, entgegne ich.

»Gut, dass du das nicht gemacht hast. Ich kann mir bei aller Liebe nicht vorstellen, dass es heute trocken bleibt.«

Ich nicke lächelnd. Meine Grundstimmung *müde* hat manchmal doch auch was Positives.

Die Stimmung von Herrn B. könnte man als schwankend bezeichnen. Seit den letzten Tagen ist es nicht möglich vorherzusagen oder zu erahnen, was einen erwartet, wenn man sein Zimmer betritt. Mal bekommt man ein Lächeln und wird in eine Unterhaltung verwickelt, mal bekommt man weder einen Blick noch eine Gesprächsbeteiligung seinerseits. Heute schaut er nur kurz hoch, als ich sein Zimmer betrete und kramt dann weiter in seinem Nachtschrank.

»Alles in Ordnung? Suchen Sie etwas?«, frage ich ihn, während ich sein Schmerzmittel verabreiche.

»Hm, ich wollte nur gucken, ob mein Feuerzeug da ist. Ich dachte, Sie können mich ja gleich mit dem Bett auf die Terrasse fahren und ich kann da eine rauchen.«

»Kann ich machen.«

»Ich finde es jetzt nicht, also das Feuerzeug. Gucken Sie mal im Kleiderschrank in der Tasche von meiner Jacke nach. Ich ziehe seine Lederjacke hervor, die in ihrer Klobigkeit den halben Schrank einnimmt. In der linken Jackentasche steckt tatsächlich ein Feuerzeug. »Ich habe die Jacke schon, seit ich siebzehn bin. Wir haben so einiges zusammen erlebt. Mein Sohn hat sie mir gestern mitgebracht. Er meinte, die Jacke müsste unbedingt da sein, wo ich es bin.«

Ich vermute, dass Herr B. vor seiner Erkrankung eine andere Statur gehabt haben muss. Die Jacke wirkt dermaßen groß, als wenn er mindestens zweimal reinpassen würde. Das Innenleben ist mit schwarzem Futter ausgekleidet.

»Die hält bestimmt gut warm«, sage ich, als ich sie wieder zurückhänge.

»Richtig. Die ist nichts für dieses Wetter. Deshalb hatte ich meinem Sohn gesagt, dass ich sie nicht mehr brauche. Wenn man der mehrfach abgegebenen Prognose mehrerer Krankenhausmediziner Glauben schenken will, werde ich nicht mehr über den Sommer hinauskommen.«

Er sagt es so, als wäre es eine Nebensache. Ich gucke ihn an und er muss lachen.

»Mensch Elisabeth! Jetzt gucken Sie mal nicht so betreten. Im Hospiz sterben die Menschen nun einmal. Obwohl das in meinem Fall natürlich ein außerordentlich großer Verlust ist, vor allem für die Frauenwelt.«

Ich muss ungewollt lachen und mache mich daran, sein Bett durch die Terrassentür zu schieben. Als ich sein Bett schließlich auf der Terrasse feststelle und Aschenbecher und Notfallklingel auf dem Tischchen, welches neben ihm positioniert ist, bereitstelle, sehe ich, wie er eine Dose Whisky-Cola unter seiner Bettdecke hervorholt.

»Na, Sie haben ja gut was vor, dafür, dass es erst elf Uhr vormittags ist.«

»Ich muss mir die Zeit hier ein bisschen versüßen und ich habe ja nicht mehr viel davon.«

Seine Augen fixieren mich. »Von der Zeit habe ich nicht mehr viel, meine ich. Hiervon schon.« Er deutet auf die Dose und lacht. »Dafür hat Kletti gesorgt, dass ich gut eingedeckt bin.«

Ich nicke und deute auf die Klingel. »Sie melden sich, wenn Sie wieder ins Zimmer wollen.«

Als ich auf den Flur trete, ist dort großes Gewusel. Die Rettungssanitäter, die anscheinend eben einen Gast zur Aufnahme gebracht haben, stehen noch auf dem Flur und benötigen irgendwelche Unterlagen, eine Ehrenamtliche steht daneben und fragt mich gleich nach einer Übergabe, während ich höre, wie zeitgleich das Telefon im Dienstzimmer und die Klingelanlage in einem Gastzimmer ihre vertrauten Geräusche von sich geben. Ich seufze kurz und versuche mich dabei zu sortieren, um in vernünftiger Reihenfolge alles nacheinander abzuarbeiten.

Ungefähr eine Stunde später haben meine Kollegin und ich das größte Chaos in den Griff bekommen. Wir stehen nebeneinander in der Küche und trinken ein Glas Wasser, als wir es donnern hören.

»Siehst du? Du hast alles richtig gemacht, als du heute früh in dein Auto gestiegen bist«, sagt sie zu mir.

Ich nicke und beobachte, wie große Regentropfen auf den Terrassenbereich vor der Küche fallen und in kürzester Zeit die hellen Fliesen dunkel färben. Es donnert noch einmal und ein Blitz zuckt am Himmel, da fällt es mir erst auf. Vor Schreck fällt mir fast mein Wasserglas runter.

»Um Himmels willen. Herr B. steht noch im Bett auf der Terrasse.«

Ich renne so schnell es geht zu seinem Zimmer. Völlig durchnässt liegt er in seinem Bett im Regen und zündet sich gerade eine neue Zigarette an.

»Mensch, Sie sind ja pitschnass.« Er lächelt mich an. »Ist das nicht super?«

»Nee, ich fahre sie jetzt erst mal schnell rein.«

»Auf gar keinen Fall. Ich bleibe noch draußen.«

Ich schaue ihn perplex an. Der Regen hat in der Zwischenzeit an Intensität verloren und fällt nur noch in leichten Tropfen auf uns herab.

»Ich dachte schon, dass ich nie wieder den Regen auf meiner Haut fühlen könnte. Ich habe da gar nicht mit gerechnet, dass ich das nochmal erleben darf. Besser könnte es mir nicht gehen. Ich sitze hier mit allem, was ich brauche, im warmen Sommerregen. Und jetzt kommen Sie noch dazu.«

Seine Augen strahlen stärker denn je und ich weiß nichts zu erwidern.

»Sie müssen sich einen kleinen Moment zu mir setzen. Der Regen ist ganz warm.«

Ich will erst protestieren, aber als ich nochmals in seine Augen sehe, lasse ich es. Ich nehme einen Stuhl von den Terrassenmöbeln und setze mich daneben. Die nur noch vereinzelt vom Himmel fallenden Tropfen fühlen sich tatsächlich recht warm an und hinterlassen ein sanftes Gefühl auf der Haut. Ich schließe meine Augen und richte mein Gesicht gen Himmel, um den Regen noch etwas besser spüren zu können, da nimmt er meine Hand. Es ist das erste Mal in all den Jahren im Hospiz, dass ein Gast meine Hand nimmt. Unzählige Male habe ich schon Hände gehalten, aber noch nie wurde meine eigene gehalten. Wahrscheinlich müsste ich jetzt aufstehen.

Ich tue es aber nicht. Ich bleibe. Und so sitzen wir noch ein Weilchen Hand in Hand im Regen. Es wirkt alles leicht befremdlich und doch richtig und vertraut. Schließlich stehe ich einfach auf und fahre sein Bett wieder ins Zimmer. Wir reden nicht. Er sagt mir alles über seinen Blick.

Als ich kurze Zeit später Feierabend habe und nach Hause fahre, hat es aufgehört zu regnen. Die Sonne wirft einzelne Strahlen durch die eben noch dicht wirkende Wolkendecke und taucht damit die Umgebung in ein goldenes Licht. Es ist, als ob dieses Licht mich trösten will, dass der Moment so schnell vergangen ist. Dieser Moment, der in Worte zu fassen, unmöglich scheint.

Eigentlich waren es nur ein paar Minuten, die wir zusammensaßen. Aber es war lange genug, um mir eine Erinnerung an diesen besonderen Augenblick ins Herz zu legen.

SAMSTAG

Es hat in der Nacht erneut geregnet und die Luft wirkt deutlich abgekühlt im Vergleich zu den Vortagen.

»Schönes Wochenende!«, lächelt mich die Frau im Bäcker an und reicht mir meine Brötchentüte über den Tresen.

Früher hat es mich manchmal geärgert, wenn die Leute einem ein schönes, am besten noch erholsames Wochenende wünschen, obwohl man arbeiten muss. Es klang für mich immer so, als wenn die ganze Welt Freizeit hat, nur man selbst nicht. Was natürlich vollständiger Quatsch ist, da es genügend Berufssparten gibt, die ebenfalls am Wochenende im Einsatz sind. Mittlerweile ärgert es mich auch fast nicht mehr. Nur die wirklich wichtigen Menschen müssen am Wochenende arbeiten, sagt meine Kollegin Jenny immer. Ich finde, sie hat Recht. So wichtige Menschen wie ich oder aber die Bäckereifachverkäuferin, die mir eben ein schönes Wochenende gewünscht hat. Sie wird es mir gleichtun und sich morgen am Sonntag aus ihrem Bett quälen, um wieder hinter diesem Tresen zu stehen und frische Backwaren zu verkaufen.

»Das wünsche ich Ihnen ebenso.«

Ich lächele zurück, schnappe mir die Tüte mit den Brötchen und mache mich auf den Weg zum Frühdienst.

Herr B. und ich sprechen nicht mehr über den gestrigen Tag und unsere gemeinsame im Regen verbrachte Zeit. Er hat heute Vormittag lange Besuch von seinem Sohn und ich lasse die beiden größtenteils privat. Nach Feierabend bemerke ich zwei Anrufe in Abwesenheit von Arne auf meinem Handy. Tatsächlich ist es seit letztem Sonntag das erste Mal, dass er sich wieder meldet. Normalerweise wäre dies ein Umstand, der mich stören würde. Aber diese Woche bin ich dermaßen mit mir selbst und den Geschehnissen um mich herum beschäftigt, dass ich es kaum bemerkt habe.

Als ich zu Hause bin, rufe ich zurück. »Ich hole dich nachher ab. Habe einen Tisch beim Japaner für uns bestellt und will dich gerne einladen.«

»Ich kann nicht. Ich bin heute Abend mit meiner Schwester zum Telefonieren verabredet.«

»Ist das dein Ernst? Ihr verabredet euch Samstagabend zum Telefonieren? Und das ist dann der Grund, dass wir uns nicht sehen können?«

Mir fällt auf, dass Arne noch gar nichts weiß von Gertis Notizbuch, ihrer Lebensliste und unserem geschwisterlichen Plan, die Ziele umzusetzen.

»Ja, wir haben was wirklich Wichtiges zu besprechen.«

»Aha! Und das könnt Ihr nicht am nächsten Tag besprechen?«

»Könnten wir vielleicht, aber wir haben das so verabredet, weil ich bis vor fünf Minuten noch nichts davon wusste, dass du was mit mir machen willst.«

Ehrlich gesagt ärgert es mich, dass er, ohne mich zu fragen, bereits einen Tisch reserviert hat. Frei nach dem Motto, wenn er Zeit hat, muss ich springen.

»Ja, dann weißt du es eben jetzt.«

Er klingt stark beleidigt. »Ich dachte, ich mache dir eine Freude, wenn ich dich einlade.«

»Das machst du ja grundsätzlich immer. Weißt du doch. Aber heute Abend passt mir das nun mal nicht so gut.«

»Ja, gut, wenn alles andere wichtiger ist.«

»Es ist wirklich wichtig«, versuche ich ihn zu beschwichtigen. »Vielleicht morgen?«

»Morgen passt bei mir nicht. Außerdem habe ich für heute reserviert.«

»Ja, du hast reserviert, ohne mich zu fragen. Lässt sich außerdem bestimmt verschieben.«

»Wie gesagt, morgen Abend passt bei mir nicht. Du kannst dich ja melden, wenn du etwas deiner kostbaren Zeit für mich über hast.«

Ich starre ungläubig an die Wand. Das sagt er zu mir? Arne, der nie Zeit hat! Oft noch nicht mal für eine Nachricht oder einen Anruf unter der Woche. Arne, mit dem es ein unverhältnismäßig aufwendiger Kraftakt ist, die kommende Woche zu planen. Das sagt er zu mir, weil ich einen Abend, den er ganz spontan ohne Absprache mit mir verplant hat, was anderes vorhabe. Ich merke, dass sich meine Pulsfrequenz deutlich erhöht hat.

»Hm, kann ich machen. Mal gucken, wann das sein wird.«

»Alles klar, Lissy. Weiß ich Bescheid.« Die Tonlage seiner Stimme hat von beleidigt auf verärgert gewechselt.

»Ich auch! Im Übrigen mag ich kein Sushi.«

Ich knalle den Hörer auf. Sowas! Sich die komplette Woche mal wieder nicht melden und dann muss alles genau so laufen, wie er sich das denkt. Wie so oft, seitdem ich mit Arne zusammen bin, denke ich bei mir, dass eine Beziehung auf diese Weise nicht funktioniert. Obwohl, vielleicht funktioniert dieser Umgang ja mit anderen. Mit mir halt nicht.

Ich gehe in die Küche und versuche mich zu beruhigen, während ich mir Milchreis koche. Den ganzen Tag hatte ich mich schon auf den Milchreis gefreut. Jetzt schmeckt er mir nicht. Ich stelle die noch fast volle Schale gerade ins Spülbecken, als es klingelt. Mein erster Gedanke ist, dass es Arne sein könnte, der sich entschuldigt. Vielleicht frage ich dann Doro sogar, ob wir nicht doch eventuell morgen telefonieren können. Es ist allerdings kein Arne. Frau Braun steht direkt vor meiner Wohnungstür. Sie wirkt etwas blass und ihre Augen sehen leicht verquollen aus. Sie steht im Türrahmen und völlig wider ihre Natur sagt sie nichts.

»Frau Braun, alles gut bei Ihnen?«

Sie schüttelt den Kopf. »Nein, überhaupt nicht. Ich habe mich furchtbar mit meinem Sohn gestritten.«

»Na, das passt. Ich habe mich ebenfalls gerade gestritten. Kommen Sie rein.«

Frau Braun wirkt sofort wieder etwas gefasster, als sie meine Wohnung betritt. »Können Sie Kaffee kochen? Ich habe Kuchen dabei.« Sie deutet auf einen Kuchencontainer in ihrer linken Hand.

»Na klar! Kommen Sie mit in die Küche.«

Wie selbstverständlich stürmt Frau Braun in die Küche, lässt sich auf einen der Küchenstühle plumpsen und schenkt sich schon mal ein Glas Wasser ein, während ich den Kaffee koche.

»Meine Schwiegertochter ist wohl der Meinung, ich würde mich zu sehr einmischen, wenn es um die Kindererziehung geht. Aber dabei sehe ich die Kleinen kaum. Ich habe halt manchmal einen Ratschlag. Den muss sie ja aber nicht annehmen. Ich habe schließlich doch auch recht erfolgreich zwei Kinder großgezogen und will nur helfen.«

Das Verhältnis zwischen Frau Braun und ihrem Sohn ist oft schwierig, seit er verheiratet ist.

»Manchmal verstehe ich nicht, was das soll. Ich habe das Gefühl, die jungen Mütter von heute sitzen nur in Krabbelgruppen zusammen, um über ihre Schwiegermütter zu hetzen. Die eigenen Mütter nie, die Schwiegermütter machen immer alles falsch. Die Schwiegermütter wissen immer alles besser und werden eigentlich nur als Ballast empfunden. Dabei sind sie genauso Oma und eine Oma will doch immer nur das Beste für ihre Enkel und hat sie einfach lieb.«

Ich beobachte Frau Braun, wie sie sich ihren Kummer von der Seele redet, während ich den Kuchen auf Tellern verteile und den Kaffee in Tassen schenke. Ich muss zugeben, ich mag Frau Braun. Manchmal finde ich sie anstrengend, manchmal fordernd und nervig. Ich habe mich in der Vergangenheit sogar mal vor ihr versteckt, weil ich meine Ruhe haben wollte. Aber im Grundsatz mag ich sie, wenn auch auf mir unerklärliche Weise. Es ist ein bisschen so, als wenn sie einfach zu meinem Leben dazu gehört. Ich glaube, wir tun uns manchmal gegenseitig gut, selbst wenn ich mir das gelegentlich schwer eingestehen kann. Auch heute Nachmittag bin ich froh, dass sie mich von meinem Streit mit Arne ablenkt. Der Kuchen schmeckt fantastisch.

»Wie sieht das denn bei Ihnen aus? Wollen Sie und ihr Freund denn Kinder haben?«

Ich verschlucke mich. »Darüber haben wir so direkt noch nicht gesprochen.«

»Nicht?« Frau Braun zieht die Augenbrauen hoch. »In ihrem Alter sollte man sich aber eventuell schon mal Gedanken machen, wo die Reise hingehen soll.«

Ich gucke sie mit großen Augen an, da ich äußerst verstört bin, sowohl von ihrer für sie untypischen Ausdrucksweise als auch von der Aussage an sich.

»Ja«, sage ich nur.

»Kindchen, da müssen Sie mal drüber reden. Sie und ihr Freund sind ja nun beide keine zwanzig mehr.«

Ich vermute, dass diese direkte Art eines der Probleme im Umgang mit ihrer Schwiegertochter darstellen könnte. Ich versuche das Thema zu wechseln und erkundige mich nach der laufenden Sommermützenproduktion. Wie erwartet, gelingt mir auf diese Weise leicht ein Themenwechsel. Sie hat tatsächlich wieder eine frisch produzierte Mütze für mich dabei, was mich jetzt allerdings nur mäßig erfreut.

»Ich will Ihnen ja wenigstens ab und zu mal eine Freude machen, wo Sie immer so viel arbeiten müssen.«

Ich nicke und probiere brav die Mütze auf. Ein cremefarbenes Modell, was derart auf meinem Kopf sitzt, dass es aussieht, als hätte ich mir ein Sahnehäubchen aufgesprüht.

»Sie haben ein richtiges Mützengesicht. Sollte ich einmal dazu kommen, dass ich ein Modell brauche, werde ich auf Sie zurückgreifen.«

Ich lache leicht nervös und schicke ein kurzes Stoßgebet in Richtung Himmel, dass dies nie eintrifft.

»So, ich habe jetzt noch eine Telefonverabredung mit meiner Schwester«, bugsiere ich sie gegen Abend aus meiner Wohnung hinaus. »Vielen Dank Fräulein Höfer, dass Sie mir zugehört haben. Es geht mir gleich viel besser. Manchmal denke ich, Sie gehören richtig zu meinem Leben dazu.«

Sie drückt mir meinen Arm, für meinen Geschmack eine Spur zu fest und macht sich auf den Weg, durch das Treppenhaus zu ihrer Wohnung.

Kurz darauf habe ich Doro am Telefon. Ich will ihr erst von dem Streit mit Arne berichten, lasse es dann aber. Ehrlich gesagt, habe ich gerade gar keine Lust darüber zu reden, vor allem, wo wir viel bessere Themen haben. Doro hat sich über jeden einzelnen Punkt auf Gertis Lebensliste Gedanken gemacht und zum Teil bereits an der Umsetzung geplant.

Für das nächste Wochenende hat sie uns ein Hausboot an der Ostsee gemietet. Ich kann gar nicht in Worte fassen, wie sehr ich mich darauf freue. Dabei habe ich es noch nicht mal mit meinem Freund abgesprochen.

UNWIRKLICH

Wenigstens die Sonne ist schon vor mir aufgestanden, denke ich bei mir, als ich morgens um 05:30 Uhr mit einem Kaffee in der Hand am Küchenfenster stehe. Sonntags um diese Zeit wirkt die ganze Welt noch ruhig und schlafend und auch wenn ich selbst natürlich ebenfalls am allerliebsten noch im Bett liegen würde, genieße ich es doch ein bisschen, am Fenster zu stehen und diese Stille in mich aufzunehmen.

Das Hospiz wirkt heute früh gleichermaßen übertrieben friedlich, wie es so daliegt am Rand des Waldes, leicht erhellt von den ersten Strahlen der noch schwachen Morgensonne. Meine Kollegin vom Nachtdienst macht allerdings einen abgeschlagenen Eindruck. Müde und schief sitzt sie auf dem Bürostuhl und schaut mich mit rot geäderten Augen an. Zwei Gäste sind heute Nacht verstorben. Das passiert nicht besonders oft, aber manchmal schon. Die eine von den Damen ist gestern erst eingezogen, die andere nannte das Hospiz über ein halbes Jahr ihr Zuhause.

Unplanbar - so ist der Hospizalltag.

Unberechenbar - so ist der Verlauf vieler Krankheiten.

Unglaublich – so sind manche Schicksalsfügungen zu beschreiben.

Unfassbar – so stehe ich oft vor der Tatsache, dass ein Menschenleben mit einem Mal einfach so enden kann. Einfach so erlischt das Leben, das eben noch gewesen ist.

Trotz der vielen Jahre, die ich Menschen nun in ihrer letzten Lebensphase begleite, kann ich es nicht fassen und fällt es mir oft schwer, dies zu akzeptieren. Hilflos muss man annehmen, was einem so unwirklich, oft ungerecht erscheint.

Man erkennt die Zimmer der Verstorbenen daran, dass eine Rose in der dafür extra vorgesehenen Wandhalterung vor den entsprechenden Räumen in einer kleinen Vase steht. Als Herr B.s Sohn zu Besuch kommt, schaut er den Flur hoch und runter. Mir fällt auf, wie sein Blick an den vor den Zimmern drapierten Blumen hängen bleibt, bevor er zu uns zum Dienstzimmer kommt. Er hat eine große Schale Erdbeeren für seinen Vater mitgebracht und fragt, ob er die in der Küche waschen kann und wie es seinem Vater geht. Ich gehe mit ihm in die Küche und während wir gemeinsam am Spülbecken stehen und den Erdbeeren eine Dusche verpassen, erzählt er plötzlich: Seitdem Herr B. im Hospiz eingezogen ist, haben wir mit seinem Sohn kaum mehr als ein paar Worte wechseln können. Er war uns allen gegenüber immer recht wortkarg. Ich hatte lediglich von seinem Vater die Information, dass er zwanzig Jahre alt ist, Maschinenbau studiert und mit seiner Freundin und zwei Katzen zusammen wohnt. Er erzählt von seiner Mutter, die er nie wirklich kennen gelernt hat, weil sie kurz nach seiner Geburt gestorben ist und wie eng er und sein Vater deshalb waren und es immer noch sind.

»Es waren oft nur wir beide. Ich kann mich noch an meine Einschulung erinnern. Alle meine zukünftigen Klassenkameraden hatten dermaßen viel Familie dabei, dass der Schulhof völlig überfüllt war. Hinter mir standen nur mein Vater und meine Oma. Aber das hat für mich gereicht. Mein Vater hatte wohl oft ein schlechtes Gewissen, dass er mir keine Mutter bieten konnte, weil er mich des Öfteren gefragt hat, ob ich eine bräuchte. Habe ich aber nicht gebraucht. Mein Vater reichte mir. Er hat sich so um mich gekümmert, wie es besser nicht gegangen wäre. Obwohl ich mir manchmal schon einen Bruder gewünscht habe. Das habe ich ihm aber sicherheitshalber nicht gesagt. Wenn er eine neue Frau kennengelernt hätte, mit der es was Festes geworden wäre, hätte ich mich für ihn gefreut. Aber so richtig kam da nichts. Ich habe immer das Gefühl gehabt, dass er meine Mutter nicht wirklich loslassen konnte.«

Ich schütte die frisch gewaschenen Erdbeeren in eine Schale. Er ist viel zu jung, um bald keine Eltern mehr zu haben. Ich bin fast doppelt so alt wie er und habe noch beide. Wie ungerecht. Ungewollt schäme ich mich ein bisschen dafür, wie gut es mir geht im Gegensatz zu ihm.

»Ich sehe, dass es meinem Vater zunehmend schlechter geht. Aber ich weigere mich irgendwie, das richtig wahrhaben zu wollen. Immer, wenn ich den Berg hierher hochfahre, spiele ich mit dem Gedanken, ihn einfach mitzunehmen. Denn wenn er nicht mehr im Hospiz ist, dann stirbt er nicht. Dann ist er wieder zu Hause und gesund. Das kommt mir für einen kleinen Moment immer ganz logisch vor, bis mich die Realität wieder einholt.«

Ich nicke, weil ich verstehe, was er meint. Er nimmt die Schüssel mit dem Obst und wendet sich zum Gehen.

»Danke fürs Zuhören. Ich glaube übrigens, mein Vater mag sie.«

Er lächelt, was ich bis jetzt noch nie bei ihm gesehen habe. Ich lächele zurück.

Herr B. ist mit Unterstützung seines Sohnes aus dem Bett in den Rollstuhl umgestiegen und nachdem die beiden auf der Terrasse Erdbeeren gegessen haben, fahren sie noch eine Runde durch das Hospiz.

»Na, hier ist wohl gerade Hochkonjunktur?«

Herr B. deutet den Flur entlang, wo die Blumen vor den Zimmern hängen. Er weiß um die Bedeutung, selbst wenn es ihm nie erklärt wurde.

»Nun bemühen Sie sich aber ein bisschen, ein paar Leute noch auf der Erde zu halten. Ich wollte eigentlich noch ein Weilchen bleiben.«

Er lacht. Manchmal weiß ich nicht richtig, wie ich seine flapsige Art deuten soll. Alles nur Fassade oder schlicht seine Art des Umgangs mit der Situation? Allerdings kriegt er es oft hin, dass ich nur verlegen herumstottere und ihm eine Erwiderung schuldig bleibe, weil mir ad hoc nichts Passendes einfällt.

Gerade ist das ähnlich. Immerhin bekomme ich heute ein »Ich werde mich bemühen« mit einem Lächeln gekoppelt zustande. Als sich sein Sohn längst verabschiedet hat und ich noch einen letzten Blick bei ihm hineinwerfe, bevor ich den Feierabend einläute, liegt er im Bett auf der Seite zum Fenster gedreht. Mein erster Eindruck ist, dass er schläft und ich schleiche mich langsam wieder aus dem Zimmer. Kurz bevor ich die Tür schließe, fällt das Licht so, dass die Fensterscheibe ein Spiegelbild reflektiert. Es ist nur ein kurzer Moment, in dem ich einen Blick auf sein Gesicht erhaschen kann. Seine Augen sind weit geöffnet, während Tränen aus ihnen die Wangen herunterrinnen. Ich halte kurz inne und möchte etwas sagen. Ich möchte zu ihm gehen und ihn in den Arm nehmen. Doch ich tue nichts von alledem. Ich bin mir sicher, dass er meine Anwesenheit bemerkt und darauf bewusst nicht reagiert hat. Deshalb schließe ich leise die Tür. Ich bleibe noch einen Moment an der

geschlossenen Tür stehen. Ich halte mit meiner Hand den kühlen Türgriff umschlungen und atme tief durch. Die Fassade
bröckelt an allen Ecken und Enden.

Am frühen Abend treffe ich mich mit Marie vorm Schwimmbad. Sie hatte mir heute Vormittag geschrieben, ob ich spontan
Zeit und Lust hätte, ein paar Bahnen mit ihr zu ziehen. Und das
hatte ich. Ich war diesen Sommer noch gar nicht schwimmen,
obwohl ich es sehr gerne mache, wenn ich einmal da bin. Oft
fehlt mir die Motivation mich aufzuraffen und wenn diese mal
nicht fehlt, dann ist es die Zeit. Wenn man sich verabredet und
zu zweit geht, fällt es viel leichter und macht natürlich dazu
noch mehr Spaß. Wir haben die Uhrzeit taktisch so gewählt,
dass die Sonne noch genug Kraft hat, um uns dermaßen aufzu-
heizen, dass die Kühle des im Schwimmbecken befindlichen
Wassers als angenehme Erfrischung wirkt, es aber auf der anderen Seite schon so spät ist, dass die meisten Kinder zum
Abendbrot nach Hause müssen und wir somit deutlich mehr
Ruhe und Platz im Schwimmbecken haben, als es ein paar Stunden früher der Fall gewesen ist. Wir schwimmen in stiller Ein-
trächtigkeit ein paar Bahnen nebeneinander. Ich bin mir sicher,
dass Marie weiß, dass ich mich mit Arne gestritten habe, aber
getreu ihrer Devise »Ich halte mich da raus« bewusst kein Wort
darüber mir gegenüber verliert.

Ich tue es ihr gleich und meide das Thema, wobei mir der Streit vom Vortag natürlich viel im Kopf herumschwirrt. Gerade möchte ich es aber lieber verdrängen. Ich erzähle Marie, dass ich nächstes Wochenende mit Doro an die Ostsee fahre.

»Oh, wie schön. Kommen Justus und Jonas auch mit?«

Darüber habe ich noch gar nicht nachgedacht. In meiner Vorstellung waren es bis jetzt immer nur Doro und ich.

»Ich weiß nicht. Muss ich sie noch mal fragen. Am Ende kommt selbst Martin noch mit.«

Ich lache, weil ich mir das beim besten Willen nicht vorstellen kann und nachdem ich mich kurz an den Gedanken gewöhnt habe, dass die Zwillinge mitkommen, finde ich ihn richtig schön. Ich sehe die Jungs eh viel zu selten und unser Ausflug wäre durch ihre Anwesenheit sicherlich komplett anders, aber dafür anders schön. Da bin ich mir sicher. Ich nehme mir vor, Doro heute noch eine Nachricht zu schreiben, um zu fragen.

Wir haben das Glück, kurz bevor der Kiosk schließt, noch eine Portion Pommes zu bekommen und nachdem wir diese einträchtig auf der Wiese nebeneinandersitzend verspeist haben, fahren wir nach Hause. Ich setze mich mit immer noch nassen Haaren aufs Sofa und schicke eine Nachricht an Doro. Zeitgleich zappe ich mich durch das aktuelle Fernsehprogramm und rege mich innerlich auf, dass selbst sonntags nur Schrott kommt. Kein Wunder, dass das reguläre TV-Programm zunehmend weniger Anklang findet und sich immer mehr Menschen zu dem Abonnieren von kostenpflichtigen Fernsehsendern hinreißen lassen. Ich bleibe schließlich bei dem Krimi im Ersten hängen. Ich muss an Herrn B. denken. Ich bin mir sicher, dass er in diesem Moment dasselbe Programm schaut, da er mir mal erzählt hat, dass er seit Kindheit ein Fan von diesem Format ist.

Das Telefonklingeln reißt mich aus meinen Gedanken. Ich sprinte in den Flur zu meinem Festnetztelefon.

»Tante Lissy, wir kommen mit!«, schreit Justus oder Jonas in den Hörer.

Die Zwillinge am Telefon zu unterscheiden ist mir noch nie gelungen. Wo sie sich optisch schon ausgesprochen ähnlich sind, so sind ihre Stimmen überhaupt nicht mehr auseinanderzuhalten. »Toll, ich freue mich!«, lache ich. Mein Gesprächspartner, der sich im Verlaufe des Telefonats als Justus herausstellt, erzählt mir noch aufgeregt von den Neuerungen in ihrer schulischen Laufbahn.

»Das Schlimmste, Tante Lissy, das musst du dir mal vorstellen, das Schlimmste ist, dass Frau Kowalski meint, man solle uns trennen. Also, dass Jonas in die Parallelklasse wechseln soll und ich alleine bei ihr bleibe. Die spinnt doch! Ohne Jonas halte ich das nicht aus bei der. Und Mama hat dann sogar noch gesagt, dass sie darüber nachdenken will. Das ist ja wohl der absolute Oberknaller!« Jonas ist offensichtlich anwesend während des Telefonats, da ich im Hintergrund höre, wie er zuerst mehrere Äußerungen über den seiner Meinung nach stark geistig eingeschränkten Zustand von Frau Kowalski macht und im Anschluss ein selbst erdachtes Lied über sie anstimmt. Den Text kann ich nicht genau verstehen, was vermutlich auch besser ist.

Als ich auflege, freue ich mich noch mehr auf nächstes Wochenende, als ich es ohnehin schon getan habe.

KINDERWUNSCH

Die Tage, an denen ich in den Nachtdienst gehe, sind zwar bis zum späten Abend frei, aber sie plätschern trotzdem meist lustlos dahin.

Ich sitze am Küchenfenster und überlege, wie ich den Tag trotzdem mit etwas Schönem füllen kann. Arne hat, wie es für ihn typisch ist, seit unserem Streit am Telefon nichts mehr von sich hören lassen und mir fehlt die Energie und die Lust dazu mich zuerst bei ihm zu melden. Irgendwie ist es immer die gleiche Leier bei uns. Ich hatte gehofft, je länger wir zusammen sind, umso besser würde das alles irgendwann laufen. Ich muss an Frau Brauns Worte bezüglich Familiengründung denken.

Sie hat natürlich recht. Ich bin Mitte dreißig und wenn wir Kinder haben möchten, sollte man das nicht erst in fünf Jahren klären. Will ich eigentlich Kinder haben? Früher hätte ich immer geantwortet: »Ja, auf jeden Fall. Aber später«. Jetzt ist das *später* auf einmal schon da.

Ich denke an meine liebsten Neffen und merke, dass sich mein Herz oft ein bisschen verkrampft vor lauter Vermissen. Ich würde gerne einem kleinen Menschen beim Aufwachsen helfen und ihn in seinem Leben begleiten. Ob Arne dafür der richtige Partner ist und ob er das überhaupt will, halte ich allerdings für fraglich. Vielleicht sollte ich wirklich mal Klartext mit ihm reden.

Ich schenke mir einen Kaffee ein, der soeben durch die Maschine gelaufen ist. Als ich mir Milch aufschäume und diese über den Kaffee gieße, muss ich plötzlich an Jenny denken. Jenny ist eine meiner liebsten Kolleginnen im Hospiz und mittlerweile ist sie zusätzlich zu einer richtig guten Freundin geworden. Sie hat sich vorletzte Woche krankgemeldet und ich hatte mir vorgenommen sie anzurufen, um zu erfragen, wie es ihr geht. Bin aber in meinem Alltagschaos völlig davon abgekommen. Ich hole mein Telefon und setze mich mit Hörer und Kaffee wieder ans Fenster. Es dauert nur eine Minute und ich habe Jenny am Telefon. Ihre Stimme klingt belegt.

»Mensch, es tut mir leid. Ich wollte mich letzte Woche schon bei dir melden. Wie geht es dir denn?«

Sie zögert. »Ja, es geht. Nicht so gut.«

»Du klingst aber richtig krank. Was hast du denn überhaupt.«

Sie zögert erneut, diesmal aber deutlich länger. »Mir geht es insgesamt nicht richtig gut.«

»Hm, kann ich denn irgendwas für dich tun? Brauchst du was? Ich könnte heute Nachmittag bei dir zum Krankenbesuch vorbeikommen.«

»Ist gut, Lissy. Lieb, dass du dich meldest, aber ich brauche wirklich nichts und ich will auch gerade keinen Besuch.«

Jetzt kommt mir die Sache aber langsam komisch vor. Jenny ist einer der lustigsten und aufgeschlossensten Menschen, die ich kenne und die von ihr eben getroffenen Äußerungen passen nicht zu ihr.

»Was ist los, Jenny?«

»Nichts.«

Auf einmal fängt sie laut an zu schluchzen.

»Mir geht es einfach nicht gut«, sagt sie mit tränenerstickter Stimme.

»Ich komme nachher vorbei und bringe Kuchen mit, und zwar keinen vom Bäcker, sondern welchen vom Konditor.

Brauchst du sonst noch was?«, sage ich mit ganz bestimmter Stimme.

Offensichtlich ist die Entschlossenheit dieser Aussage, die ich mit Absicht nicht als Frage formuliert habe, zu ihr durchgedrungen.

»Okay. Um drei Uhr? Kannst du mir vielleicht was gegen Kopfschmerzen und ein bisschen Obst mitbringen?«

»Das mache ich sehr gerne. Bis nachher.«

Als sie mir am Nachmittag die Tür öffnet, erschrecke ich mich ein bisschen. Blass wie die Wand sieht sie aus und ihr Gewicht, welches sich sowieso immer im unteren Segment der Empfehlungen befindet, wird vermutlich noch weiter heruntergegangen sein. Als sie die Tür hinter mir geschlossen hat, nehme ich sie fest in den Arm und sie fängt sofort an zu weinen. So kenne ich Jenny überhaupt nicht. Es gibt ja Menschen wie mich, bei denen permanent die Dämme brechen. Das muss nur in der falschen Situation eine rührende Werbung über Schokolade sein und schon fange ich an zu heulen. Und dann gibt es Menschen wie Jenny. Ich habe sie die acht Jahre, die wir uns mittlerweile kennen, noch nicht einmal weinen gesehen. Ich ziehe sie in ihre Wohnküche und bugsiere sie auf einen Stuhl. Während ich Kaffee koche und ihre Arbeitsplatte aufräume, fängt sie von allein an zu erzählen.

Als sie fertig ist, weinen wir beide. Ich hatte keine Ahnung. All die Jahre hatte ich nicht den blassesten Schimmer. Letzte Woche hatte Jenny eine Fehlgeburt. Es war aber nicht das erste Mal, dass ihr so etwas Schlimmes widerfahren ist. Es war bereits ihre vierte Fehlgeburt. Sie holt eine Kiste hervor und zeigt mir die Ultraschallbilder ihrer Kinder.

»Meine Sternchen« steht auf der Kiste und daneben sind vier Herzchen aufgemalt.

»Ich war mir sicher, dass dieses Kind bleiben will. Ich war in der sechszehnten Woche. So weit war ich noch nie. Wenn man genau hingesehen hat, konnte man bereits meinen Babybauch sehen. Es wäre ein Mädchen geworden. Ich wollte sie Hedi nennen.« Sie weint leise. »Aber Hedi wollte auch nicht bleiben. Warum bloß nicht?«

Sie legt ihre Hände schützend über ihren Bauch, als würde sie das Baby noch in sich tragen. »Es tut mir so leid.«

Ich schäme mich, weil ich nichts gemerkt hatte. Ich hatte nicht die leiseste Ahnung. Ich wusste nicht mal, dass Jenny einen Kinderwunsch hat. Wir haben nie darüber gesprochen.

»Warum hast du nie was gesagt?«

»Was soll ich denn sagen? Ich verliere ein Kind nach dem anderen und gehe daran kaputt. Es sind meine Kinder, die als Zellhaufen ausgeschabt oder als kleine leblose Körper geboren werden mussten. Mein Körper, der nicht in der Lage ist, sie zu halten. Mein Schmerz.«

Ich bin so tief betroffen, wie lange nicht mehr. Wenn ich mit allem gerechnet habe, damit nicht. »Aber du musst den Schmerz doch nicht allein aushalten. Was ist denn mit Alex?«

Alex und Jenny sind schon immer ein Paar. Zumindest solange ich sie kenne und sie hat mir gegenüber erwähnt, dass sie seit früher Jugend ein Paar sind. Sie schüttelt den Kopf.

»Er versucht mich zu trösten. Er ist auch traurig, aber ich habe trotzdem das Gefühl, er versteht nicht, wie ich mich fühle. Nach der ersten Fehlgeburt haben sie uns im Krankenhaus nach der Ausschabung geraten, es ruhig baldmöglichst wieder zu versuchen. Sie haben uns Mut gemacht. Alex war da ebenfalls stets optimistisch, viel optimistischer als ich. Nachdem wir das zweite Kind verloren hatten, wurde der Zuspruch, es bald wieder zu versuchen, deutlich leiser. Wir haben eine lange Untersuchungsorgie hinter uns, die ergebnisfrei blieb. Es konnte kein medizinischer Grund gefunden werden, warum wir keine gesunden Kinder zur Welt bringen sollten. Also haben wir es noch mal versucht. Doch nach dem dritten Verlust haben wir angefangen, die Hoffnung zu verlieren. Alex wollte nicht mehr. Er sagte, wir könnten ja vielleicht über eine Adoption nachdenken. Ansonsten, sagte er, müssten wir vielleicht versuchen uns auf ein Leben ohne Kinder einzustellen. >Wir haben es ja gut.

Wir haben uns‹, hat er immer gesagt. Natürlich hat er damit recht. Aber er hat sie nie gespürt. Diese Schmetterlinge im Bauch, die ankündigen, dass dort ein neues Leben entsteht. Ich habe diese Kinder gespürt, ich habe sie gesehen. Ich habe es mir verboten zu träumen und habe es dennoch getan. Ich wollte es nicht, aber ich habe mich mit meinen Kindern Eis essen gesehen. Ich war mit meinem Sohn im Stadion und mit meiner Tochter Rollschuh laufen. Ich habe Namen ausgesucht und Tauffeiern geplant. Ich habe mich selbst gesehen, wie ich meinen Eltern ihr lange herbeigesehntes Enkelkind in die Arme lege. Ich habe nächtelang wach im Bett gelegen, meinen Bauch gehalten und dabei gehofft, gebetet, gefleht.«

Ich nehme Jenny ganz fest in den Arm, während sie sich immer noch den Bauch hält und weint.

»Der Tod gehört zum Leben. Wer weiß das, wenn nicht ich«, sagt sie schließlich, löst sich aus meiner Umarmung und steht auf. Sie legt den Deckel auf die Sternchen-Kiste und geht mit ihr aus dem Raum. Ich bleibe wortlos in ihrer Küche sitzen. Ich weiß nicht, wie lange ich da sitze und vor mich hin starre. Gefühlt eine halbe Ewigkeit, in Zeit gemessen wahrscheinlich um die zehn Minuten.

Als Jenny wiederkommt, wirkt sie wieder etwas gefasster. Sie hat sich das Gesicht gewaschen und einen Zopf gemacht.

»Wollen wir Kuchen essen?«

Ich nicke. Wortlos sitzen wir nebeneinander auf der Küchenbank und essen den von mir mitgebrachten Kuchen. Unsere Schultern berühren sich, so eng sitzen wir beieinander. Als wir eine Stunde später zur Verabschiedung an der Tür stehen, nehme ich sie noch mal fest in den Arm.

»Ich weiß, ich kann dir deinen Schmerz nicht nehmen. Aber vielleicht kann ich es ja mit dir zusammen etwas schwer haben, wenn du es mir erlaubst.«

Ein leichtes, müdes Lächeln huscht über ihr Gesicht. »Danke, Lissy. ich melde mich.«

Ich nicke. »Ich bin da.«

Ich fühle mich erschöpft, als ich zu Hause bin und lege mich völlig wider meine sonstige Gewohnheit noch für ein Weilchen hin, bevor ich mich für die Arbeit fertig mache.

DIE ERSTE NACHT

Ich fühle mich nicht wirklich erholt, obwohl ich tatsächlich noch eine knappe Stunde richtig geschlafen habe. Wahrscheinlich liegt es daran, dass ich zusammenhanglos und wirr geträumt habe. Ich bin richtig verschwitzt, als ich aufwache, weshalb ich mir noch eine schnelle, kalte Dusche gönne, die es tatsächlich schafft, mich etwas zu revitalisieren. Vielleicht liegt es aber auch an meinem Duschgel, das laut seiner Aufschrift eine ähnliche Wirkung verspricht.

Im Hospiz angekommen schenke ich mir ein großes Glas Wasser ein. Ein Umstand, der bei mir wirklich Seltenheitswert hat, ist eingetroffen: Ich möchte heute keinen Kaffee mehr trinken. Die Gäste schlafen alle bei unserem ersten Kontrollgang, weshalb wir uns erst einmal in die Dokumentation vertiefen. Ich denke an Jenny, nehme mein Handy in die Hand und möchte ihr schreiben. Ich lege es wieder weg und beschließe, ihr morgen zu schreiben. Ich will sie nicht bedrängen.

Die Nacht plätschert so vor sich hin. Meine Kollegin berichtet viel von ihrer neuen Küchenmaschine, die sogar selbst kochen kann. Sie ist richtig begeistert und sehr froh, sie sich angeschafft zu haben, obwohl sie früher immer dachte, sie bräuchte so etwas nicht. Ich höre nur mit halbem Ohr hin. Es interessiert mich zu wenig. Meine Gedanken hüpfen hin und her zwischen Jenny, meiner eigenen Lebensplanung, Arne und dem bevorstehenden Wochenende an der Ostsee. Ich kann tun, was ich will. Sie lassen sich einfach nicht zu einer Küchenmaschine lenken.

Als ich kurz vor sechs Uhr morgens das letzte Mal leise durch die Zimmer schleiche, ist Herr B. wach. Er sitzt aufrecht im Bett und tippt auf seinem Laptop.

»Guten Morgen.«

Seine Augen strahlen mich an.

»Guten Morgen. Sie sind ja schon wach.«

»Die Sonne ist ja auch bereits aufgestanden.« Er deutet auf das bereits hell erleuchtetes Fenster. »Außerdem habe ich ja nicht mehr viel Zeit. Wenn ich bald tot bin, kann ich ja genug schlafen.«

Oh Mann! Er macht mich mit seinen Sprüchen aber wirklich immer sprachlos. Ich habe bis jetzt noch nie jemanden kennen gelernt, der sich verbal auf diese Art und Weise mit seinem Sterben auseinandergesetzt hat.

»Hm«, sage ich nur und gucke doof.

Mir wurde leider keine Schlagfertigkeit mit in die Wiege gelegt, die sicherlich hilfreich wäre, mal eine passende Erwiderung zu finden.

»Gucken Sie mal. Ich habe die Liederliste für meine Beerdigung fertig.«

Er winkt mich zu sich heran und deutet auf den Bildschirm seines Computers. Offensichtlich plant er gerade seine Trauerfeier.

»Ich wollte ein bisschen was Rockiges. Wenn die da anfangen, am Ende nur irgendwelche abgedroschenen alten Kirchenlieder zu klimpern, ist das nicht so wirklich passend.«

Ich inspiziere seine Liederliste.

»Ja, definitiv mal was anderes. Aber bei <Highway to Hell> weiß ich auch nicht so richtig.«

Er lacht. »Kletti hat das vorgeschlagen. Kann ja nochmal drüber nachdenken. Ich will halt alles, nur keine spießige Trauerfeier. Wenn man schon jung sterben muss, kann man es ja wenigstens anders machen als üblich. Am Ende gibt es auf jeden Fall für alle ein Bier zum Mitnehmen. Dann hat jeder die Gelegenheit, noch mal einen auf mich zu trinken.«

»Das passt auf jeden Fall und ist völlig unspießig.«

Ich lache ihn an.

»Sie dürfen auch gerne kommen. Ich würde mich freuen.« Er schaut mich an. »Obwohl - ich weiß ja nicht, ob ich das dann noch mitkriege und mich wirklich freuen kann. Ist ja eher untypisch zur eigenen Beerdigung einzuladen.« Er macht eine Pause. »Auf jeden Fall freue ich mich jetzt, wo ich noch lebe, wenn Sie sagen, dass Sie kommen.«

Er schaut mich erwartungsvoll an. Tatsächlich ist dies meine erste Einladung zu einer Beerdigung und ich bin verwundert, dass Herr B. derart großen Wert darauf legt.

»Ja, wenn ich von Ihnen persönlich eingeladen bin und es sogar Bier gibt, dann komme ich natürlich.«

»Cool.«

Wir schauen uns einen Moment tief in die Augen, ohne etwas zu sagen.

»Ich wünsche Ihnen einen schönen Feierabend. Schlafen Sie schön und träumen Sie von mir.« Er zwinkert mir zu und widmet sich wieder seinem Laptop.

»Einen schönen Tag für Sie.« Ich schließe die Tür.

Zuhause lege ich mich ins Bett und schlafe sofort ein. Nach der ersten Nacht bin ich immer am müdesten. Ich träume von einem Haus am See. Ich sitze mit Jenny auf dem Steg vor diesem Haus. Wir schauen aufs Wasser und stoßen mit Bier an. Die Tür von dem Haus ist offen und es dringt leise Musik nach draußen zu uns. Ich erkenne das Lied: Highway to Hell.

DIE ZWEITE NACHT

Ich quäle mich am frühen Nachmittag aus dem Bett. Manchmal frage ich mich, warum der Körper einem das antut. Ich bin übertrieben stark müde, aber kann nicht mehr einschlafen. Über eine halbe Stunde habe ich mich jetzt hin und her gewälzt, bis ich entschlossen habe, lieber aufzustehen. Ich tappe in die Küche und befülle die Kaffeemaschine. Es dauert zwei große Tassen, bis ich mich wieder halbwegs zurechnungsfähig fühle. Die Sommersonne hat meine kleine Dachgeschosswohnung ordentlich aufgeheizt und als ich mich ans weit geöffnete Fenster setze, habe ich das Gefühl, dass die Luft, die von draußen hereinkommt, noch mehr schwüle Wärme mitbringt als ohnehin schon da ist. Ich nehme mein Handy in die Hand und schreibe Nachrichten. Ich schreibe Doro, wie sehr ich mich freue und ob ich was mitbringen soll, wenn wir uns Freitag an der Ostsee treffen. Ich schreibe Jenny, dass ich ganz fest an sie denke und ich schreibe Arne, dass es mir leidtut, dass wir uns gestritten haben und ich gerne mit ihm sprechen würde. Meiner Mutter darf ich nicht schreiben. Sie hasst es laut eigener Aussage, dass Menschen häufig nur noch auf dieser unpersönlichen Ebene kommunizieren. Aus diesem Grund rufe ich sie an.

»Elisabeth, schön, dass du dich meldest. Ich wollte dich ebenfalls anrufen, um zu überprüfen, ob es dich noch gibt, aber es ist ja immer schwierig. Ich traue mich gar nicht bei dir durchzuklingeln, wenn du Nachtdienst hast. Ich bin mir immer unsicher, wie du schläfst und habe Angst, dich zu wecken.«

Die Stimme meiner Mutter klingt etwas schroff, wie immer, wenn ich mich zu lange nicht gemeldet habe, was sich aber im Laufe des Telefonats schnell verflüchtigt. Wir telefonieren fast eine Stunde und verabreden uns für die nächste Woche zum Abendbrot.

»Dann denk aber dran, dass du deine Unterlagen mitbringst, wenn Papa dir bei der Steuererklärung helfen soll«, ruft sie noch nach der Verabschiedung eilig ins Telefon.

Ich bin froh, dass es meinem Vater wieder deutlich besserzugehen scheint als direkt nach Gertis Beerdigung. Jenny antwortet mit »Danke«. Meine beste Doro antwortet, dass ich mir nicht noch mit irgendwelchen Besorgungen Stress machen soll. Sie muss sowieso andauernd einkaufen und bringt uns das Nötigste mit. Arne antwortet als Letzter. Ich stehe im Bad und mache mich für die Arbeit zurecht, als das Piepsen meines Handys den Eingang einer Nachricht von ihm verkündet. Wir schreiben hin und her und verabreden uns schließlich für Donnerstagabend zum Essen. Danach mache ich mich völlig elanlos auf den Weg ins Hospiz.

Meine Kollegin hat heute ihren Rezeptblock mitgebracht. »Weil du ja so begeistert warst von meiner neuen Küchenmaschine, wollte ich dir heute mal ein paar Rezepte zeigen. Eigentlich sind die total aufwendig, aber mit der Küchenmaschine ist das alles ganz einfach.«

Ich kann mir beim besten Willen nicht vorstellen, dass es mir gestern gelungen sein soll, ernsthaftes Interesse vorzutäuschen. Es gibt ehrlich gesagt kaum etwas, was mich momentan weniger interessiert. Aber ich glaube, das ist ihr überhaupt nicht aufgefallen. Sie erzählt halt sehr gerne und möchte momentan unbedingt die Begeisterung über ihre neue technische Errungenschaft teilen. Egal, wie ihr Gegenüber das nun findet oder nicht. Deshalb blättere ich nachts um halb drei, als wir uns zur Pause in die Küche setzen, gelangweilt durch ihren Rezept-block. Ich bleibe an einem Rezept für Streuselkuchen hängen. Man wirft die vorgeschriebenen Zutaten in die Maschine, die dann alles knetet, zuerst für den Teig, dann für die Streusel. Dann schüttet man alles aufs Backblech, die Streusel oben drauf und schon ist alles fertig.

An und für sich hat das nicht mehr viel zu tun mit dem ur-sprünglichen Vorgang des Kuchenbackens. Das Rezept ist ge-nau so, wie es in der heutigen Zeit so oft gewünscht und manchmal sogar gefordert ist. Es führt schnell und ohne großen Aufwand zum Ziel. Und das beziehe ich nicht nur ausschließ-lich auf die Herstellung von Lebensmitteln, sondern auf sämt-liche Lebensbereiche. Man merkt gar nicht mehr, dass man Ku-chen gebacken hat, außer an dem Ergebnis.

Ich muss an Tante Gertis Streuselkuchenrezept denken, welches sie laut ihrer Lebensliste gerne veröffentlichen wollte. Es ist mit ein paar weiteren Rezepten auf den letzten Seiten in ihrem kleinen gelben Notizbuch aufgelistet. Ich habe es bis jetzt nur einmal kurz überflogen, bin mir aber sicher, dass sie es von ihrer Mutter, also meiner Oma Anni, übernommen hat. Das Re-zept ist das komplette Gegenteil von diesem. Es ist aufwendig. In beinahe liebevoller Art und Weise wird beschrieben, welcher Aufwand betrieben werden muss, um die perfekten Streusel zu erhalten. Man merkte richtig, wie viel Herzblut in die

Herstellung des Kuchens geflossen ist. Ganz im Gegenteil zu diesem Rezept, wo lediglich ein paar Sachen zusammengeschüttet werden.

»Nee, du. Das ist nichts für mich.«

Ich blättere den Block zu und reiche ihn meiner Kollegin wieder. Diese guckt leicht beleidigt und setzt gerade an, etwas zu sagen, da wird unsere Pause durch das Klingeln aus einem der Gästezimmer unterbrochen. Ich nutze die Chance, der Situation zu entkommen und springe schnell auf. Das Klingeln kommt aus Herrn B.s Zimmer. Da es, trotz seiner zunehmenden Immobilität, eine wahre Seltenheit ist, dass er die Klingel nutzt, beschleunige ich meine Schritte. Etwas hektisch reiße ich die Zimmertür auf. Herr B. sitzt in seinem Bett und schaut mich mit großen Augen an.

»Elisabeth, alles gut?«

Ich war wohl eindeutig zu hektisch.

»Ja, ich dachte, es wäre was passiert.«

»Das ist aber süß, dass Sie sich gleich Sorgen um mich machen. Müssen Sie aber nicht. Ist alles gut, außer, dass ich mal wieder nicht schlafen kann.«

»Na, dann bin ich ja beruhigt. Wollen Sie noch eine Schlaftablette haben?«

»Nicht so gerne.«

Er schaut mich an. »Ich wusste ja, dass Sie heute Nacht-dienst haben und dachte, ich frage mal, ob Sie ein bisschen Zeit haben?«

»Das kommt darauf an, wofür«, lache ich.

»Fotos angucken?« Er deutet auf seinen Laptop. »Ich wollte für meinen Sohn gerne noch ein paar Fotobücher machen. Ich habe ewig keine Bilder mehr ausgedruckt. Man macht übertrie-ben viele Bilder mit der Kamera oder dem Handy und hat diese dann irgendwo auf dem PC oder auf irgendwelchen Festplat-ten unsortiert rumschwirren, ohne dass sie jemals wieder ange-schaut werden. Das ist super schade!«

»Ich weiß, was Sie meinen. Ich vermisse auch die analoge Zeit der Fotos. Als Kind habe ich mir nichts lieber angeschaut als die Fotoalben meiner Eltern. Da konnte kein Bilderbuch ge-gen ankommen.«

Ich nehme einen Stuhl vom Tisch und ziehe ihn neben Herrn B.s Bett. Es macht mir Spaß, die Fotos mit Herrn B. durchzuschauen. Das Programm, welches zum Anlegen der Fotobücher ausgerichtet ist, lässt sich gut anwenden und ich muss sagen, dass es scheint, als wenn wir ein tolles Endprodukt zusammengestellt hätten.

»Sie müssen mir das Buch unbedingt zeigen, wenn es an-kommt.« Er legt den Kopf schief. »Lieferzeit zwei Wochen. Was sagen Sie, schaffe ich das noch?«

Ich schaue ihn an.

»Die Ärzte im Krankenhaus haben mir noch maximal einen Monat gegeben. Das ist mittlerweile allerdings schon über zwei Monate her. Anscheinend halte ich mich ja doch länger als gedacht.«

Ich klappe den Mund auf und will etwas erwidern, aber noch bevor mir das gelingt, beendet Herr B. unser Gespräch und komplementiert mich aus seinem Zimmer.

»So, ich muss jetzt noch mal schlafen. Sonst hänge ich am Tage noch mehr durch, als ich es ohnehin bereits tue.«

Er wirft mir noch einen kurzen Blick zu und dreht sich dann auf die Seite.

»Schlafen Sie noch schön.«

Ich verlasse sein Zimmer und trete auf den Flur, wo meine Kollegin auf mich wartet. Der Rest der Nacht geht schnell vorüber und als ich im Auto sitze und nach Hause fahre, blendet mich die Sonne so stark, dass ich eine Sonnenbrille aufsetzen muss. Langsam kriecht sie über die Bergspitzen des Harzes und scheint einen wunderschönen Tag anzukündigen, den ich jedoch leider größtenteils nicht miterleben werde.

DIE DRITTE NACHT

Es ist später Nachmittag, als ich aufwache. Ich habe für meine Verhältnisse lange geschlafen, was vielleicht daran liegt, dass ich morgens nicht so schnell in den Schlaf gekommen bin. Ich hasse es, wenn der Körper total erschöpft ist und nichts dringender möchte, als zu schlafen, aber der Kopf nicht mitspielt. Das ist bei mir leider oft der Fall, eventuell der Grund dafür, dass ich immer das Gefühl habe, müde zu sein. Gähnend schlurfe ich durch meine Wohnung und suche in der Küche nach etwas Essbarem. Besonders viel kann ich nicht entdecken, aber immerhin befinden sich noch eine Packung Nudeln und ein Glas Tomatensauce im Schrank. Ich entschließe mich schnell dazu, mir daraus ein Abendessen zuzubereiten und freue mich, dass ich heute nicht noch einkaufen muss. Ich esse die Nudeln am Küchenfenster sitzend. Heute ist gar keine Wolke am Himmel sichtbar. Strahlend blau. Ich freue mich schon auf das Wochenende. In Gedanken sehe ich Doro und mich am Wasser sitzen und kann es kaum erwarten.

So vertrödele ich in erwartungsvoller Sehnsucht die Zeit, bis ich zum Nachtdienst muss. Diese Nacht stirbt einer unserer Gäste. Es war im Laufe des Tages absehbar geworden, dass er die Nacht nicht überstehen könnte, weshalb seine Frau ihn begleitet. Sie sitzt die ganze Nacht an seinem Bett, liest ihm vor und spricht mit ihm. Sie singt leise und betet. All das tut sie mit solch einer liebevollen Selbstverständlichkeit. Ich traue mich kaum das Zimmer zu betreten, da ich mich wie ein Störfaktor in dieser innigen und von Zuneigung geprägten Zweisamkeit fühle. Als er gegen drei Uhr verstirbt, kullern ein paar lautlose Tränen ihre Wangen herunter. Sie steht auf, küsst ihren leblosen Mann auf die Stirn und flüstert in sein Ohr.

Ich verstehe nur den letzten Satz: »Ich trage dich im Herzen, bis wir uns wiedersehen.«

Dann verabschiedet sie sich und fährt nach Hause. Ich bringe sie noch zur Tür, wie ich es oft mache, wenn ich Angehörige von Verstorbenen verabschiede. Sie steigt in ihr kleines Auto, welches Kennzeichen sich aus den Anfangsbuchstaben seines und ihres Vornamens zusammensetzte und fährt, ohne sich noch einmal umzuschauen, eine Spur zu schnell den Berg hinunter. Ich schaue dem Auto noch so lange hinterher, bis die Dunkelheit es verschluckt. Ich bin zutiefst gerührt von der Art und Weise, wie sie ihren Mann begleitet hat. So ist es vermutlich, wenn man eine bedingungslose Liebe teilt. Schade, dass ich es nur vermuten kann. Ich würde es viel lieber wissen. Ich muss an Arne denken, mit dem ich für den folgenden Abend verabredet bin und atme tief durch.

Herr B. schläft die komplette Nacht oder stellt sich schlafend, ganz bin ich mir da nicht sicher. Beim letzten

Kontrollgang um sechs Uhr morgens blinzelt er mich allerdings an, als ich in sein Zimmer schaue.

»Letztes Wochenende mussten Sie arbeiten. Dann haben Sie dieses frei?«, fragt er, ohne mich vorher zu begrüßen.

»Richtig! Ich komme erst am Montag zum Spätdienst wieder.«

»Dann wünsche ich Ihnen ein schönes freies Wochenende. Haben Sie was Besonderes vor?«

»Ich fahre mit meiner Schwester an die Ostsee. Wir haben ein Hausboot gemietet.«

»Wie cool! Bringen Sie mir was vom Strand mit? Ein bisschen Sand oder eine Muschel oder sowas?«

Ich nicke. »Kann ich gerne machen.«

»Danke! Dann bis Montag!«

»Bis Montag!«

Auf dem Nachhauseweg bemerke ich, dass ich riesigen Hunger habe, weil wir die Nacht über nichts Richtiges gegessen haben. Ich beschließe, dass dieser Zustand untragbar ist und halte beim Bäcker an. Ich bestelle mir zwei Franzbrötchen, die ich zu Hause am Küchenfenster mit einem Kaffee zusammen als Frühstück verzehre. Danach falle ich unverzüglich in einen tiefen und festen Schlaf. Ich schlafe so gut, wie ich nur schlafen kann, wenn ich vorher einen Kaffee getrunken habe.

LEBENSPLANUNG

Nachdem ich aufgestanden bin, breitet sich ein in mir relativ selten aufkommendes Gefühl ungewöhnlich stark aus: Nervosität. Ich habe nicht damit gerechnet, dass mich die heutige Verabredung mit Arne in solch einen Zustand versetzen könnte. Ich dachte zuvor immer, dass ich da ganz locker rangehe. Aber jetzt, wo ich kurz vor der verabredeten Zeit im Bad stehe und versuche, mich halbwegs nett zurecht zu machen, merke ich, dass ich alles andere als locker bin.

Arne klingelt wie immer etwas verfrüht und holt mich ab. Wir wollen zu Costa, dem griechischen Restaurant, ganz in der Nähe von meiner Wohnung, weshalb er sein Auto stehen lässt und wir zu Fuß gehen. Die Begrüßung ist etwas verhalten. Arne küsst mich auf die Wange und wir gehen langsam nebeneinander her. Es dauert allerdings nur einen kleinen Moment, dann nimmt er meine Hand.

»Lissy, ich will mich wieder vertragen. Es tut mir leid, dass ich so schroff war. Ich wollte nur gerne was mit dir unternehmen und war irgendwie verletzt, dass du was anderes vorhattest.«

Erleichtert lächele ich ihn an. »Ich will mich auch gerne vertragen.«

Wir bleiben stehen und er nimmt mich in den Arm. Er hält mich auf diese Art und Weise, wie nur er es tut und nach wenigen Sekunden habe ich unsere Streitigkeiten und den damit verbundenen Ärger vergessen. Ich weiß nicht, wie lange wir so auf der Straße stehen. Vermutlich ist es für eine Umarmung zu lange.

Als wir uns wieder voneinander lösen und nebeneinander weiter gehen, fühlt sich alles wieder besser an. Wir haben einen schönen Abend. Er freut sich für mich, dass ich das Wochenende wegfahre, sagt er zumindest. Ich überlege kurz, ihm von dem Grund für den Wochenendausflug zu erzählen, lasse es dann aber. Gertis Notizen kommen mir wie ein kostbares Geheimnis vor, was gehütet werden muss. Außer mit Doro habe ich tatsächlich noch mit niemanden darüber gesprochen. Er überredet mich noch zu einem Dessert und als wir wieder auf der Straße stehen und uns auf den Weg nach Hause machen, ist es schon recht spät.

»Soll ich uns noch einen Kaffee machen?« frage ich ihn, als wir vor meiner Haustür stehen.

»Ich muss zwar morgen früh raus, aber für einen Kaffee mit dir nehme ich es gerne in Kauf, morgen unausgeschlafen zu sein.«

Ich gucke ihn verliebt an und kurz darauf sitzen wir in meiner Küche.

»Na, das wird dann ja bestimmt ein richtig turbulentes Wochenende, wenn deine Neffen mitkommen.«

Ich muss lachen. »Bestimmt!«

»Mit Sicherheit bist du dann froh, wenn du wieder zu Hause bist und deine Ruhe hast.«

Ich werfe ihm einen langen nachdenklichen Blick zu.

»Was guckst du denn auf einmal so?«

»Sag mal, willst du eigentlich Kinder?«, platzt es völlig ungeplant aus mir heraus.

»Wie kommst du denn jetzt darauf? Vielleicht. Ich habe da noch nicht so genau drüber nachgedacht.«

»Na ja, du wirst bald vierzig. Ich bin schon Mitte dreißig. Da kann man ja mal über die weitere Lebensplanung sprechen.«

»Natürlich kann man das. Aber im Moment finde ich es ganz schön, genau so wie es ist.«

Ich blicke in meine Kaffeetasse und könnte heulen. Ich weiß selbst nicht, was los ist oder was für eine Antwort ich mir von ihm erhofft habe. Ich finde es auf der einen Seite auch schön, wie es ist und ich bin tendenziell nicht unbedingt der größte Freund von Veränderung, weshalb mich der Gedanke, eine Familie zu gründen, selbst durchaus einschüchtert. Trotzdem habe ich mir unterbewusst eine andere Reaktion auf meine Frage gewünscht.

Ich blinzele einmal mehr, um die aufsteigenden Tränen zu verscheuchen und hole tief Luft, bevor ich die nächste Frage stelle: »Und wenn wir erst mal zusammenziehen?«

»Sag mal, Lissy, was ist denn mit dir heute los? Du kriegst von mir keinen Nachtisch mehr spendiert, wenn du davon nur auf schräge Gedanken kommst.«

»Findest du, es sind schräge Gedanken, dass wir zusammenziehen oder Kinder bekommen könnten?«

»Nein, so war das nicht gemeint.« Er steht auf und umarmt mich von hinten. »Ich bin nur überrascht. Ich wusste nicht, dass du dir so was wünschst.«

So was? Was für ein unpassender Ausdruck dazu, wenn ich ihn frage, wie er sich unser weiteres Leben vorstellt. Ich will gerade ansetzen, um etwas zu erwidern, als er mich vom Stuhl hochzieht und küsst.

»Ich liebe dich, Lissy! Lass uns nächste Woche nochmal sprechen.«

Als ich ihn kurz darauf zur Tür gebracht habe, bemerke ich ein dumpfes Gefühl in der Magengegend. Ich versuche es zu vertreiben, aber es bleibt. Selbst als ich am nächsten Morgen aus dem Fenster schaue und die Sonne ihre hellsten und schönsten Strahlen über die Bergwiesen schickt und mir damit einen unvergleichlich schönen Ausblick schenkt, ist es noch da.

HOCH DIE HÄNDE – WOCHENENDE

Meine Reisetasche steht gepackt neben meiner Handtasche im Flur. Allein dieser Anblick löst ein Gefühl der Vorfreude und guten Laune aus. Ich mache ein Foto von den beiden Taschen und überlege mir, unser Wochenende vielleicht mal ausgiebig fotografisch zu dokumentieren. Obwohl es heutzutage so einfach ist, mit dem Handy schnell ein paar Bilder zu machen, tue ich es trotzdem viel zu selten. Ich muss an das Fotobuch, was ich nachts mit Herrn B. erstellt habe, denken und nehme mir vor, von den Unternehmungen aus Gertis Lebensliste ebenfalls eines zu fertigen. Ich freue mich selbst über die schöne Idee von mir und wühle in der obersten Schublade meiner Flurkommode nach den Kaugummis, die ich vom letzten Einkauf mitgebracht habe und sie, wie so vieles, völlig unbedacht dort hineingeschmissen habe. Ich muss eine ganze Weile wühlen, bis ich sie schließlich aus einer unüberschaubaren Masse aus gehäkelten Kunstwerken herausfischen kann. Zufällig finde ich dabei noch ein kleines Stoffsäckchen. Ein Geschenk aus dem Adventskalender, den meine Schwester mir letztes Jahr befüllt hatte.

In dem Stoffsäckchen befinden sich ein paar kleine Figuren, die Sorgenpüppchen heißen. Ihr Name rührt daher, dass ein alter peruanischer Brauch besagt, dass man, sobald man Sorgen habe, es nur diesen Figuren anvertrauen müsste. Sie wären dann in der Lage, sobald sie von den Sorgen wüssten, diese über Nacht fortzutragen. Doro und ich haben als Kind sehr fest daran geglaubt. Dieses kleine Säckchen mit seinen Bewohnern wurde von mir allerdings noch gar nicht benutzt und ich hatte tatsächlich schon völlig vergessen, dass es sich überhaupt in meinem Besitz befindet. Ich betrachte es nachdenklich und komme zu dem Schluss, dass es mir nicht zufällig in die Hände gefallen ist. Ich schnappe mir meine Taschen, schmeiße sie ins Auto und fahre noch bei Jenny vorbei, bevor ich mich auf den Weg Richtung Ostsee mache. Alex macht die Tür auf. Er hat rote Augen.

»Ach, Lissy! Ich dachte, es wäre die Post.«

Ich umarme ihn kurz zur Begrüßung. »Ich wollte Jenny nur kurz was geben.«

»Kann ich das übernehmen? Sie hat sich gerade hingelegt und wollte etwas schlafen.«

»Klar!«

Ich drücke ihm die Sorgenpüppchen in die Hand. Er guckt das Säckchen etwas irritiert an, woran ich merke, dass er nicht wirklich weiß, was das soll.

»Ein kleiner Zettel mit Gebrauchsanleitung liegt bei«, füge ich deshalb lächelnd dazu. »Ich denk an euch. Wenn Jenny möchte, kann sie sich jederzeit bei mir melden.«

»Danke.« Er streicht mir über die Schulter. »Ich sag es ihr.«

Ich nicke ihm zu.

Als ich kurz darauf auf die Autobahn abbiege, zieht sich der Himmel zu. Völlig klar, dass das passiert, wenn ich ans Meer fahre. Trotzdem lasse ich mir die Stimmung nicht verderben und drehe zum Ausgleich die Musik etwas lauter. Kaum zwanzig Minuten später fallen dicke Regentropfen auf die Windschutzscheibe. Ich verdrehe die Augen und gehe in Gedanken mein Gepäck durch, wobei mir auffällt, dass ich so gut wie gar nicht für schlechtes Wetter gerüstet bin. Ich habe zwar extra noch eine zweite Flasche Sonnenmilch eingepackt, Regenkleidung dafür aber völlig außer Acht gelassen. Ich drehe die Musik noch etwas lauter, als wenn das helfen könnte, das Wetter zu verbessern und erreiche nach fast fünf Stunden langer Fahrt, während der es ununterbrochen regnet, mein Ziel. Mittlerweile ist es Nachmittag und als ich mit meinen Taschen beladen auf dem Parkplatz stehe und versuche, mich zu orientieren, in welche Richtung ich denn jetzt gehen muss, stürmen aus der Ferne zwei kleine Menschen auf mich zu. Ich kneife meine Augen zusammen, um meine Kurzsichtigkeit auszugleichen und zu erkennen, ob es tatsächlich meine Neffen sind, welche da auf mich zukommen und nicht irgendwelche fremden Kinder, die dann am Ende noch versehentlich von mir umarmt und geküsst werden.

Kurz bevor sie mich erreicht haben, ist jegliche Verwechselung jedoch völlig ausgeschlossen.

»Tante Lissy, du lahme Ente. Wir haben schon auf dich gewartet.«

Ich umarme beide Jungs zusammen, was manchmal nicht so einfach ist und durchaus etwas Übung erfordert. Aber als langjährig erprobte Zwillingstante muss ich mich selbst loben, wie gut ich das mittlerweile hinbekomme. Ich halte sie einen Moment und sauge ihren Geruch tief ein. Das hatte ich viel zu lange nicht mehr. Ein paar Meter weiter weg sehe ich Doro auf uns zukommen.

»Hey, lasst Tante Lissy am Leben. Ich wollte sie auch noch gerne begrüßen.«

Etwas widerwillig - von beiden Seiten aus - lösen die Jungs und ich uns aus unserer Umarmung.

Doro verpasst mir zur Begrüßung einen Kuss auf die Wange, nimmt meine Reisetasche und geht den Weg voran, der zu der Bucht führt, in der das von uns gemietete Hausboot liegt. Die dicken Regentropfen haben sich in leichtes Nieseln gewandelt und durch die in mir aufgestiegene Wiedersehensfreude habe ich ihn kaum noch wahrgenommen.

Doro guckt mich allerdings äußerst prüfend von oben bis unten an und beginnt gleich in ihrer für sie typischen Art herumzukritisieren: »Ich hoffe, du hast noch eine Jacke mit. Das Wetter war ja schließlich so angesagt.«

Ich schaue betreten zu Boden, weil ich das natürlich nicht habe.

»Und andere Schuhe hoffentlich auch. Ich finde es sowieso unmöglich, dass du so lange Strecken mit Flip-Flops fährst.«

Mein Gesichtsausdruck wird noch betretener, wenn das überhaupt geht.

»Wie du guckst, hast du gar nichts mit.«

Doro lacht. »Ich wusste, dass ich mich auf dich verlassen kann. Ganz in der Nähe hier gibt es ein Mode Outlet, wo ich sowieso gerne hinwollte. Dann kannst du dir eine neue Jacke zulegen, wir können ein bisschen bummeln und dort dann gleich zu Abend essen.«

»Wir wollen nicht bummeln«, sagen Justus und Jonas dermaßen synchron, wie es vermutlich nur Zwillinge können. Doro besticht sie damit, dass es dort einen coolen Burgerladen geben würde und bestimmt etwas für sie abfällt, sodass sie sich, wenn auch immer noch etwas widerwillig, überzeugen und kurze Zeit wieder ins Auto bugsieren lassen.

Das Outlet ist wirklich schön und das Burger-Restaurant ist wirklich cool, sodass alle zufrieden sind. Als wir abends wieder am Hausboot sind, hat es aufgehört zu regnen und die Sonne scheint. Wir sitzen auf dem Anlegesteg vor dem Boot, trinken Cola und Wein und erzählen uns all das, für das die Zeit am Telefon oft nicht reicht. Justus sitzt rechts von mir und Jonas links und ich merke, wie die beiden zunehmend immer stiller, aber dafür immer kuscheliger werden. Gerade bemerke ich, wie Jonas bereits eingeschlafen ist und stupse Doro an, um es ihr zu zeigen. Sie lächelt und deutet auf den Horizont. Ganz schwach ist er nur zu sehen, aber doch bei genauem Hinschauen deutlich erkennbar. Ein Regenbogen.

»Auf Tante Gerti.« Sie prostet mir zu.

Ich nehme vorsichtig mein Weinglas und proste zurück. »Auf Tante Gerti und auf uns.«

EIN TAG IM WASSER

Die Jungs sind früh wach. Das sind sie schon immer, seit ich sie kenne. Früh wach und gut drauf. Genau diese Art von Leuten, die man Morgenmenschen nennt und die ganz und gar das Gegenteil zu meiner Art, den Tag zu beginnen, abbilden. Doro ist allerdings genauso ein Morgenmensch, nur nicht so laut wie ihre Kinder. Wenigstens haben die drei in ihrer morgendlichen Euphorie gleich Brötchen geholt und den Tisch gedeckt. Wir essen Lachsbrötchen und Plunderteilchen zum Frühstück, beziehungsweise die Zwillinge stopfen es mehr in sich rein, als dass sie essen und sind danach nicht mehr im Hausboot zu halten. Sie ziehen sich in Sekundenschnelle ihre Badehosen über und springen ins Wasser. Die Sonne hat heute Vormittag wieder Kraft.

»Die hat sich gestern aufgeladen«, meint Justus dazu. Doro und ich gehen ebenfalls raus und setzen uns ans Wasser. Wir beobachten die Jungs, die sichtlich Freude haben.

»Und wenn ich gar keine Jacke mehr brauche dieses Wochenende?«

»Die brauchst du noch. Wirst du schon sehen.« Sie blickt mich geheimnisvoll an.

Wir vertrödeln den Tag am, im und auf dem Wasser und ich muss sagen, dass ich selten schöner Zeit vertrödelt habe. Gegen Mittag holen wir Fischbrötchen und spielen im Anschluss so lange Karten, bis die Jungs keine Lust mehr haben. Gegen Abend machen wir Popcorn in der Mikrowelle und als es anfängt zu dämmern, schauen wir einen von den Zwillingen ausgesuchten Film. Heute bin tatsächlich ich die erste, die noch während des Films einschläft. Leider zu schwer, um von einem der Anwesenden ins Bett getragen zu werden, weshalb ich relativ unsanft mit Sprüngen auf meinem Brustkorb aufgeweckt werde.

»Tante Lissy, wie kannst du nur während dieses Films einpennen?

Ich will gerade sagen, dass ich nicht penne, sondern wenn überhaupt schlafe, was natürlich mit meinem äußerst aufreibenden Alltag zusammenhängt, da springt mir Jonas wieder mit solch einer Wucht auf den Bauch, dass mir die Luft wegbleibt und ich lieber nichts mehr sage und stattdessen freiwillig ins Bett gehe.

»Tante Lissys Bauch ist voll weich. Der federt einen richtig ab«, höre ich ihn noch begeistert zu seinem Bruder sagen, als ich mich schon im Nebenraum in meine Decke rolle.

HOCH HINAUS

Obwohl kein Morgenmensch, bin ich heute vor den Jungs wach. Doro ist allerdings natürlich noch früher aufgewacht. Sie hat Kaffee gekocht und stellt eine Tasse für mich auf den Tisch. Ich frage mich manchmal, wie sie das macht. Damit meine ich nicht den frühen Tatendrang oder die Tatsache, dass sie immer als erste wach ist. Nein, ich meine das Gesamtpaket, was sie abliefert. Sie weiß stets alles und hat immer den Durchblick. Sie organisiert alles, was organisiert werden muss und vergisst dabei nichts. Dabei legt sie eine selbstverständliche Leichtigkeit an den Tag, wie nur sie es kann. Als Kind habe ich scherzhaft oft zu ihr gesagt, sie habe den Masterplan. Vielleicht ist es tatsächlich so, denke ich mir, während ich ihr gegenübersitze und sie über den Rand meiner Kaffeetasse beobachte. Sie stellt ihre Tasse ab und schleicht sich zu den Jungs. Mit einem Lächeln im Gesicht kommt sie kurz darauf wieder.

»Die beiden Krawall-Meisen schlafen noch.«

Ihre Stimme wird oft etwas weicher, wenn sie über ihre Söhne spricht.

»Wusstest du eigentlich schon immer, dass du Mutter werden willst?«

»Lissy, ich bitte dich. Du kennst mich doch. Ich habe doch früher dich bemuttert, als ich noch keinen anderen hatte.« Doro lacht und wirft ihr Haar nach hinten.

»Und Martin?«

»Der wollte genauso gerne Kinder haben, wie ich. Da gab es keine langen Diskussionen zwischen uns.« Ihre Stirn wirft Falten. »Warum fragst du so komisch, Lissy? Werde ich Tante?«

»Um Himmels Willen, Doro. Ich habe gerade mit dir Wein getrunken.«

»Warum sagst du denn *Um Himmels Willen?* Willst du keine Kinder? Ich würde gerne Tante werden.«

»Nein. Doch. Ich denke schon, dass ich Kinder will, aber …«

157

Ich stottere etwas und lasse den Satz in der Luft hängen, weil ich selber nicht weiterweiß. Ich will es nicht, aber ich merke, wie wieder Tränen in mir aufsteigen. Doro entgeht das natürlich nicht, weshalb sie sich neben mich setzt und mich in den Arm nimmt.

»Lissy, wenn irgendwas ist, kannst du immer mit mir reden.«

Ich nicke. »Und wenn du keine Tante wirst?«

»Dann werde ich halt keine Tante. Das ist nicht schlimm. Ich will, dass du glücklich bist. Das ist das Einzige, was mir wirklich wichtig ist. Wenn du mit Kindern glücklich wirst, freue ich mich und wenn du ohne Kinder glücklich bist, freue ich mich genauso.«

»Aber du bist bestimmt glücklicher, seit du Kinder hast?«

»Du kennst die beiden, Lissy. Wie sollte es anders sein.«

Sie grinst mich an und wie aufs Stichwort hören wir Jonas, der offensichtlich von seinem Bruder geweckt wurde und ihn lautstark als Arschloch betitelt. Ich muss daraufhin auch grinsen und gehe rüber zu den beiden, weil eine weitere Unterhaltung jetzt ohnehin nicht mehr möglich gewesen wäre. Doro macht auf ungewöhnliche Weise Druck, dass wir uns beeilen sollen, weil sie noch was Wichtiges vorhabe. Sie treibt uns alle drei an, uns schnell anzuziehen und teilt sowohl den Zwillingen als auch mir jeweils zwei Müsliriegel als Frühstück zu, die wir im Auto einnehmen müssen. »Wenn du dabei bist, habe ich manchmal sogar das Gefühl, ich habe drei Kinder, sagt sie lachend, als sie für uns Jacken in den Kofferraum wirft und ich muss zugeben, dass ihre Behandlung mir gegenüber heute Vormittag tatsächlich kaum von der ihrer Kinder abweicht. Ich habe keinen blassen Schimmer, wo wir hinfahren, bis wir uns auf einem großen Parkplatz mit einem anderen Auto treffen, dem wir bis zu einer großen Wiese hinterherfahren. Hier steigen wir aus und langsam dämmert es mir, was wir hier machen. Auf der Wiese liegt ein riesengroßer luftleerer Ballon.

Ich brauche ein paar Sekunden, in denen es in mir rattert. »Doro, du hast eine Heißluftballonfahrt gebucht?«

Doro lacht. »Jep! Ganz im Sinne unserer Tante.«

Die Zwillinge kriegen sich vor Aufregung gar nicht mehr ein, als sie mitschneiden, was der Sinn dieses Ausfluges ist und hüpfen aufgeregt über die Wiese, während wir Erwachsenen die ersten Einweisungen erhalten.

Ich muss sagen, dass ich bisher nur wenige Dinge in meinem Leben erlebt habe, die ich mit Worten nicht beschreiben konnte. Diese Heißluftballonfahrt mit meinen Lieblingsmenschen ist eines dieser Dinge. Als unser Ballon eine gute Höhe erreicht hat und das Gefühl aufkommt, man würde der Sonne entgegen schweben, kommen mir sogar vor Rührung und Begeisterung die Tränen. Doro nimmt mich in den Arm und küsst mich auf die Stirn, wie sie es schon früher so oft getan hat. Die Jungs stehen neben uns. Sie halten sich an den Händen, was bei ihnen nicht mehr häufig vorkommt, und gucken mit großen leuchtenden Augen über den Rand des Korbes. Ich schließe meine Augen und versuche, mir diesen Moment mit seinen großen Gefühlen im Innern einzuprägen. Zu schön wäre es, ich könnte mir dieses Gefühl speichern und bei Bedarf immer wieder abrufen.

Als wir gegen Mittag wieder beim Hausboot sind, müssen wir schon wieder unsere Sachen packen.

»Schade, dass das Wochenende vorbei ist.«

Ich ziehe meine Unterlippe schmollend hervor. »Das finde ich auch.«

Doro schaut mich ein Weilchen zu lange an, bevor sie sagt: »Ich habe wieder das Gefühl, dass bei dir irgendwas nicht stimmt und ich es nicht mitbekomme.«

Ich hätte mit ihr nicht über Kinder sprechen dürfen. Das hat sie natürlich hellhörig gemacht. Aber da ich keinerlei Lust habe, mir dieses schöne Wochenende im Nachgang noch durch ein Problemgespräch über meine Beziehung oder meine nur vage vorhandene Lebensplanung zu trüben, sage ich einfach: »Alles gut, Doro.«

Sie guckt mich immer noch an und runzelt mittlerweile sogar die Stirn dabei.

»Wirklich! Guck nicht so! Die Falten bleiben am Ende so stehen.«

»Hey!« Doro schlägt spaßeshalber mit dem Stoffbeutel, den sie in der Hand hält und der mit Schmutzwäsche von den Zwillingen gefüllt ist, nach mir.

Ich weiche aus. »Nicht getroffen – Schnaps gesoffen!«

»Das wäre schön, ich hätte Schnaps gesoffen«, seufzt Doro lachend. »Wir haben sowieso viel zu wenig Alkohol getrunken dieses Wochenende.«

»Da hast du recht. Holen wir nächstes Mal nach.«

»Machen wir. Komm, wir fahren noch zusammen Mittag essen, bevor wir uns alle wieder auf den Heimweg machen.«

Wir finden zur Freude der Kinder im Ort eine kleine Pizzeria, wo wir gemeinsam essen.

»Wir haben überhaupt gar kein Andenken«, meckert Justus, als wir bereits bezahlt haben und zum Parkplatz zurück wollen.

»Was denn für ein Andenken? Ich habe nicht die geringste Lust, schon wieder irgendeinen sinnlosen überteuerten Plastik-Krimskrams zu kaufen, mit dem ihr euer Zimmer noch mehr zumüllen könnt.«

»Oh Mann! Bist du fies! Wir wollen doch nur etwas haben, damit wir uns an das schöne Wochenende am Meer mit Tante Lissy erinnern können«, schaltet sich Jonas ein.

Damit haben sie mich eindeutig auf ihre Seite gezogen.

»Wir können ja hier kurz im Laden gucken, ob es was Schönes gibt.« Ich deute auf ein kleines Ladengeschäft zwei Häuser weiter. »Vielleicht kaufe ich da ja was für meine Lieblingsjungs.«

Ich zwinkere ihnen zu und sehe dabei im Augenwinkel, wie Doro die Augen verdreht. Ist mir aber egal. Da kann sie die Augen verdrehen, wie sie will. Ich bin nicht die Mutter, sondern die Tante und ich sehe die beiden viel zu selten, da finde ich es selbstverständlich, dass es mir erlaubt ist, ihnen einen kleinen Wunsch zu erfüllen, selbst wenn es Doro nicht passt. Ich nehme deshalb die Zwillinge an die Hand und wir gehen, ohne auf Doros Einverständnis zu warten, in den Laden.

In dem Geschäft gibt es neben Eis und kühlen Getränken jede Menge Krimskrams: Sandspielzeug, Sonnenmilch, Schwimmflügel, Brettspiele, Turnbeutel, die mit lustigen Sprüchen bedruckt sind und tatsächlich eine beinahe unüberschaubar große Auswahl an Souvenirs. Jonas erkundigt sich bei mir, ob ich ein Preislimit vorgebe, was ich selbstverständlich verneine und düst dann aufgeregt mit seinem Bruder durch den Laden. Ich gehe auch den Gang entlang und schaue mir die verschiedenen Klüngeleien an. In einem Korb liegen große Muscheln. Ein Schild an dem Korb behauptet, dass die Muscheln hier am Strand gefunden wurden und dass sie das Rauschen des Meeres simulieren, wenn man sie ans Ohr hält. Ich suche mir eine heraus und halte sie versuchsweise ans Ohr. In dem Moment fährt draußen ein Motorrad vorbei, was durch die Lautstärke seines aufheulenden Motors verhindert, dass ich ein Meeresrauschen wahrnehmen kann, mich jedoch schlagartig an ein Versprechen erinnert. Wie konnte ich es nur vergessen. Ganz präsent sehe ich Herrn B. vor mir, der fragt, ob ich ihm etwas vom Strand mitbringen kann. Ich durchwühle den Korb, ob ich noch eine schönere finde, komme aber zu dem Ergebnis, dass die Muschel, die ich als erste in der Hand hatte, perfekt ist. Ich lege sie ein zweites Mal ans Ohr und kann diesmal tatsächlich bei genauem Hinhören ein Rauschen wahrnehmen. Ich habe mich gerade dazu entschlossen, sie zu kaufen, da kommen die Jungs auf mich zu gestürmt und präsentieren mir ihre Wünsche. Sie haben sich beide jeder ein Piratenschiff in einer Flasche ausgesucht. Justus möchte ein schwarzes Schiff, Jonas ein dunkelblaues. Dazu noch eine Augenklappe mit Totenkopfabzeichen für jeden. Ich willige ein und versuche dabei, die völlig überzogenen Preise zu ignorieren. Doro hat auf der Straße auf uns gewartet, vermutlich um ihre Meinung, dass sie diesen Souvenirkauf nicht gutheißen kann, noch zu untermauern. Wir fahren gemeinsam zum Parkplatz, wo ich in mein Auto umsteige und wir uns alle nach einer kurzen und schmerzlosen Verabschiedung auf den Heimweg machen. Ich habe Glück und komme ohne Stau nach Hause. Ich lasse mich auf mein Sofa plumpsen und schenke mir ein großes Glas Cola ein. Ich muss sagen, dass ich lange Autofahrten immer anstrengend finde, obwohl es sich bezüglich dieses Wochenendes mehr als gelohnt hat.

Ich nehme mein Handy in die Hand und schreibe Arne: »Ich bin wieder zu Hause. Würde mich freuen, wenn wir uns die Woche sehen könnten.«

Ich mache den Fernseher an und bleibe erneut bei dem Sonntags-Krimi hängen, bei dem ich heute jedoch erstmalig einschlafe.

AUGENBLICKE

Ich habe einen richtigen Montagmorgen-Blues: Keine Lust aufzustehen, keine Lust, mich fertigzumachen, keine Lust, meine Tasche auszupacken, aus der ich gestern lediglich meine Kulturtasche entwendet habe und erst recht keine Lust zum Arbeiten. Das Wochenende war so schön und alltagsfern, dass es mir heute schwerfällt, mich wieder mit meinem normalen Umfeld zu arrangieren. Ich bleibe noch ein paar Minuten liegen und sortiere meine Gedanken, bevor ich mich schwer seufzend erst mal ins Badezimmer begebe. Nachdem ich ausgiebig geduscht, zwei Tassen Kaffee getrunken und sogar schon einen Einkauf im nahegelegenen Supermarkt hinter mich gebracht habe, bin ich langsam wieder in meinem Alltag angekommen.

»Fräulein Höfer, warten Sie mal.«

Gerade, als ich mich mühsam mit zwei schwer beladenen Einkaufstaschen die Treppe hoch quäle, kommt Frau Braun aus ihrer Wohnung geschossen.

»So ein Zufall, dass ich Sie gerade zufällig treffe.«

Ich bin mir fast sicher, dass sie mich abgepasst hat.

»Haben Sie vielleicht gleich mal kurz Zeit?«

»Gleich«, schnaufe ich. »Ich bringe nur kurz meine Einkäufe hoch.«

Ich schleppe mich die Treppe hoch und verstaue rasch die Lebensmittel, bevor ich wieder zu Frau Brauns Erdgeschosswohnung hinunterlaufe. Sie hat die Tür für mich angelehnt gelassen. Ich trete ein und rufe nach ihr.

»Kommen Sie ins Wohnzimmer«, kommt als Antwort zurück.

Ich tue, wie mir geheißen, wo ich Frau Braun in ihrem Sessel sitzend vorfinde. Es ist ein Sessel, der sich mithilfe einer Fernbedienung gerade und schief stellen lässt, Kopf- und Fußteil sind auf dieselbe Weise verstellbar. Sie hat sich den Sessel so eingestellt, dass sie mehr liegt als sitzt und sich ihre Füße ebenfalls auf einer Ebene zu ihrem restlichen Körper befinden. Ich habe Frau Braun bereits häufiger in dieser Position vorgefunden und ahne deshalb, was sie möchte. Sie legt den Kopf schief.

»Ob sie mir meine Strümpfe anziehen könnten? Ich habe die Beine hochgelegt, damit sie sich nicht so bücken müssen.«

Sie hält mir ein Paar lange weiße Kompressionsstrümpfe hin. Ich nicke und nehme ihr selbige aus der Hand.

»Sie sind ein Engel. Manchmal habe ich richtig schlechtes Gewissen, wenn ich Sie mit so was belästige. Ich denke, die arme junge Frau hat in ihrer Freizeit ja bestimmt Besseres zu tun. Aber dann denke ich, soo viel macht es Ihnen ja vielleicht gar nicht aus. Irgendwie sind wir ja fast schon ein bisschen mehr als nur Nachbarn. Vor allem werden Sie ja von mir immer gütlich entlohnt. Die schönen Häkelsachen, die sie immer so lieben.«

Ich sage nichts und Frau Braun plappert unermüdlich die kompletten zehn Minuten durch, die ich benötige, um ihre Strümpfe möglichst faltenfrei an ihre Beine zu bringen.

»Sie sind heute so still, Mädchen. Geht es Ihnen nicht gut?«

Ich will gerade versuchen zu antworten, da beantwortet sie sich die Frage von selbst.

»Na ja. Sie arbeiten ja wirklich immer viel und sind ansonsten auch ständig unterwegs. Wahrscheinlich können Sie gar nicht mal richtig zur Ruhe kommen. Wie wäre es, wenn wir am Freitagabend mal wieder eine Runde Karten spielen?«

Ich habe in der Vergangenheit tatsächlich einmal im Monat mit Frau Braun Rommee gespielt, was jedoch in der letzten Zeit eingeschlafen ist, was ich ehrlich gesagt nicht so schlimm fand, da ich doch einiges anderes um die Ohren hatte. Sie hat außerdem immer dermaßen haushoch gewonnen, dass ich den Verdacht hatte, dass sie schummelt. Ich überlege, und zwar überlege ich nicht, ob ich Zeit habe - ich weiß, dass ich Zeit habe. Ich überlege, ob ich wirklich Lust habe. Ich will gerade erwidern, dass ich am Freitag leider bereits etwas vorhabe, da sehe ich es in ihren Augen. Manchmal stört es mich richtig an mir. Ich meine, andauernd Dinge zu sehen, von denen ich mir ehrlich gesagt selbst noch nicht einmal sicher bin, ob sie denn wenigstens im Ansatz der Realität entsprechen oder einfach nur ein Produkt meiner großen Einbildungsgabe und persönlichen Interpretation sind.

Auf jeden Fall sehe ich es jetzt in Frau Brauns Augen: Ich sehe eine inständige Bitte nach Geselligkeit und etwas Aufmerksamkeit. Ich sehe den dringlichen Wunsch nach etwas Abwechslung im manchmal kargen Alltag, und vor allem sehe ich Einsamkeit.

Wegsehen kann ich leider nicht, konnte ich noch nie und ich höre mich selbst sagen: »Können wir machen.«

»Prima! Dann bereite ich uns ein paar Häppchen vor und Sie kommen gegen 18 Uhr zu mir. Oder soll ich zu Ihnen hochkommen?«

Ich schüttele den Kopf. »Nee, das passt schon so. Bis Freitag! Ich muss jetzt gleich los zur Arbeit.«

Raschen Schrittes erklimme ich die Treppe, da mir ein Blick auf meine Armbanduhr anzeigt, dass es tatsächlich allerhöchste Zeit ist, mich für die Arbeit fertig zu machen. Ich verschwinde kurz im Bad und begebe mich auf die Suche nach meinem Handy. Keine Ahnung, wo ich das wieder liegen lassen habe. Anrufen bringt bei mir in der Regel leider selten etwas, weil ich mein Telefon unter normalen Umständen oft lautlos gestellt habe. Nachdem ich in Windeseile meine komplette Wohnung umgekrempelt habe, finde ich es am Ladekabel im Flur. Ich werfe einen Blick auf das Display, bevor ich es in meiner Handtasche verschwinden lasse.

Eine Nachricht von Arne ist heute Vormittag eingegangen: »Schön, dass Du wieder im Lande bist. Wir können uns gerne die Woche sehen, vielleicht Freitagabend?«

Da ich wirklich spät dran bin, beschließe ich jedoch, später zu antworten. Ich freue mich richtig darauf, Herrn B. die mitgebrachte Muschel zu schenken und noch mehr freue ich mich, als ich sie ihm überreiche und seine Augen mich anstrahlen.

»Das ist perfekt.« Er hält sie direkt an sein Ohr. »Ich höre es wirklich.« Er deponiert sie vorsichtig auf seinem Nachttisch. »Danke.«

»Gerne! Schön, dass sie Innen gefällt. Ich muss allerdings gestehen, dass ich sie nicht am Strand gefunden, sondern gekauft habe. Aber sie soll trotzdem ein Fundstück vom Ostseestrand sein.«

»Das macht überhaupt nichts.« Er lächelt mich schief an, wie es so seine Art ist. »Ich habe am Wochenende viel trainiert und ich kann meine Beine wieder etwas durchdrücken. Ich stand sogar kurz vorm Bett. Wahnsinn, oder?«

So, wie vorhin bei Frau Braun sehe ich wieder was: Diesmal sehe ich Hoffnung. Ganz viel Hoffnung und ein kleiner Funken Freude funkelt in seinen Augen.

»Vielleicht schaffe ich es ja noch mal, richtig aufzustehen. Vielleicht haben sich die Ärzte ja geirrt und es wird noch mal alles besser. Schließlich lebe ich entgegengesetzt ihrer Prognose ja auch noch. Stellen Sie sich vor, ich könnte wieder nach Hause gehen.«

Ich höre ihm nur zu, ohne mich an dem Gespräch zu beteiligen.

»Ich will es auf jeden Fall probieren. Ich will versuchen, wieder auf die Beine zu kommen, im wahrsten Sinne des Wortes.« Er lacht. »Und immer, wenn es mir nicht ganz gelingen will, lege ich die Muschel an mein Ohr und wünsche mich ans Meer.«

Die Hoffnung, die wir in uns tragen, ist so wertvoll. Wie ein sehr kleines Feuer glüht sie manchmal nur ganz schwach, aber gelegentlich, wenn wir uns gut um diese schwache Glut kümmern, lodern die Flammen auf und es brennt alles lichterloh. Keiner kann sie uns nehmen, unsere Hoffnung, und das ist auch gut so.

Als wir uns später am Tag zur Pause hinsetzen, fällt mir ein, dass ich Arne noch nicht geantwortet habe. Ich hole mein Handy aus der Tasche und schreibe, dass ich Freitag leider schon verplant bin. Den Grund dafür gebe ich lieber nicht an, aus Angst, auf Unverständnis zu stoßen, dass ich eine Verabredung zum Kartenspiel mit meiner alten Nachbarin den Vorzug gebe. Ich schlage stattdessen Samstag vor.

Der Abend im Hospiz verläuft ruhig und als ich nach Feierabend nochmals auf mein Handy schaue, sehe ich, dass Arne geantwortet hat. Samstag passt ihm, ob ich zu ihm kommen mag. Ich schicke noch eine zustimmende Antwort, bevor ich nach Hause fahre. Zuhause angekommen schenke ich mir aus einer Laune heraus noch ein Glas Wein ein und setze mich damit ans Küchenfenster. Wie schön das letzte Wochenende war. Wie schön, dass Gerti uns diese Liste hinterlassen hat, denke ich gerade, als ich in die einsetzende Dämmerung schaue.

Eigentlich ein schöner Anblick, wenn sich die Dunkelheit langsam ausbreitet und beginnt, die Umgebung nach und nach einzuhüllen. Ich bleibe noch ein Weilchen sitzen, bis ich mein Glas geleert habe und die Umgebung von der Nacht fast komplett verschluckt wurde.

Ich schlurfe durch den Flur ins Bad, wobei mein Blick rein zufällig auf meinem Anrufbeantworter hängen bleibt. Normalerweise ist er nach dem Nachhausekommen einer der ersten Dinge, die meine Aufmerksamkeit erhalten. Meist reicht ein kurzer Blick, da es gefühlt immer seltener wird, dass eine Sprachnachricht hier hinterlassen wird. Heute habe ich allerdings offensichtlich eine erhalten. Ich drücke den Knopf, auf dem ein Symbol eines aktuell rot blinkenden Briefumschlages hinterlegt ist. Doros Stimme ertönt. Sie klingt richtig aufgeregt.

»Lissy, nimm dir nichts vor an deinem nächsten freien Wochenende. Wir fahren nach Paris. Ich habe heute alles geplant. Wenn du Zeit hast, ruf mich die Tage mal zurück, damit wir uns besprechen können. Ich freue mich!«

Ganz beschwingt sowohl vom Wein als auch von dieser Nachricht gehe ich kurz darauf ins Bett und träume von Frankreichs Hauptstadt.

BLÜHENDE PFLANZEN

Am nächsten Morgen kann ich tatsächlich nicht anders, als mir vom Bäcker ein Croissant zum Frühstück zu holen. Nachdem ich es verspeist habe, rufe ich Doro an. Dienstag hat sie ihren freien Tag, weshalb ich sie postwendend an den Hörer bekomme.

»Also, pass auf Lissy, wir treffen uns Samstag früh am Bahnhof in Hannover, von da aus haben wir eine gute Verbindung und müssen nur einmal umsteigen. Wir fahren gute sechs Stunden.«

Doro spricht dermaßen schnell, dass sich ihre Stimme fast überschlägt. Sie spricht so schnell, als hätte sie Angst, ich könnte das Gespräch vorzeitig beenden und sie würde es deshalb eventuell nicht schaffen, ihre Informationen noch rechtzeitig loszuwerden. Dabei macht sie einen aufgeregten Eindruck, was für Doro echt selten ist. Sie hat die Fahrt und ihren Aufenthalt komplett geplant.

»Die Jungs haben zwar gemeckert, aber die habe ich diesmal gar nicht mitreden lassen. Ob es ihnen passt oder nicht – das Wochenende bleiben sie zu Hause. Das gehört nur uns.«

Ich muss lächeln und als ich auflege, haben sich die Aufgeregtheit und Vorfreude, die aus ihrer Stimme herausklangen, auf mich übertragen. Was wäre ich ohne Doro, die immer alles gleich in die Hand nimmt.

Ich kann nicht mehr aufhören, vor mich hinzugrinsen und mich zu freuen, was selbst im Hospiz nicht unbemerkt bleibt. Ich verrate aber niemandem, was der Grund meiner Freude ist. Irgendwie habe ich das Bedürfnis, es für mich zu behalten, warum ich gerade so viele schöne Sachen mit meiner Schwester unternehme. Die Liste und die damit verbundenen Aktivitäten sind Tante Gertis Vermächtnis an Doro und mich. Ich finde, das waren intime Wünsche von ihr, die keinen sonst etwas angehen. Ich habe bis jetzt – außer mit Doro – mit niemandem über Gertis Notizen gesprochen, noch nicht einmal mit unseren Eltern, geschweige denn mit Arne. Das kleine gelbe Büchlein und sein ganz besonderer Inhalt wirken auf mich immer noch wie ein unbezahlbarer Schatz, den es zu schützen gilt. Vielleicht wurde es mir absichtlich vom Schicksal in die Hände gespielt. Den Gedanken, dass es ungelesen in den Müll gewandert wäre, finde ich richtig erschreckend. Und dabei geht es mir nicht nur um Gertis Lebensliste, sondern um der gesamten Inhalt. Ihre privaten und besonderen Gedanken, die sie für mich selbst nach ihrem Tode noch in einem ganz anderen Licht erscheinen lassen und mich zum Nachdenken und Reflektieren meines eigenen Lebensentwurfes angeregt haben. Aber vor allem diese eine Erkenntnis, die ich aus den Aufzeichnungen ziehen konnte, bedeutet mir unaussprechlich viel. Die Erkenntnis, dass Doro und ich Gerti ungeheuer wichtig waren, dass wir ihr immer nahestanden, auch wenn wir selbst es nicht spürten.

Herr B. erwähnt es mir gegenüber nicht mehr, aber ich bekomme trotzdem unweigerlich mit, dass er permanent versucht, seinen körperlichen Zustand durch Training zu verbessern. Am Abend präsentiert er mir stolz, dass er für kurze Zeit frei vor seinem Bett stehen kann. Die nächsten Tage ändert sich nicht viel daran und ich muss zugeben, dass ich schon etwas erstaunt schaue, als er Donnerstagmittag die kleine Strecke, die zwischen seinem Bett und dem Tisch liegt, mit Zuhilfenahme einer Gehhilfe eigenständig bewältigt. Ich hatte tatsächlich gehörige Zweifel, ob er es schafft, seine Mobilität wieder so weit herzustellen.

»Ich esse heute Mittag hier am Tisch«, sagt er, als er sich zufrieden in dem großen Lehnstuhl, der am Tisch steht, niederlässt.

Ich freue mich für ihn und bringe ihm kurz darauf sein Essen.

»Haben Sie Zeit? Können Sie sich einen Moment zu mir setzen?«

Eigentlich habe ich tatsächlich keine Zeit, weil heute Vormittag relativ viel los ist und ich noch ziemlich viel zu dokumentieren habe, womit ich jetzt anfangen müsste, wenn ich den

Feierabend pünktlich wahrnehmen will. Ich setze mich aber trotzdem. Wir sitzen uns ein paar Minuten lang still am Tisch gegenüber. Er rührt in seinem Essen und schaut mich dann durchdringend an.

»Danke, dass Sie mir gerade Gesellschaft leisten. Danke, dass Sie da sind.«

»Das ist meine Arbeit.«

»Ist es das? Steht das in ihrer Stellenbeschreibung?«

»Irgendwie schon. Oder zumindest so ähnlich.«

»Das halte ich für Auslegungssache. Ich bin auf jeden Fall froh, dass Sie hier sind und ich heute nicht alleine essen muss.«

Ich muss lächeln und erwidere nichts mehr. Wir sitzen noch ein Weilchen zusammen, bis er aufgegessen hat.

»Bis morgen«, sage ich kurz darauf zum Abschied. »Ich freue mich drauf.«

Ich bin müde heute. Eigentlich weiß jeder, der mich kennt, dass ich fast immer müde bin. Aber heute bin ich besonders müde, was hauptsächlich an dem kurzen Wechsel liegt, den ich von gestern auf heute hatte. Kurzer Wechsel bedeutet in meinem Fall, dass ich gestern Spät- und heute Frühschicht hatte. Gefühlt war ich deshalb gestern nur kurz zum Schlafen zu Hause und das deutlich zu kurz. Ich muss zu Hause mehrfach gähnen und trinke, wie immer noch zwei Tassen Kaffee, um richtig in Gang zu kommen, bevor ich am frühen Abend zu meinen Eltern fahre. Wir essen zusammen Abendbrot und meine Mutter fragt mich auf, wie ich finde, äußerst unangenehme Weise aus.

»Ich habe gestern mit Dorothea telefoniert. Sie hat mir erzählt, dass ihr letztes Wochenende zusammen weg wart und übernächstes Wochenende wieder los wollt. Das ist ja schön, dass ihr so viel zusammen unternehmt.«

»Hm.«

»Hast du denn da auch noch genug Zeit für deine Beziehung? Ich meine, die anderen Wochenenden arbeitest du ja schließlich.«

»Das passt schon, Mama.« Ich verdrehe die Augen.

»Elisabeth, du brauchst gar nicht mit den Augen zu rollen.«

Mist, ich dachte, sie hätte das nicht gesehen. Ich habe meine Gesichtsmimik manchmal aber wirklich schlecht unter Kontrolle.

»Ich frage ja nur nach. Eine Beziehung will gepflegt werden. Am Anfang handelt es sich ja oft um ein kleines zartes Pflänzchen, aber wenn du dich gut kümmerst, wird eine wunderschöne Blume daraus.«

Jetzt benutzt sie auch noch so komische Sinnbilder. Ich liebe meine Mutter, aber manchmal, wenn sie solche Sachen sagt, halte ich es kaum aus, mit ihr am Tisch zu sitzen.

»Ja, läuft alles prima, Mama. Du musst dir keine Gedanken machen.«

»Ich will es versuchen, mir nicht so viele zu machen. Der Arne passt echt gut zu dir.«

»Ja.«

Ich wende mich meinem Vater zu. »Papa, ich habe die ganzen Unterlagen für die Steuererklärung mit. Können wir die dann zusammen durchgucken?« So weit ist es bereits, dass ich das Gespräch, in meiner Verzweiflung, freiwillig auf die Steuer lenke.

»Sehr schön, Lissy. Dann setzen wir uns da gleich nach dem Essen dran.«

Meine Mutter wirft mir noch einen langen zweifelnden Blick zu, sagt aber wenigstens den Rest des Abends nichts mehr bezüglich meiner Beziehung zu Arne.

Als ich später nach Hause fahre, kann ich mich kaum noch bewegen. Ein Zustand, der des Öfteren eintrifft, wenn ich bei meinen Eltern gegessen habe. Ich esse nämlich sowieso meist grundsätzlich zu viel und lasse mir dann zu späterer Stunde zusätzlich noch irgendwelche Leckereien andrehen. Heute waren es sogar noch zwei Stück Kuchen, die ich mir trotz ausgiebigem Abendbrot zusätzlich gegönnt habe.

»Wenn du manchmal auch deine Sprache bei bestimmten Themen verlierst – deinen Appetit verlierst du nie«, hat meine

Mutter mir zur Verabschiedung noch ganz charmant mit auf den Weg gegeben und mir dabei eine Tupperdose mit Resten der Abendmahlzeit in die Hand gedrückt.

Das viele Essen hat die ohnehin vorhandene Müdigkeit noch verstärkt, weshalb ich zu Hause gleich ins Bett falle und davon träume, wie ich mich gemeinsam mit Arne in einem Gewächshaus um die äußerst schwierige Aufzucht seltener Pflanzen kümmern muss.

DIE KARTEN WERDEN GEMISCHT

Nach der Arbeit habe ich noch schnell einen Träger Malzbier gekauft, den ich mir jetzt unter den Arm klemme, um mich damit auf den Weg zu Frau Brauns Wohnung zu machen.

»Fräulein Höfer, wunderbar, dass Sie da sind, wobei ein bisschen mehr Pünktlichkeit Ihnen auch gut zu Gesicht stehen würde.«

Ich gucke irritiert auf meine Armbanduhr. Ich bin keine zehn Minuten zu spät. Ich setze an, um etwas zu sagen, schlucke es dann aber doch wieder runter. Sie zieht mich ins Wohnzimmer, wo sie ein kleines Buffet für uns aufgebaut hat. Ich stelle mein Malzbier dazu und wir verlieren uns, nach einer kurzen Stärkung, in unserem Kartenspiel. Ich kann es mir wie immer nur schwer erklären, aber von zehn Runden hat Frau Braun neun gewonnen. Ich bin ja zum Glück mittlerweile gemäßigter, als ich es noch als Kind war. In meiner Kindheit konnte ich nämlich äußerst schlecht verlieren. Ich weiß nicht, wie oft Doro und ich im Streit auseinandergegangen sind, weil ich die gesamten Memory-Kärtchen vom Tisch gefegt oder sie mit Spielfiguren beworfen habe. So richtig gerne verliere ich heute allerdings immer noch nicht, vor allen Dingen nicht derart oft hintereinander. Wahrscheinlich merkt man mir dies an, weshalb Frau Braun versucht, mich mit einer Mütze aus ihrer neuen Häkelkollektion zu trösten. Dieser Versuch schlägt natürlich völlig fehl, was ich trotzdem versuche, mir nicht anmerken zu lassen.

»So, Mädchen, dann schlafen Sie mal schön. Sie müssen ja morgen wieder früh raus.«

Um irgendwann wieder aus ihren Fängen zu entkommen, habe ich Frau Braun bereits mehrfach darauf hingewiesen, dass ich am nächsten Tag um fünf Uhr aufstehen muss. Ich nicke.

»Ach, warten Sie.«

Sie läuft nochmals in ihr Wohnzimmer, um die Süßigkeiten ihres selbst erstellten Buffets zu holen und mir in die Hand zu drücken.

»Nehmen Sie das süße Zeug mal mit. Ich esse so was ja gar nicht, habe das nur für Sie geholt, weil ich weiß, wie gerne Sie naschen. Dabei haben Sie heute nichts angerührt.«

Ich schlurfe leicht missgelaunt die Treppe hoch und muss dann plötzlich über mich selbst lachen, als ich mich, in meiner Wohnung angekommen, im Spiegel sehe. Es ist wirklich ein Anblick, wie ich mit der mit mehreren Häkelblumen verzierten Mütze auf dem Kopf und nach unten gezogenen Mundwinkeln so dastehe. Die Packung Geleebananen von Frau Braun, die sie gerne hätte behalten dürfen, lege ich erst einmal auf der Arbeitsplatte in der Küche ab und trotte dann langsam in Richtung Bett.

Als ich am nächsten Tag im Bad stehe und versuche, mich für meine Verabredung mit Arne hübsch zu machen, fühle ich mich ehrlich gesagt überhaupt nicht in der Lage, heute irgendwelche folgenschweren Gespräche zu führen. Der Frühdienst war äußerst wuselig und ich fühle mich leicht übernächtigt von den letzten Tagen bzw. Nächten, in denen ich meinem großen Schlafbedürfnis nicht ansatzweise nachgekommen bin. Aber da ich nun den Stein ins Rollen gebracht habe mit meinen Fragen nach unserer gemeinsamen Zukunft, werden wir wohl heute darüber reden, selbst, wenn ich mich nicht danach fühle, ist dies natürlich richtig und an der Zeit. Seufzend lege ich die

Bürste aus der Hand und betrachte mein Spiegelbild, welches eindeutig erkennen lässt, dass der Versuch des Hübschmachens gescheitert ist, während meine Müdigkeit aber aufgrund der absolut unretouchierbaren Augenringe gut sichtbar ist. »Nützt ja alles nichts - wird schon werden«, rede ich mir selbst gut zu und mache mich auf den Weg zu Arne. So, wie er grundsätzlich vor der verabredeten Zeit eintrifft, komme ich grundsätzlich zu spät. So ist es auch heute. »Tut mir leid, dass ich es nicht pünktlich geschafft habe«, sage ich zur Begrüßung und drücke ihm eine Flasche Wein in die Hand, die ich eben noch auf die Schnelle im Supermarkt erstanden habe. »Ich habe nichts anderes von dir erwartet«, sagt er und grinst mich an. »Auf die besten Dinge muss man ja außerdem immer warten.« Ich grinse zurück und eine kleine Last rutscht von meinen Schultern. Wir essen zusammen und unterhalten uns. Ich erzähle von meinem Wochenende am Meer und Arne erzählt von der Arbeit. Wir reden über alles Mögliche, nur nicht über unsere Beziehung. Ich bin fast ein bisschen froh darüber, bis ich mir schließlich selbst eingestehe, dass das auf Dauer nicht so weitergeht.

»Hast du darüber nachgedacht, ob wir vielleicht zusammenziehen wollen?«, frage ich deshalb unvermittelt.

Er schaut mich an und greift über den Tisch, um meine Hand zu nehmen. »Lissy, wir sind jetzt bald seit sieben

Monaten ein Paar und darüber bin ich echt froh. Ich bin sehr gerne mit dir zusammen und ich würde mir wünschen, dieses schöne Gefühl des Neuen und Besonderen in unserer Beziehung noch ein bisschen bewahren zu können. Sobald man zusammenzieht, schleicht sich schnell Gewohnheit ein.«

»Ich mag Gewohntes.«

Ich schaue ihn trotzig an und will meine Hand aus seiner ziehen, aber er hält sie fest.

»Das ist nur meine Meinung. Was viel wichtiger ist, ist, dass ich dich liebe und wenn du dir das wünschst, dann möchte ich dir den Wunsch erfüllen und dann schauen wir zusammen nach einer gemeinsamen Wohnung ab nächstem Jahr.«

Ich stehe auf, wobei es mir gelingt, meine Hand aus seiner zu entreißen.

»Nee, so möchte ich das nicht. Ich hätte mir gewünscht, dass du gerne mit mir zusammen wohnen willst und diesen Entschluss nicht nur mir zu Liebe fällst.«

Ich nehme meine Tasche und gehe zur Tür. Arne steht auf und geht mir hinterher.

»Also, manchmal weiß ich nicht, wie ich es dir recht machen kann. Ich habe schließlich gesagt, dass ich es für dich tun würde.«

Ich schüttele den Kopf. »So funktioniert das für mich nicht.«

Ich ziehe, ohne mich umzudrehen, die Tür hinter mir zu und gehe die Treppe hinunter. Ich gehe langsam, vermutlich weil ich warte, ob er hinterherkommt, was er jedoch nicht tut. Ich fahre nach Hause und gehe direkt ins Bett. Dort weine ich noch ein paar Minuten, bevor ich in den Schlaf falle. Ich träume davon, dass ich eine Wohnungsbesichtigung mit Arne habe. Als wir uns die Wohnung anschauen, fällt mir auf, dass es meine eigene ist, in der nur ein paar Möbel fehlen. »Das ist doch perfekt. Ich würde hier gerne wohnen«, sage ich und drehe mich zu Arne um, welcher jedoch plötzlich spurlos verschwunden ist. Statt seiner steht Frau Braun plötzlich neben mir.

Sie reicht mir eine Packung Geleebananen und sagt: »Eine gute Entscheidung, Mädchen.«

Nach dem Aufstehen sind meine Augen verquollen und mein Kopf tut weh. Ich versuche, den gestrigen Abend aus meinen Gedanken zu schieben, was sich aber schwerer als gedacht erweist. Als ich auf der Arbeit am Computer sitze und versuche, Daten von unseren Gästen zu erfassen, kann ich mich nur schwer konzentrieren.

»Lissy, du gefällst mir heute nicht«, sagt meine Kollegin zu mir.

»Ich bin nur müde«, weiche ich aus.

»Nicht, dass du noch krank wirst. Hast du mal was von Jenny gehört? Sie ist schon sehr lange krank und keiner weiß so recht, was sie hat oder wann sie wiederkommt.«

Ich zucke mit den Schultern. »Nee, habe ich nicht. Keine Ahnung.«

Ich merke direkt, wie mir beim Lügen das Blut in den Kopf schießt, weshalb ich schnell aufstehe und in die Küche gehe, bevor meine Kollegin den plötzlichen Wechsel meiner Gesichtsfarbe von blass in knallrot bemerkt. In der Küche sitzt Herr B. im Rollstuhl am Tisch, sein Sohn sitzt neben mir. Der Anblick überrascht mich richtig, da ich Herrn B. seit geraumer Zeit nicht mehr außerhalb seines Zimmers angetroffen habe. Die beiden erzählen mir, dass sie gleich eine Runde im Rollstuhl rausfahren wollen. Ich nicke.

»Sagen Sie mir bitte nur kurz Bescheid, wenn sie losfahren und wenn sie dann wieder da sind.«

Herr B.s Sohn nickt mir zu. »Das machen wir. Ich suche nur eben noch mal unsere Sachen im Zimmer zusammen und dann können wir eigentlich gleich los. Kann ich dich hier kurz stehen lassen?«

Er schaut seinen Vater an.

»Na klar. Ich habe ja sogar Gesellschaft.«

Herr B.s Sohn verlässt die Küche und ich setze mich auf den frei gewordenen Stuhl neben dem Rollstuhl.

Völlig unvermittelt greift Herr B. meine Hand. »Schön sehen Sie heute aus. Richtig bezaubernd.«

Ich gucke ihn ganz perplex aus meinen verquollenen Augen an. »Danke.«

»Ich habe ja nicht mehr so viel Zeit, da dachte ich mir, ich sage einfach, was ich denke.«

Ich muss lächeln. Tatsächlich ist ein Kompliment gerade genau das, was ich brauche.

»Aber irgendwie wirken Sie geknickt. Alles okay?«

»Das ist ja hier verkehrte Welt. Ich muss mich nach ihrem Befinden erkundigen und schauen, dass es Ihnen gut geht und nicht umgekehrt.«

»Dann ist das heute halt mal verkehrte Welt. Geht es Ihnen gut? Ich frage übrigens, weil es mich interessiert und nicht, weil ich Small Talk führen will.« Er hält meine Hand immer noch fest.

»Ja, es geht so. Ich habe mich gestern mit meinem Freund gestritten.« Er schaut mich an. »Wahrscheinlich dramatisiere ich alles nur wieder etwas, wie das eben meine Art ist. Wahrscheinlich ist es alles nicht so schlimm.«

»Das glaube ich nicht. Wenn etwas solche Gefühle auslöst, dass Sie sich am Tag darauf mit der Situation immer noch unwohl fühlen, dann ist das nicht dramatisiert. Auch wenn wir uns das wünschen, wir können unsere Gefühle nicht steuern.

Ich weiß in der Hinsicht bestens, wovon ich rede. Manchmal bekommt man seine Emotionen nur schlecht in den Griff und das, was wir fühlen, ist für uns nun mal real.«

»Da haben Sie irgendwie recht.«

»Nicht irgendwie. Ich habe recht.« Er lacht. »Ihr Freund sollte Sie glücklich machen, sonst kann er weg.«

Er deutet auf ein Bild an der Wand. Eine Fotografie von einer Pusteblume, darunter steht: »Was nicht glücklich macht, kann weg.« Jetzt muss ich lachen.

»Nein, mal im Ernst, Elisabeth. Ein Streit gehört mal dazu, aber im Großen und Ganzen ist es wichtig, dass wir glücklich sind. So glücklich, wie wir eben sein können und wie es zu uns passt. Jeder auf seine Weise.«

Er macht eine Pause und drückt meine Hand, die immer noch in seiner liegt.

»Sie müssen mehr bei sich sein. Drauf scheißen, was andere wollen und meinen. Sie sind wunderbar und nur Sie sind wichtig.«

Sein Sohn kommt in die Küche und er lässt meine Hand los.

»Wir fahren jetzt los.«

»Viel Spaß!«

Unsere Blicke begegnen sich noch für einen kleinen Moment und ich sehe es ganz deutlich: Ich sehe es, dieses besondere Strahlen in seinem Blick. Aber genauso sehe ich auch, dass die Gelbfärbung seiner Augen deutlich zugenommen hat. Ein Zeichen dafür, dass die Erkrankung voranschreitet.

PARIS

Die Woche zieht sich wie Kaugummi. Innerlich zähle ich mehrmals täglich durch, wie viele Tage es noch bis zum Wochenende sind. Wie ein Kind, was immerzu fragt, wie oft es noch schlafen muss bis zum Geburtstag. Ich kann es kaum glauben, dass es nur noch ein einziges Mal ist, dass ich noch schlafen muss, als ich Freitagnachmittag meine Tasche packe. Dieses nur noch einmalige Schlafen fällt zusätzlich noch deutlich zu kurz aus, da ich mich schon in aller Herrgottsfrühe mit Doro auf dem Hauptbahnhof treffe. Doro wirkt allerdings ebenfalls etwas übernächtigt, als wir uns zur Begrüßung umarmen.

»Mann, ist das früh«, stöhnt sie dabei. »Wir holen uns im Zug gleich einen Kaffee.«

Ich nicke zustimmend. Und als wir uns kurz darauf gegenübersitzen und am Fenster die Landschaft in rasend schneller Geschwindigkeit vorbei zischt, hat die Vorfreude es eindeutig geschafft, die Müdigkeit zu verdrängen.

Es ist fast Mittag, als wir in Paris auf dem Gare de l'Est den Zug verlassen. Wahnsinnig schwüle Luft schlägt uns auf dem Bahnhof entgegen und irgendjemand tritt mir im Gedränge wahnsinnig schmerzhaft auf den Fuß, was ich aufgrund des Umstandes, dass ich mich nach langem Überlegen gestern dafür entschieden habe, offene Sandalen anzuziehen, besonders deutlich spüre. Ohne Doro hätte ich nicht gewusst, wie ich diesem Gewusel hier entrinnen soll und hätte vermutlich angefangen zu verzweifeln, aber meine Schwester hat wie immer den Durchblick. Sie nimmt mich an der Hand, zieht mich zu einem Informationsschalter, an dem wir kurz anstehen und sie sich dann auf gebrochenem Französisch nach unserem weiteren Reiseweg informiert und Karten für die Metro kauft. Ich schaue sie leicht kopfschüttelnd an.

»Woher kannst du eigentlich Französisch?«

»Ich hatte doch Französisch in der Schule.«

»Ja, ich auch. Das bedeutet aber nicht, dass ich es heute noch sprechen kann.«

Doro zuckt mit den Schultern. »Ein bisschen was bleibt ja wohl immer hängen.«

Sie nimmt mich erneut an der Hand und zieht mich durch die Menschenmengen zu der passenden Metrostation. Wir fahren fünf Stationen und legen dann noch einen kurzen Fußweg zurück, bis wir vor unserem Hotel stehen. Wir beziehen unser

Zimmer, in dem wir unsere Kulturtaschen ins Badezimmer räumen und uns darüber streiten, wer die Bettseite am Fenster zum Schlafen nutzen darf. Den Streit gewinne ich, da der Klügere nachgibt. Danach holen wir uns erst mal ein Baguette auf die Hand und machen uns direkt auf den Weg zum Eiffelturm.

»Ich habe mir überlegt, was Gerti wohl gerne mit uns unternommen hätte.«

»Und?«

Doro schaut geradeaus. »Ich war mir total unsicher. Wir kannten sie einfach zu wenig.«

»Schade, dass sie nicht wirklich noch bei uns ist. Dann hätten wir sie besser kennen lernen können.«

Doro nickt. »Obwohl ich im Moment trotzdem das Gefühl habe, sie immer besser kennen zu lernen. Besser, als es mir zu Lebzeiten je gelungen ist.«

Wir lösen Eintrittskarten, steigen bis zur zweiten Plattform die Treppe hoch und nehmen dann den Fahrstuhl. Wir steigen aus und suchen uns einen Platz an der gesicherten Brüstung. Tatsächlich gibt es hier oben eine Champagnerbar, an der Doro ansteht, bevor ich überhaupt irgendetwas sagen kann.

»Tante Gertis Lieblingsgetränk«, sagt sie und drückt mir das Glas in die Hand.

Ich mag keinen Champagner, aber als wir nebeneinanderstehen, den Blick über die wunderschöne Hauptstadt gleiten lassen und ich an Gerti denke, schmeckt er mir so gut, wie es selten ein alkoholisches Getränk getan hat.

Danach fahren wir mit der Metro weiter nach Montmartre. Wir schlendern durch das Künstlerviertel und lassen uns ziellos treiben. Ein Straßenkünstler fertigt gegen Geld ein Portrait von uns beiden an und wir essen Eis. Schließlich machen wir uns gezielt auf den Weg nach Sacre Coeur, eine der bekanntesten Kirchen Paris.

»Sacre Coeur ist eine Wallfahrtskirche und mir fiel beim Planen unseres Aufenthaltes hier auf, wie ungeheuer passend ein Besuch dieses Ortes ist«, sagt Doro, als wir die unzähligen Treppenstufen erklimmen, die zu der auf einem Hügel gelegenen Basilika führen.

Ich bin damit beschäftigt, meine durch die Anstrengung bedingt schnaufende Atmung zu kontrollieren, weshalb ich nichts erwidere. Doro hat erstaunlicherweise gar keine Probleme, ausreichend Luft zu bekommen und redet ununterbrochen weiter. »Irgendwie sind wir ja auf einer Pilgerreise. Wir sind hierhergereist, um Gertis Wünsche noch im Nachhinein wahr werden zu lassen und ihr zu gedenken. Es ist zwar unsere Freizeit, aber ich habe trotzdem die ganze Zeit das Gefühl, auf einer besonderen Mission zu sein.« Ich nicke, da es mir ähnlich geht. Als wir mit einigen anderen Menschen durch die Tür in die Kirche strömen, werde ich sofort von der besonderen

Atmosphäre dieses Ortes erfasst. Langsam und andächtig erkunden wir nebeneinander gehend das riesige Gebäude. Doro deutet auf eine erhöhte Fläche, auf der unzählig viele Kerzen brennen. »Opferkerzen« hat Oma Anni die Teelichter genannt, von denen sie am Samstagabend immer gerne eins in der Kirche, welche nur zwei Straßen von ihrem Haus entfernt lag, angezündet hat. Ich habe sie damals gefragt, was der Grund dafür ist und sie hat mir geantwortet, dass sie für jemanden ein Licht leuchten lassen möchte. Für jemanden, an den sie denkt. Für jemanden, der ihr im Herzen nahe ist. Manchmal für jemanden, der ein Licht im Dunkeln braucht. Ein Licht, um den Weg oder die Freude, die er verloren hat, wiederzufinden. Ich habe gemerkt, wie wichtig es meiner Oma war und ich habe sie gerne am Samstag begleitet, um eine Kerze zu entzünden.

Doro ruckelt mich am Arm. »Wir zünden eine für Gerti an. Guck mal, ob du Kleingeld hast.«

Auf einem Schild über den noch unbenutzten Kerzen wird um eine Spende von zwei Euro gebeten. Ich durchwühle meine völlig überfüllte Handtasche nach meinem Portemonnaie. Dies mache ich in derart ungeschickter Art und Weise, dass sie mir aus der Hand fällt und sich der Großteil ihres Inhaltes über den Steinboden ergießt. Ein Mädchen mit pechschwarzen Haaren, das neben mir stand und sich ebenfalls gerade an den Kerzen bedienen wollte, bückt sich und hilft mir, die vielen kleinen

Gegenstände einzusammeln. Ich lächele sie an und sie lächelt zurück, wobei sie jedoch Tränen in den Augen hat. Sie hält in der Hand eine Fotografie von einem kleinen Jungen. Als sie meinen Blick auf das Bild bemerkt, drückt sie es schützend an ihren Körper und dreht sich weg. Ich würde ihr gerne etwas sagen, aber ich weiß nicht was und wie, weshalb ich stumm bleibe. Einen zögerlichen Moment stehe ich noch so da, bevor ich mich wieder den Opferlichtern zuwende. Gerade als ich die zwei Euro in die dafür vorgesehene Box stecke, steht sie wieder neben mir.

»Madame, votre coeur.«

In der einen Hand hält sie immer noch das Foto eng an ihren Bauch gepresst, die andere streckt sie mir geöffnet entgegen. In ihrer geöffneten Hand liegt ein rotes Herz aus Plastik. Völlig überrascht starre ich es an. Ich kenne dieses Herz. Es ist ein Clip. Ich habe es das erste Mal gesehen, wie er eine Kulturtasche zusammenhielt, die auf der Waschbeckenablage eines Badezimmers im Hospiz stand. Es kommt mir völlig irreal vor, dass es jetzt bei diesem Mädchen in der Hand liegt. Langsam wird mir klar, dass es aus meiner Handtasche gefallen sein muss, wo ich es völlig unbewusst bis zu diesem Moment aufbewahrt habe. Ich gehe auf die Knie und schaue das kleine Mädchen an. Ich schaue in ihre dunklen Augen, die wahnsinnig traurig aussehen und nehme die Hand, in der sie das Herz hält und verschließe diese.

»Ma coeur pour toi.«

Sie schaut mich an und lässt das Herz in ihre Hosentasche gleiten.

»Merci.«

Das fremde Mädchen umarmt mich so fest, dass ich beinahe umfalle, dreht sich um und verschwindet im Menschengetümmel. Ich schaue ihr hinterher, bis ich sie nicht mehr sehe. Dann zünde ich eine Kerze für unsere Tante an und eine für Frau Z., die mir dieses Herz geschenkt hat. Ich denke, sie hätte sich gefreut, wenn sie gewusst hätte, dass ihr Herz ein derart großes Geschenk ist. Doro hat von alledem nichts mitbekommen. Sie ist bereits ein kleines Stück weitergegangen.

»Hast du ein Licht für Gerti angezündet?«

»Habe ich.«

»Prima.«

Sie hakt sich bei mir unter und wir schreiten langsamen Schrittes weiter.

Der Abend endet spät mit einer riesigen Packung Macarons und einer Flasche Sekt auf unserem Hotelzimmer. Am nächsten Morgen schmeißt Doro mich trotzdem übertrieben früh aus dem Bett. Ohne Frühstück jagt sie mich in die Metro, wo wir nach ein paar Haltestellen und einigen Minuten Fußweg an einem Bootsanleger ankommen. Doro löst Tickets für uns und wir steigen auf ein großes Boot, dass uns auf der Seine durch Paris trägt. Meine Schwester hat unseren Aufenthalt in dieser Stadt beinahe minutiös durchgeplant, was zwischenzeitlich fast in Stress ausartet, uns auf der anderen Seite natürlich viel Zeit spart und viel erleben lässt. Heute früh nach dem Wecken habe ich mich noch geärgert, dass man nicht einmal ausschlafen kann. In diesem Augenblick allerdings, hier auf dem Boot, wo ich die Stadt in ihrer Schönheit an uns vorüberziehen sehe und dazu einen köstlichen Milchkaffee trinke, den Doro an Bord besorgt hat, denke ich, dass es wirklich gut ist, dass ich solch eine vorausschauende Schwester habe, die alles für uns plant und dass es auch zu schade wäre, die knappe Zeit, die wir hier haben, zu verschlafen.

Nach der Bootsfahrt gehen wir über den Champs-Elysees. Wir sind uns beide einig, dass dies ein Ort ist, der mit höchster Wahrscheinlichkeit von Gerti aufgesucht worden wäre. Schließlich war sie modisch immer auf dem neusten Stand und häufig tatsächlich mit teuren Designer-Kostümen eingekleidet gewesen. Wir bummeln die Prachtstraße entlang und essen für viel zu viel Geld zu Mittag.

»Wenn Justus und Jonas jetzt hier wären, würden sie ein Andenken fordern«, sagt Doro, als wir uns nach dem Essen auf den Weg zur Metro machen.

»Wie gut, dass wir erwachsen sind.«

Doro schaut mich amüsiert von der Seite an. »Wann bist du denn erwachsen geworden? Das habe ich verpasst.«

Ich muss lachen. »Okay, hast recht. Ich will unbedingt ein Andenken.«

»Ich auch«, sagt Doro und hält vor einem Laden an, in dessen Auslage mehrere Sonnenbrillen liegen.

Sie zieht mich am Arm in den Laden hinein und nur wenige Minuten stehen wir wieder auf der Straße, jede mit einer überteuerten Designersonnenbrille auf der Nase, die Doro uns in diesem Anflug von kindlichem Übermut spendiert hat. Obwohl es schon so spät ist, dass gar keine Sonne mehr scheint, tragen wir unsere Brillen immer noch, als wir uns am Abend dieses Tages am Hannoveraner Hauptbahnhof voneinander verabschieden. Ich vergrabe meinen Kopf in ihrer Schulter und sauge den typischen Doro-Geruch in mich ein, während sie mich fest umarmt.

»Schreib mir, wenn du zu Hause angekommen bist.«

»Mach ich.«

»Gut. Ich rufe dich nächste Woche an. Dann besprechen wir, wie es weiter geht mit Gertis Liste.«

Zuhause angekommen dusche ich ausgiebig und gehe im Anschluss ohne Umwege ins Bett, um mein immer größer gewordenes Schlafdefizit auszugleichen. Es dauert keine fünf

Minuten und ich bin tief und fest eingeschlafen. Ich träume von einem kleinen Mädchen mit schwarzen Haaren und traurigen Augen. Einem Mädchen aus einer anderen Welt. Einem Mädchen, dem ich völlig ungeplant in einem kurzen Moment mein Herz geschenkt habe.

ALTE REZEPTE

Was bin ich froh, dass ich diesen heutigen Tag noch frei habe. So schön unser Trip nach Paris auch war, so war er doch auch ganz schön anstrengend. Ich verbringe den gesamten Vormittag im Bett und döse. Gegen Mittag beende ich dann schließlich dieses faule Dasein und stehe mühsam auf. Ich packe meine Reisetasche aus, bringe etwas Ordnung in meine Wohnung und fahre danach ein paar Kleinigkeiten einkaufen. Das Wochenende war derart erlebnisreich, dass ich wirklich wenig an Arne und unser letztes Treffen gedacht habe. Kaum, dass ich aber wieder zu Hause bin, fangen die Gedanken an zu bohren und die Gefühle zu nagen. Ich schaue auf mein Handy, als ich im Kassenbereich vom Supermarkt stehe. Keine neue Nachricht eingegangen, zeigt mir das Display meines Handys an. Ich seufze leise und lasse es wieder in das Außenfach meiner Handtasche gleiten, als ich in genau diesem Moment höre, wie es mit einem kurzen Brummen den Eingang einer neuen Nachricht verkündet. Ich fische es schnell wieder hervor: Kein Arne - meine Mutter. Sie erkundigt sich, ob alles gut ist bei mir und ich die Woche vorbeikommen mag. Einer inneren Eingebung folgend beschließe ich, nicht zu antworten, sondern jetzt direkt bei meinen Eltern vorbeizufahren und sie zu überraschen. Ich lasse meinen Blick schweifen und entdecke weiter vorne neben mir einen Eimer, in dem kleine Sträuße mit einer Sonnenblume in der Mitte zum Verkauf angeboten werden. Ich suche den schönsten aus und lege ihn zu meinen Einkäufen auf das Band.

Eine halbe Stunde später stehe ich mit dem Strauß bewaffnet vor der Haustür meiner Eltern. Ich überlege kurz, ob ich klingeln soll, entschließe mich dann aber dazu aufzuschließen. Den Schlüssel von meinem Elternhaus habe ich neben dem Schlüssel von meiner Wohnung am Schlüsselbund befestigt. Meine Mutter bestand darauf, dass ich ihn möglichst immer griffbereit habe, als ich ausgezogen bin.

»Das war dein Zuhause und das bleibt dein Zuhause. Du kannst jederzeit vorbeikommen«, hat sie damals gesagt. Ich habe es ihr nie erzählt, aber dieser Ausspruch hat mir so viel bedeutet, wie selten etwas anderes.

Ich stecke den Schlüssel ins Schloss und schließe die Tür auf.

»Halloo!«, rufe ich laut, als ich im Flur stehe.

197

Als daraufhin keine Reaktion erfolgt, mache ich mich auf die Suche nach meinen Eltern. Erst nachdem ich das ganze Haus abgesucht habe, komme ich auf die Idee, in den Garten zu schauen. Mein Vater sitzt draußen am Tisch auf der Terrasse und liest und meine Mutter wühlt im Gemüsebeet. Hätte ich gleich drauf kommen können, dass sie bei diesem Wetter draußen sind. Ich schiebe die Terrassentür, die vom Wohnzimmer aus zu öffnen ist, auf.

»Hallo.«

Mein Vater zuckt zusammen und verschüttet etwas von dem Glas, welches er gerade zum Trinken angesetzt hat.

»Meine Güte, Elisabeth! Du kannst dich doch nicht so von hinten anschleichen. Ich habe mich fast zu Tode erschrocken.«

»Tut mir leid, Papa.«

Ich gebe ihm ein Küsschen auf die Wange und setze mich neben ihn. Meine Mutter ist dermaßen in ihre Gartenarbeit vertieft, dass sie mein Erscheinen noch gar nicht bemerkt hat.

»Du schaust dir alte Fotos an?«

Auf dem Tisch liegt die aktuelle Tageszeitung und daneben ein aufgeschlagenes Fotoalbum. Doro und ich haben früher Stunden damit verbracht, uns die Alben unserer Eltern anzuschauen, deshalb erkenne ich sofort, dass es Bilder aus der Kindheit und Jugend meines Vaters sind, die dort aufgeschlagen auf dem Tisch liegen.

»Ja, ich vermisse Gerti. Seitdem sie gestorben ist, vermisse ich sie schrecklich. Es kommt mir vor, dass ich erst seit ihrem Tod weiß, was ich an ihr hatte. Wir hatten so wenig Kontakt die letzten Jahre.«

Er schlägt das Fotoalbum auf und wir schauen die Bilder gemeinsam an. Zu jedem Bild kann er eine ausführliche Erklärung liefern, wo, wann und aus welcher Situation heraus es aufgenommen wurde.

»Ich hätte mich wenigstens gerne von ihr verabschiedet. Das war alles viel zu plötzlich. Wenigstens noch einmal mit ihr sprechen.« Er schlägt das Fotoalbum zu. »Wir hatten als Kinder ein paar Geheimnisse, die uns wirklich viel bedeutet haben.«

Ich schaue ihn stirnrunzelnd von der Seite an. »Was denn für Geheimnisse?«

»Dinge, die nur Gertrud und mich betrafen.«

Er schaut mit glitzernden Augen an mir vorbei. Ich habe meinen Vater wirklich selten so betroffen und melancholisch erlebt, wie es seit dem Tod unserer Tante der Fall ist.

»Elisabeth, seit wann bist du denn da?«

Meine Mutter hat mich entdeckt und kommt auf uns zu. Sie zieht ihre erdigen Gartenhandschuhe aus, legt sie auf den Tisch und deutet auf den Sonnenblumenstrauß, den ich immer noch in der Hand halte.

»Sag bloß, du hast mir Blumen gekauft? Womit habe ich das denn verdient?«

»Jep, für dich. Einfach nur so.«

Meine Mutter lächelt. »Na, da freue ich mich aber. Ich hole gleich mal eine Vase, damit ich noch lange was von ihnen habe.«

Obwohl ich mehrfach verneine, Hunger zu haben, steht kurze Zeit später ein voll beladener Teller mit den Resten des Mittagessens meiner Eltern vor mir.

»Ich habe heute nicht mit dir gerechnet, sonst hätte ich Kuchen da.«

»Ist schon okay, Mama. Ich verhungere bei euch ja nun wirklich nicht.«

»Wahrscheinlich nicht.« Sie lacht. »Aber dann musst du die Tage noch mal wiederkommen. Ich habe ein altes Rezeptbuch, das größtenteils Kuchenrezepte enthält, aus dem Nachlass deiner Tante gerettet und wollte die Tage unbedingt ein paar Kuchen nachbacken.«

»Ehrlich? Ist da auch ein Streuselkuchenrezept drin?« Ich schaue sie aufgeregt an.

»Oh, Lissy! Seit wann hast du denn so ein großes Interesse an Streuselkuchen?«

Ich überlege kurz, ob ich den Grund nenne, verwerfe diesen Gedanken aber schnell wieder. »Nur so. Ich hatte mir überlegt mal wieder zu backen.«

Meine Mutter wirft mir einen Blick zu, der aussagt, dass sie große Probleme hat, mir zu glauben und geht in die Küche, um das Rezeptbuch zu holen. Ich blättere es übertrieben eilig durch, bis ich auf die von mir herbeigesehnte Seite stoße. »Gertruds sagenumwobener Streuselkuchen« steht in der Handschrift meiner Oma über dem Rezept. Mein Herz macht vor Freude einen kleinen Hüpfer und ich bin selbst überrascht, wie wichtig mir die Wünsche von Gertis Lebensliste geworden sind. Ich mache mit meinem Handy ein Foto von dem Rezept, drücke meine Eltern und eile schleunigst nach Hause, um Doro anzurufen und ihr mitzuteilen, dass ich das Rezept gefunden habe.

DIE ZUHÖRERIN

Der Tag verspricht schon in den Morgenstunden ein glühend heißer Sommertag zu werden und als ich mittags mit meiner neuen Sonnenbrille auf dem Kopf zum Auto gehe, muss ich sagen, dass er zu halten scheint, was er morgens bereits versprochen hat. Im Hospiz knallt die Sonne auf das Flachdach und trotz laufender Klimaanlage scheinen wir uns alle hitzebedingt etwas langsamer zu bewegen als sonst.

Als ich am Abend bei Herrn B. im Zimmer stehe, bittet er mich, dass ich mich setze. Wie ein Zirkuskünstler vor seinem Auftritt baut er eine spannende Stimmung auf und präsentiert mir dann stolz, wie er den Weg zwischen Bett und Tisch in seinem Zimmer nun völlig frei ohne Gehhilfe bewältigt. Er setzt sich auf den Stuhl mir gegenüber an den Tisch.

»Das habe ich bis jetzt nur Ihnen gezeigt.« Er macht ein geheimnisvolles Gesicht. »Und es gibt etwas, was ich Ihnen noch gerne erzählen würde.«

Ich will gerade antworten, dass er mir gerne alles sagen kann, da unterbricht er mich.

»Ich möchte aber allein reden und ich wünsche mir, dass Sie nur zuhören. Kein Kommentar, keine Antwort oder irgendwelche Meinungsäußerungen. Können Sie mir das versprechen?«

»Verspreche ich.«

Er schaut mich an und dann sprudelt es aus ihm heraus. Minutenlang spricht er ohne Luft zu holen von seiner Zukunft. Er hat sich Gedanken gemacht, was wäre, wenn sich die Ärzte vertan hätten mit seiner Diagnose oder aber, wenn die Diagnose vielleicht stimmt, aber die Krankheit einfach nicht mehr weiter voranschreitet.

»Wenn ich es schaffe, bis zur Tür zu gehen, dann gehe ich nach Hause. Ich habe mir schon alles genau überlegt. Am Wochenende spreche ich mit meinem Sohn.«

So viel Hoffnungen, so viele Wünsche, all das klingt aus seinen Erzählungen. Hoffnungen und Wünsche, für ihn so schwer zu greifen, so hart zu erträumen. Für mich als gesunder Mensch sind seine größten Wünsche beinahe Alltag. Ich kann in meiner eigenen Wohnung wohnen, Urlaub machen, meine Freizeit selbstbestimmt gestalten. Ich bin auf keine fremde Hilfe angewiesen, um mein Leben zu organisieren. Ich schäme mich dafür, während ich ihm zuhöre. Ich schäme mich dafür, dass ich so privilegiert lebe und es oft nicht zu schätzen weiß. Ich schaue ihn an und schweige. Ich könnte viel erwidern, zum Teil fällt es mir sogar richtig schwer, nichts zu sagen. Doch ich habe es ihm versprochen, deshalb schweige ich.

Als ich am späten Abend zu Hause im Bett liege, kann ich nicht schlafen. Meine Gedanken schlagen Haken, laufen in unterschiedliche Richtungen und lassen sich nur schwer wieder disziplinieren, obwohl ich mir alle Mühe gebe. Nachdem ich mich eine halbe Stunde nur hin und her gewälzt habe und innerlich nicht wirklich zur Ruhe komme, stehe ich auf. Ich schenke mir ein Glas Wein ein und setze mich ans Küchenfenster. Eine sternenklare Nacht. Manche Sterne leuchten eindeutig heller als andere. Ich überlege, woran das liegen könnte, ob die

Entfernung der Sterne zur Erde der Grund sein könnte oder ob wohl manche Sterne eine viel intensivere Leuchtkraft haben als andere. Da piepst mein Handy. Ich runzele die Stirn und werfe einen Blick auf die Küchenuhr, welche 00:30 Uhr als aktuelle Uhrzeit angibt. Das hat definitiv Seltenheitswert, dass ich zu dieser Stunde noch eine Nachricht erhalte. Vielleicht fällt Arne das Schlafen heute genauso schwer, wie mir. Vielleicht ist es unsere – trotz allem Streit – doch besondere Bindung, die ihn in diesem Moment dazu veranlasst, mir zu schreiben, überlege ich mir, während ich in den Flur tappe und mein Handy hole, was dort am Ladegerät ruht. Aber der Absender der Nachricht ist nicht Arne. Es ist Jenny. Sie schreibt, dass es ihr leidtut, dass sie sich so wenig meldet und dass sie das ab jetzt ändern wolle. Sie erkundigt sich noch, wie es mir geht und fragt, wie ich die nächsten Tage denn arbeiten muss. Sie wolle gerne mal telefonieren. Ich wiederhole meinen Blick auf die Uhr und rufe sie trotz der späten Uhrzeit an.

Nach nur einmaligem Klingeln geht sie ran: »Lissy, ich hoffe, dass ich dich nicht geweckt habe mit meiner Nachricht.«

»Nein, ich hatte Spätdienst und konnte sowieso nicht schlafen.«

»Dann ist ja gut.«

Es entsteht eine längere Pause. Ich spüre förmlich, wie Jenny nach Worten sucht und ich gebe ihr die Zeit, bis sie schließlich anfängt, von den letzten Tagen zu erzählen. Wir telefonieren fast zwei Stunden lang. Wir weinen miteinander am Telefon, wir regen uns gemeinsam auf und wir lachen zusammen. Obwohl es nur die Telefonleitung ist, die uns gerade miteinander verbindet, fühle ich mich ihr in diesem Moment ganz nah. So nah, wie noch nie zuvor.

»Rufst du mich morgen nach dem Spätdienst wieder an?«, fragt Jenny mich, bevor wir uns verabschieden und ich verspreche es ihr sehr gerne.

Nachdem ich aufgelegt habe, gehe ich ins Bett und schlafe beinahe sofort ein.

EIN OFFENES BUCH

Die nächsten zwei Tage verlaufen fast simultan. Ich schlafe lange, fahre zum Spätdienst, telefoniere mit Jenny und warte darauf, dass sich Arne bei mir meldet. Es ärgert mich, dass ich darauf warte. So begann unsere Beziehung damals schon. Immer warte ich auf ihn. Immer bin ich mir nicht sicher, wie es weitergeht und woran ich bei ihm bin. Ich versuche, die Gedanken an meine verkorkste Beziehung abzuschütteln und mir stattdessen lieber zu überlegen, wie ich den heutigen Tag gestalte, als ich Freitag früh aufwache. Heute habe ich keinen

Spätdienst mehr, gehe dafür abends in den Nachtdienst. Ob ich darauf jetzt mehr Lust habe, ist zwar zweifelhaft, es ist aber auf jeden Fall die Tatsache gegeben, dass ich bis späten Abend frei habe. Ich beschließe kurzerhand, ins Schwimmbad zu gehen. Vormittags ist noch wenig los und ich kann völlig ungestört meine Bahnen ziehen. Tatsächlich gelingt es mir dabei, einen klaren Kopf und eine für meine Verhältnisse ausgesprochen gute Laune zu erzielen. Ich nehme mir zum Mittag was vom Griechen mit und spreche nachmittags länger mit Doro. Wir besprechen das nächste Wochenende. Doro hat selbstverständlich mal wieder einen Plan gemacht, wie wir weiter an der Umsetzung von Gertis Lebensliste arbeiten.

Ich will eigentlich bereits auflegen, weil wir alles besprochen haben, als sie mich fragt: »Und sonst Lissy, alles gut? Wie läuft es mit Arne?«

Völlig unvermittelt fange ich an zu weinen. Meine Reaktion überrascht mich selbst und ich versuche mühsam, meine Tränen so wegzuatmen, dass Doro es nicht mitbekommt, was natürlich schief geht.

»Sag mal, heulst du jetzt?«

»Nee«, sage ich mit belegter Stimme. »Ich habe nur gerade keine Lust, darüber zu reden.«

»Natürlich heulst du. Also, Lissy, so geht das nicht weiter. Ich habe dich die ganze Zeit in Paris schon nicht darauf angesprochen, aber ich merke es ja.«

»Was merkst du?« Ich klinge eine Spur ärgerlicher als ich es beabsichtigt habe.

»Na, dass irgendwas zwischen Arne und dir nicht stimmt.«

War klar, dass Doro weiß, was bei uns los ist, selbst dann, wenn ich nicht mit ihr darüber gesprochen habe. Sie liest in mir wie in einem offenen Buch. Hat sie zumindest früher immer behauptet und wahrscheinlich hat sie recht. Immerhin funktioniert das sogar auf diese Distanz.

»Hm,« antworte ich, weil ich nichts Richtiges sagen möchte.

»Du musst da jetzt mit mir nicht drüber reden, musst allerdings auch nicht gleich sauer werden, nur weil ich mal nachfrage.«

Im Hintergrund setzt Gejohle ein. Ich schlussfolgere daraus, dass die Zwillinge gerade von der Schule nach Hause gekommen sind und nutze meine Chance, mich dem Gespräch mit Doro zu entziehen.

»Oh, sind das die Jungs im Hintergrund? Kannst du mir Justus mal geben? Ich wollte ihn noch was fragen, wegen der Schule.«

Ich höre noch, dass Doro leise seufzt, dann aber wie von mir gefordert das Telefon an Justus weiterreicht. Nachdem ich noch zehn Minuten im Wechsel mit Justus und Jonas telefoniert habe, lege ich auf, ohne mit ihrer Mutter noch mal zu sprechen. Am meisten ärgere ich mich ja über mich selbst, dass mir einfach so am Telefon die Tränen kommen und ich nicht in der Lage bin, die Situation mit Arne zu klären, obwohl sie mich offensichtlich sehr belastet. Ich folge dem gerade vorhandenen Impuls und versuche Arne anzurufen, der jedoch nicht ans Telefon geht. Meine gute Laune ist dahin und ich setze mich aufs Sofa, wo ich mich lustlos durch das Fernsehprogramm zappe. Ich bleibe bei einem Format hängen, wo junge Familien ein Eigenheim suchen. Während ich mir die ganz offensichtlich gestellten Szenen anschaue und mich dabei unweigerlich daran erinnert fühle, dass ich es ebenfalls in Betracht gezogen hatte, mit meinem Freund zusammenzuziehen, schlafe ich auf dem Sofa eingerollt ein.

Nur kurze Zeit später reißt mich das Türklingeln aus meinen Träumen. Ich muss mich kurz sortieren und versuche mir die, vom Sofakissen entstandene, Falte aus dem Gesicht zu wischen.

Vor der Tür steht Frau Braun. »Wie sehen Sie denn aus? Haben Sie geschlafen?«

Nicht nur Doro liest in mir wie in einem offenen Buch. Ich klappe den Mund auf, aber Frau Braun stürmt, ohne auf eine Antwort zu warten, in meine Wohnung und geht direkt durch ins Wohnzimmer. Sie hat einen geflochtenen Korb unter dem Arm klemmen, den sie jetzt auf meinem Couchtisch abstellt und anfängt, den Inhalt daneben auszubreiten. Eine neue Mützenkollektion, die sie offensichtlich noch um dazu passende Halstücher erweitert hat. Ich habe das zweifelhafte Glück, sie als Erste in Augenschein zu nehmen und welche davon anzuprobieren. Frau Braun zückt ihr Handy, welches mit extra großen Tasten perfekt für weitsichtige Menschen, wie sie einer ist, zu sein scheint und macht ein paar verwackelte und verschwommene Fotos von mir mit den Mützen auf den Kopf. Ich komme mir reichlich bescheuert dabei vor und beschließe gerade diese Fotosession für beendet zu erklären, als Frau Braun mir zuvorkommt.

»Ein paar schöne Bilder werden wohl dabei sein, obwohl es nicht geschadet hätte, wenn Sie mal ein Lächeln zustande bekommen hätten«, sagt sie mit leicht vorwurfsvollem Ton und lässt das Handy in die Tasche ihrer äußerst kleidsamen Kittelschürze gleiten. »Der Landfrauenverein ist äußerst zufrieden mit meiner Arbeit und wir werden anhand der Fotos in Kürze entscheiden, welche Modelle ich noch zusätzlich häkele.«

Der Stolz in ihrer Stimme ist nicht zu überhören, während ich vor meinem geistigen Auge sehe, wie sich irgendwelche mir völlig fremden Landfrauen stirnrunzelnd über unvorteilhafte Fotos von mir mit verschiedensten Mützen auf dem Kopf beugen. Der Gedanke begeistert mich nicht besonders und ich überlege gerade, wie ich Frau Braun am besten bitte, die Bilder auf ihrem Handy wieder zu löschen, da umarmt sie mich völlig unvermittelt.

»Fräulein Höfer, was wäre ich nur ohne Sie.«

Ich schnappe nach Luft aufgrund dieser plötzlichen Zuwendungsbekundung und bekomme, bevor ich irgendwas erwidern kann, ein Beutelchen mit weißen und rosa Schokolinsen, welche nach Pfefferminze schmecken sollen, in die Hand gedrückt.

»Weil ich ja weiß, wie gerne Sie naschen.«

Zur absoluten Krönung tätschelt sie mir noch die Wange, bevor sie sich wieder auf den Weg macht, in ihre Wohnung zurückzukehren. Obwohl ich ja nun wirklich schon ein fortgeschrittenes Lebensalter habe, komme ich mir dank des Umgangs, den Frau Braun mit mir pflegt, des Öfteren vor, als wäre ich noch ein Schulkind. Ich gehe in die Küche und verstaue die Schokolinsen ganz hinten in meinem Vorratsschrank, wo sie einer einsamen Packung Geleebananen Gesellschaft leisten.

Als ich am späten Abend im Hospiz meinen Kollegen bei der Übergabe gegenübersitze, muss ich schlucken. Herr B. ist heute gestürzt, erzählen sie mir. Er hat eine Schürfwunde am Arm und eine am Knie. Aber das ist nicht so schlimm, viel mehr ist

aufgefallen, dass er insgesamt verändert wirkt, sowohl physisch als auch psychisch.

»Bei ihm tut sich was«, ist der Satz, mit dem meine Kollegin
die Beschreibung über Herrn B.s aktuellen Zustand abschließt.

Als die komplette Übergabe beendet ist, schleiche ich mich
leise durch die Gästezimmer. Bei Herrn B. schaue ich als Letztes
rein. Das mache ich absichtlich, für den Fall, dass er wach ist
und vielleicht sprechen möchte oder er einfach nur etwas Nähe
und Beistand benötigt. Doch Herr B. schläft. Ich stehe ein paar
Minuten im Türrahmen und beobachte ihn im Schlaf. Ganz ru-
hige und regelmäßige Atemzüge, ganz entspannte Gesichtszüge und dennoch liegt etwas auf seinem Gesicht, dass mich
glauben lässt, dass der Ausspruch meiner Kollegin einiges an
Wahrheit beinhaltet. *Bei ihm tut sich was.*

UNPROFESSIONELL

Wo ist sie? Die Professionalität im Hospiz. Wo fängt sie an, wo
hört sie auf? Was brauche ich als gute Hospizschwester? Em-
pathie, Einfühlungsvermögen, Verständnis. Ich verspreche den
Menschen, dass sie den Weg nicht allein gehen müssen. Wir gehen ihn mit. Ich gehe ihn auch ein Stück mit. Ich gehe ihn gerne
mit, wenn ich darf. Ich begleite und unterstütze. Ich halte und

tröste. Das gehört zu meiner Arbeit. Aber wo fange ich an, unprofessionell zu werden? An den Stellen, wo ich zu viel investiere. Zu viel Gefühl.

Kann ich überhaupt zu viel investieren? Bestimmt. Aber kann ich es steuern? Vielleicht gibt es Menschen, die das können. Ich kann es nicht. Ich investiere genau so wenig oder auch genau so viel, wie ich eben empfinde. Diesem Umstand stehe ich machtlos gegenüber, was sich allerdings nicht nur auf die Hospizarbeit bezieht, sondern auf mein ganzes Leben. Manche Gefühle scheinen mich manchmal förmlich zu überrollen und ich habe herausgefunden, dass ich sie mit all ihrer Wucht, mit der sie manchmal daherkommen, zulassen muss. Denn erst, wenn ich sie so, wie ich sie empfinde, annehme, kann ich mit ihnen umgehen. Wegignorieren geht bei mir nicht.

Als ich bei meinem Kontrollgang gegen zwei Uhr in der Nacht am Bett von Herrn B. stehe, schlägt er die Augen auf.

Er lächelt schwach. »Stehen Sie schon lange hier?«

Ich schüttele den Kopf. »Vielleicht eine halbe Minute. Ich wollte nur schauen, ob alles in Ordnung ist.«

Er fixiert mich. Seine Augen strahlen sogar im Halbdunkel. »Nichts ist in Ordnung. Absolut gar nichts.«

»Darf ich mich einen Moment zu Ihnen setzen.«

Er nickt und ich ziehe mir den Fußhocker vom Sessel neben sein Bett und setze mich darauf. Wir schweigen beide einen

Moment. Er hat seinen Blick auf das Fenster gerichtet. Die Jalousie ist oben und man hat somit direkten Blick in die sternenklare Nacht. In Herrn B.s Zimmer ist immer die Jalousie oben, er möchte es so. Ich selbst war es, die diese Information in seinen Unterlagen hinterlegt hat: »Gast wünscht keine Verdunklung. Er möchte sowohl bei Tag als auch bei Nacht freie Sicht aus dem Fenster haben«, steht in seiner Pflegedokumentation.

»Ich weiß nicht, warum die Nacht so einen schlechten Ruf hat«, sagt er, während sein Blick immer noch auf das Fenster gerichtet ist. »Ich finde sie oft schöner als den Tag. Meist ist alles etwas verschwommener, keine scharfen Konturen, vieles sieht ganz anders aus als im Tageslicht. Ich habe noch nie Angst gehabt vor der Nacht, auch nicht, als ich krank wurde. Ich hatte immer eher Angst vor dem Tag.

Mitten am Tag ist meine Frau gestorben, bei strahlendem Sonnenschein habe ich meine Diagnose erhalten, am Tag lief meine Chemo und ich weiß noch ganz genau, wie am späten Vormittag eine kleine Gruppe von Ärzten um mein Bett stand und mich mit dem merkwürdigen Wort *austherapiert* konfrontiert hat. Nachts sind mir solche Dinge nie passiert. Nachts sind keine Arzttermine, keine Untersuchungen und nachts erhält man keine Diagnosen. Genau genommen sind nachts die besten Dinge in meinem Leben passiert. Die besten Feiern mit den besten Kumpels. Wir haben in so vielen Nächten unsterbliche

Erinnerungen geschaffen. Auf einer dieser Feiern habe ich meine Frau damals kennen gelernt. Mein Sohn wurde mitten in der Nacht geboren.« Er spricht leise und hat seinen Blick weiterhin auf das Fenster gerichtet. »Und vor allem kann ich mich nachts immer ein bisschen belügen. Ich kann versuchen, mich wegzuträumen und wenn ich aufwache, rede ich mir für eine Weile noch ein, dass alles okay ist. Ich rede mir ein, dass ich gleich aufstehe und nach Hause fahre. Ich rede mir ein, dass alles nicht wahr ist. Aber irgendwann geht die Sonne dann wieder auf und im Tageslicht kann ich mich nicht mehr so einfach belügen.«

Ich schaue ihn an und er wendet seinen Blick vom Fenster ab und richtet ihn auf mich.

»Sie werden wahrscheinlich gehört haben, dass ich gefallen bin?«

»Ja, habe ich.«

»Ich habe wie ein Verrückter trainiert. Ich habe mich an jedem kleinen Erfolg hochgezogen und mir damit Hoffnung geschaffen. Hoffnung, an die ich mich geklammert habe, wie ein Ertrinkender an einen Rettungsring. Aber ich habe mich nur belogen. Die ganze Zeit. Und eigentlich wusste ich das auch immer, aber ich war nicht bereit, den Rettungsring loszulassen, weil ich Angst habe vorm Ertrinken. Ich habe eine riesige Scheiß-Angst vorm Sterben.« Tränen rinnen lautlos über sein

Gesicht. »Ich kann meine Beine kaum mehr bewegen, aber vor allem merke ich, dass irgendwas mit mir passiert, auf das ich keinen Einfluss habe. Ich spüre es ganz deutlich. Ich habe Schmerzen hier.« Er greift sich linksseitig auf seinen Brustkorb. »Und ich habe Angst. So große Angst wie fast noch nie zuvor.«

»Soll ich Ihnen was holen?«

Er versteht sofort, was ich meine.

»Ja, etwas gegen Schmerzen und«, er zögert einen Moment, »etwas gegen die Angst.«

Ich nicke und gehe nach vorne ins Dienstzimmer, um die für diesen Fall angeordneten Medikamente zu holen.

Er schaut mich an, als ich sie ihm verabreiche. »Bleiben Sie bei mir sitzen, bis es hilft?«

»Natürlich.«

Ich lasse mich wieder auf dem Hocker nieder.

»Sind Sie auch da, wenn ich sterbe?« Er schaut mich unverwandt an. »

»Ich weiß es nicht. Vielleicht.«

Er nickt. »Wie sollen Sie das auch wissen. Ich stelle es mir einfach vor. Das beruhigt mich ein bisschen.«

Ich nehme seine Hand und wir schauen gemeinsam aus dem Fenster. Die Sterne leuchten heute Nacht ganz klar. Er drückt meine Hand und ich sitze so lange neben ihm, bis er eingeschlafen ist. Vorsichtig ziehe ich meine Hand unter seiner weg und stehe auf. Als ich an der Tür stehe, merke ich, wie sich mein Herz zusammenzieht. Ich wäre gerne die ganze Nacht bei ihm geblieben. Ich hätte es ihm gerne versprochen, dass ich da bin, wenn er geht. Ich atme tief durch und versuche dabei, meine Emotionen zu kontrollieren, was mir jedoch nur äußerst schlecht gelingt. Heute Nacht bin ich mal wieder verdammt unprofessionell.

ÜBERALL RISSE

So viel Kaffee kann ich gar nicht trinken, dass er die gewünschte Wirkung erzielt. Ich bin viel zu müde. Nachdem ich morgens völlig erledigt ins Bett gefallen bin, habe ich lediglich zwei Stunden tief und fest geschlafen und bin danach leider völlig wach. Somit leidet der gesamte Tag unter einem schweren nachtdienstbedingten Kollateralschaden. Nachmittags habe ich nochmals ein Stündchen auf dem Sofa geschlafen, aber zu mehr bin ich leider nicht mehr gekommen.

»Ja, du wirst alt,« sagt Jenny am Telefon zu mir, als ich ihr von meiner Schlafproblematik erzähle. »Im Alter kann sich der Körper immer schlechter auf die Schlafumstellung im Schichtdienst einstellen.«

Im Alter! Was für eine Aussage! Ich ärgere mich aber nicht wirklich darüber. Zum einen, weil sie vermutlich recht hat und zum anderen, weil ich mich eben sehr freue, dass es ihr langsam etwas besser zu gehen scheint und ich ihr im Moment sowieso alles verzeihen würde. Am frühen Abend ruft mich Arne an. Wir telefonieren über eine Stunde. Irgendwas ist zwischen uns im Argen. Das merken wir beide und Arne spricht es direkt an.

»Ich weiß nicht mehr richtig weiter, Lissy. Auf der einen Seite fragst du nach Kindern und einer gemeinsamen Wohnung, auf der anderen Seite wendest du dich von mir ab. Du meldest dich kaum noch, wirkst völlig desinteressiert und wenn du am Wochenende nicht arbeitest, verreist du mit deiner Schwester.«

Ich schlucke. Er hat recht, dass ich aktuell weniger Zeit habe als sonst und ich habe selbst schon bemerkt, dass mir unsere Streitigkeiten zwar nicht egal sind, aber zunehmend weniger ausmachen. Dies ist allerdings eine Tatsache, die ich nicht besonders bedauere.

»Ich hatte bereits den Gedanken, dass du jemand anderen kennengelernt hast.«

Ich muss, obwohl ich es nicht will, an Herrn B. denken und schüttele den Kopf.

»Kannst du da wenigstens mal was zu sagen?«, fragt er schroff, da er mein Kopfschütteln natürlich nicht gesehen hat.

»Nein, habe ich nicht und das Desinteresse scheint mir übrigens von beiden Seiten auszugehen.«

Danach schlägt unser Telefonat eine versöhnlichere Richtung ein. Wir verabreden uns für die folgende Woche.

»Ich komme zu dir. Wir bestellen was zu Essen und reden nochmal über alles. Du bist mir sehr wichtig!«, sagt er, bevor er auflegt.

Ich halte den Telefonhörer nach dem Auflegen noch eine Weile in der Hand und schaue ihn misstrauisch an. Kein *Ich liebe dich!* Dafür ein *Du bist mir sehr wichtig!* Ich bin mir selbst unsicher, ob das gut ist oder nicht. Heute Abend zu Anfang unseres Telefonats hatte ich das erste Mal, seitdem ich mit Arne zusammen bin, das Gefühl, dass unsere Beziehung scheitern könnte. Zuvor war ich mir immer sicher, dass wir zusammengehören, egal was passiert. Selbst wenn mich einiges stört und wir Meinungsverschiedenheiten haben, so passt jedoch das Grundlegende zwischen uns. Die Gefühle stimmen und wenn wir zusammen sind, werden alle Probleme und Sorgen klein und es zählt nur noch der Augenblick. Aber gerade jetzt in diesem Moment, in meinem Flur mit dem Telefonhörer in der Hand, habe ich Zweifel an uns wie noch nie zuvor.

Manchmal knirschen nachts die Wände leise im Hospiz. Das werden sie vermutlich nicht nur nachts tun, sondern auch tagsüber. Aber nachts, wenn sich meistens eine gewisse Ruhe im Haus ausbreitet, hört man es einfach deutlicher. Oben von der Decke ausgehend sind einige kleine Risse in den Wänden entstanden. Unser Hausmeister sagt, wir sollen uns keine Sorgen machen, das wäre nicht schlimm. *Das Haus arbeitet.* Ich finde ihn gut, diesen Gedanken, dass das Haus arbeitet. Es ist schließlich ein besonderes Haus. Es hat einen dauerhaften Wechsel an Menschen, die es bewohnen und Menschen, die in ihm arbeiten. Und es arbeitet auch. Vielleicht arbeitet es genauso wie wir. Genauso wie wir, die versuchen, sich an jeden neuen und alten Gast individuell anzupassen und den Tag und die Pflege passend für ihn zu gestalten, so versucht dieses besondere Haus vielleicht genauso, sich immer wieder etwas an seine Bewohner anzupassen und dafür muss es arbeiten.

Höchstwahrscheinlich ist es nicht so und der Grund dafür liegt in der Bausubstanz oder den verwendeten Baumaterialien, aber mir gefällt die Vorstellung. Und immer, wenn ich nachts höre, wie die Wände knirschen, freue ich mich, dass das Haus uns nicht alleine arbeiten lässt. So ist es auch heute Nacht, als meine Kollegin und ich möglichst leise, um niemanden zu wecken, durch die Zimmer schleichen und uns danach an die routinemäßige für den Nachtdienst bestimmte Arbeit machen.

Herr B. schläft diese Nacht. Die ganze Nacht schläft er ruhig. Ich stehe bei meinen Durchgängen immer ein paar Minuten länger, als es nötig wäre, an seinem Bett. Ich beobachte ihn im Schlaf und warte, ob er nicht doch noch so wie letzte Nacht die Augen aufschlägt und mit mir spricht. Vielleicht warte ich nicht nur darauf, vielleicht wünsche ich es mir sogar. Ich wünsche mir, dass seine Augen mich anstrahlen und er etwas sagt. Etwas, dass den Eindruck, den ich und meine Kollegen haben, widerlegt. Den Eindruck, dass sich sein Allgemeinzustand dermaßen verschlechtert hat, dass er in den nächsten Tagen versterben wird, den hätte ich gerne zumindest entkräftet. Aber er schläft die gesamte Nacht tief und fest und ich bin traurig. Obwohl ich es mir nicht recht eingestehen will und versuche dagegen anzukämpfen, bin ich traurig. Herr B. und ich haben ein besonderes Band zwischen uns geknüpft und ich habe Angst, dass es jeden Moment reißen könnte, ohne dass ich es aufhalten kann. Völlig unprofessionell.

ZU HAUSE

Ich schlafe deutlich besser und vor allem länger, als ich es am Tag zuvor getan habe. Größtenteils hängt das wahrscheinlich mit meinem stetig immer größer gewordenem Schlafdefizit zusammen. Ich wache heute erst gegen frühen Nachmittag auf. Ich habe wirr geträumt, kriege aber nicht im Ansatz zusammen, was und bin leicht verschwitzt. Dieser Zustand beruht aber nicht nur auf den wirren Träumen des Tagschlafes, sondern hängt wahrscheinlich in der Hauptsache mit der heutigen Außentemperatur und der damit verbundenen Erhitzung meiner Dachgeschosswohnung zusammen. Ich dusche lange und ausgiebig und finde zu meiner absoluten Verzückung eine Packung mit Vanilleeis in meinem Tiefkühlfach, die ich bereits vergessen hatte. Ich informiere mich im Internet, wie ich am besten Eiskaffee mit Vanilleeis zubereite und mache mich danach direkt an die Herstellung eines solchen Getränkes, für die ich mich nach anschließender Verkostung selbst loben muss. Ich setze mich mit dem Eiskaffee ans Küchenfenster und lasse meinen Blick über die Schieferdächer der Altstadt bis hoch zu den Bergwiesen gleiten. Die Glocken der Altstadtkirchen läuten nacheinander, um die Uhrzeit zu verkünden und in mir breitet sich ein Gefühl von Heimat aus, wie ich es nur an manchen Tagen empfinden kann. Ich koche mir einen großen Topf voll Nudeln mit dem Gedanken, vor dem Nachtdienst mal was Vernünftiges zu essen, aber ich bekomme kaum was runter.

Als ich später vorm Hospiz auf den Parkplatz fahre, sehe ich, dass das Auto von Herrn B.s Sohn in einer der Parkbuchten steht und habe direkt eine Vorahnung, was der Grund hierfür sein könnte. Nach der Übergabe durch meine Kollegen gehe ich als erstes bei Herrn B. ins Zimmer.

Er liegt im Sterben. Seine Gesichtszüge wirken eingefallen und er gibt ein leicht rasselndes Atemgeräusch von sich. Sein Sohn sitzt im Lehnstuhl neben dem Bett.

»Eigentlich schläft er die ganze Zeit«, sagt er, als ich nach den beiden schaue.

Ich nicke. Man sieht deutlich, dass er nicht mehr lange bei uns ist und doch wirkt er so ruhig.

»Schön, dass Sie da sind«, sage ich zu Herrn B.s Sohn und stelle ein großes Windlicht mit einer Kerze auf den Nachttisch. Ein Licht, um den Weg zu leuchten. Ich stelle es direkt neben die Muschel, die immer noch auf dem Nachttisch liegt. Dann lasse ich die beiden allein. Es ist gegen halb zwei, als Herr B.s Sohn zum Dienstzimmer kommt.

»Können Sie mal kommen? Irgendwas ist anders.«

Ich gehe gemeinsam mit ihm zu Herrn B.s Zimmer. Herr B. ist noch blasser, als er es zu Beginn meines Dienstes war. Er hat lange Pausen zwischen schnappenden Atemzügen. Der Anblick macht mich betroffen.

»Nehmen Sie mal die Hand von ihrem Vater«, sage ich.

Er nickt, setzt sich wieder in den Lehnstuhl und tut, was ich gesagt habe. Er schaut mich an und ich weiß, dass er die Situation auch ohne große Worte verstanden hat.

»Bleiben Sie bei uns?«, fragt er mich.

»Natürlich.«

Ich sage kurz meiner Kollegin Bescheid und setze mich dann auf die andere Seite des Bettes. Wir sitzen so nicht sehr lange. Vielleicht sind es zehn Minuten, vielleicht sogar nur fünf. Herr B. hat keine Uhr in seinem Zimmer und die Zeit verliert sich. Und obwohl es nur einige Minuten sind, die wir zu dritt in dieser Situation verbringen, fühlt es sich an wie eine kleine Ewigkeit. Kurz bevor er das letzte Mal einen tiefen Atemstoß ausführt, öffnet er leicht seinen Augen. Ein letzter strahlender Blick in die Richtung seines Kindes.

Wir bleiben so sitzen. Selbst nachdem er schon einige Minuten aufgehört hat zu atmen, sitzen wir beide noch wie versteinert auf unseren Stühlen. Der Raum ist nur vom Licht der Kerze erhellt. Fast gleichzeitig erheben wir uns beide aus unseren Stühlen. Ich koche in der Küche für uns alle einen frischen Kaffee. Herr B.s Sohn sitzt am Tisch und blickt starr geradeaus. Er sagt kein Wort. Schließlich steht er auf.

»Ich fahre jetzt nach Hause. Ich will mich nicht noch mal verabschieden. Ich behalte ihn gerne so in Erinnerung, wie er eben bis zuletzt gewesen ist.«

Ich stehe auf und begleite ihn zur Tür. An der Tür bleiben wir stehen und er schaut nochmal den Gang hinab.

»Dabei hatte er so viel Hoffnung. Letzte Woche sprach er noch davon, dass er vielleicht nochmal nach Hause wollte.«

Dann dreht er sich um und geht zu seinem Auto. Ich schließe die Tür hinter ihm und gehe ins Dienstzimmer.

Ich glaube, dass Herr B. jetzt zu Hause ist. Wenn auch anders als gedacht.

Es fällt mir schwer, den verstorbenen Herrn B. zu betrachten. Es tut mir beinahe weh, als ich behutsam seine Augen schließe. Sie waren das Erste, was mir an ihm aufgefallen ist. Jetzt ist das Strahlen erloschen.

Er hat es mitgenommen mit all den anderen Dingen, die ihn ausgemacht haben.

Ich nehme die Lederjacke aus dem Schrank und nach kurzer Überzeugungsarbeit gegenüber meiner Kollegin, dass dies definitiv das richtige Kleidungsstück für ihn ist, ziehen wir sie Herrn. B. nach der Versorgung über. Sie wirkt zu groß oder Herr B. wirkt zu schmal, je nachdem, wie man es betrachten will. Aber trotzdem hat sie an dem leblosen Körper von Herrn B. eine besondere Ausstrahlung, die perfekt zu ihm passt.

Unser aller Leben besteht dauerhaft aus großen und kleinen Abschieden. Manche fallen uns leicht, manche sehnen wir vielleicht sogar herbei. Andere fallen uns schwer und manche bereiten uns Schmerzen bis hin zu tiefer Trauer.

Oft tun wir Dinge und sind uns nicht bewusst, dass es das letzte Mal ist, dass wir sie tun. Und manchmal sind wir es uns bewusst, dass ein Abschied bevorsteht und wir Dinge haben, machen, erleben und auch fühlen, wie es in dieser Form nie wieder der Fall sein wird.

Ich stehe neben Herrn B.s Bett und betrachte ihn im Schimmer der Kerze. Er sieht nicht aus, als ob er schläft. Er sieht tot aus. Alles Lebendige ist aus seinen Gesichtszügen gewichen. Mit der Gewissheit, dass dies das letzte Mal sein wird, betrachte ich ihn. Ein Abschied, ein ganz bewusster Abschied. Für mich ist es ein schwerer.

SÜSSES

Es wäre natürlich ausgesprochen weitsichtig von mir, einfach mal daran zu denken, das Telefon auszustellen, wenn ich nachts arbeite und dementsprechend am Tag schlafen will. Meist fehlt mir jedoch diese Weitsicht und ich vergesse es. Leider! Denn wenn so gut wie nie mein Festnetztelefon am Vormittag klingelt, liegt die Wahrscheinlichkeit, dass es das tut, während ich vormittags schlafe, relativ hoch.

Ich starre an die Decke und ärgere mich. Eigentlich bin ich noch todmüde, aber alle Versuche, erneut in den Schlaf zu finden, scheitern. Schon allein aus dem Grund, dass ich mich die ganze Zeit frage, wer bitte schön mich denn um elf Uhr anruft. Ich wälze mich noch ein paarmal hin und her und stehe dann schließlich auf, um den anrufenden Störenfried zu ermitteln. Es ist Doro. Die spinnt ja wohl. Das Erste, was ich tue, sobald der Dienstplan da ist und ich ihn in meinen Kalender eingetragen habe, ist, ihn Doro zu übermitteln. Demzufolge müsste sie wissen, dass ich Nachtdienst gehabt habe. Ich betätige leicht angesäuert die Taste mit der Rückruffunktion und habe kurze Zeit später meine Schwester am Telefon. Ich höre sofort an der Art und Weise, wie sie sich meldet, dass sie schlechtes Gewissen hat.

»Sorry, Lissy! Ich habe gerade erst gesehen, dass du Nachtdienst hattest. Habe ich dich geweckt?«

»Ja«, entgegne ich muffelig. »Ich verstehe aber auch nicht, dass du dein Telefon nicht aussteckst, wenn du schlafen willst.«

Ich sage nichts mehr, weil sie natürlich recht hat und höre mir lieber an, was der Grund ihres Anrufes ist.

»Nächstes Wochenende ist die Operation Gorillafelsen«, sagt sie und will dabei verschwörerisch klingen.

Ich muss etwas lachen und habe ihr die Weckaktion sofort verziehen.

»Ich komme mit den Jungs. Wir schlafen bei Mama und Papa. Mal gucken, vielleicht kommt Martin sogar auch mit.«

»Aber nicht zum Gorillafelsen!«, rufe ich eine Spur zu erschrocken.

Jetzt muss Doro lachen. »Nein, er kommt nur mit zu unseren Eltern. In den Zoo geht er prinzipiell nicht. Er kann keine Wildtiere in Gefangenschaft sehen.«

Bestimmt! Martin ist so ein Guter, der sich sogar noch um das Wohl von Wildtieren Gedanken macht. Wahrscheinlich sagt er das nur, damit er mal wieder eine Aktivität, die er mit Doro und seinen Söhnen ausüben könnte, ausfallen lassen kann. Aber mir soll das recht sein. Hauptsache er verdirbt nicht die Stimmung im Zoo. Außerdem ging es bei Gertis Liste ja um Doro und mich und nicht um noch zusätzlich angeheiratete Männer. Die Zwillinge lasse ich da mal außen vor. Die sind ja quasi eine Verlängerung von Doro. Wir telefonieren noch ein Weilchen und arbeiten zusätzlich zu dem Plan für Operation Gorillafelsen, wie Doro es während unseres Gespräches permanent betitelt, noch einen Plan für Operation Streuselkuchen aus.

Als ich auflege; ist es fast Mittag und ich habe Hunger bekommen. Ich durchwühle erst den Kühlschrank und dann meine Küchenschränke nach etwas Essbarem. Das Ergebnis meiner Suche ist nur wenig zufriedenstellend, weshalb ich beschließe; mir erst mal einen Kaffee zu machen und danach einkaufen zu fahren. Als ich mir Milch aufschäume und diese auf den Kaffee schöpfe, merke ich, wie sich dieses dumpfe Gefühl in der Magengegend ausbreitet. Es ist der Gedanke an Herrn B. Unkontrolliert laufen mir ein paar Tränen übers Gesicht, während ich in dem Kaffee rühre.

Als ich eine halbe Stunde später im Auto sitze und zum Einkaufen fahre, bin ich wieder etwas sortierter. Trotzdem bemerke ich selbst, als ich an der Kasse stehe, dass mein Einkauf überdurchschnittlich viel Süßkram beinhaltet. Hinter mir steht eine Frau, die argwöhnisch beobachtet, was ich alles aufs Band lege. Ich schätze sie ungefähr auf mein Alter. Ihr Einkauf, der sich noch im Wagen befindet, besteht größtenteils aus frischem Obst und Gemüse, dazwischen befinden sich noch einige Vollkornprodukte. Mich beschleicht ein etwas schlechtes Gewissen, als ich ihren Blick bemerke. Ich beruhige mich dann aber selbst mit dem Gedanken, dass sie bestimmt immer heimlich Schokoriegel und Pommes isst. Zumindest würde ich es tun, wenn ich gezwungen wäre, mich ausschließlich von ihren Lebensmitteln zu ernähren. Oder sie ist neidisch. Das ist es bestimmt. Ich lege meine äußerst ungesunden Nahrungsmittel in meinen Einkaufskorb und werfe ihr einen leicht triumphierenden Blick zu, weil es bestimmt so oder so ähnlich ist. Eine der wenig guten Dinge am Erwachsensein ist die Tatsache, dass ich mir meine

Süßigkeiten selber kaufen kann, und zwar in der Form und dem Umfang, den ich für notwendig erachte. Und die Freude darüber lasse ich mir nicht durch irgendwelche kritischen und distanzlosen Blicke, die ich unter Umständen sogar noch falsch deute, vermiesen. Heute schon gar nicht.

UNGESAGTES

Ich laufe den gesamten Tag rum wie Falschgeld. So fühle ich mich zumindest. Als wenn irgendetwas nicht richtig ist und ich noch nicht mal genau weiß, was es ist, und noch weniger, wie ich es wieder korrigieren kann. Ich räume auf, telefoniere mit Jenny und Marie, besorge eine Kleinigkeit für Justus und Jonas und plane das kommende Wochenende. Marie hat am Telefon nicht ein Wort über Arne verloren, obwohl ich denke, dass sie ungefähr weiß, was bei uns los ist. Ich bin ihr ehrlich gesagt allerdings sehr dankbar dafür. Ich mache mir schon genug Gedanken und habe aktuell keine Lust, diese noch zu zerreden.

Am frühen Abend bin ich mit Arne verabredet. Ich glaube ja, dass er extra zu mir kommen wollte. So habe ich keine Möglichkeit, unser Treffen zu beenden, indem ich einfach gehe. Das habe ich auch in der Vergangenheit so gemacht und ich glaube, dass ihn das total gestört hat. Er will immer die Fäden in der

Hand haben. Wie für ihn üblich, ist er kurz vor der verabredeten Zeit bei mir. Eine kurze Umarmung zur Begrüßung, kein Kuss. Wir bestellen Essen und setzen uns in meiner Küche an den Tisch. Arne macht eine Flasche Wein auf und ich trinke viel zu schnell.

»Alles okay bei dir?«, fragt er, als ich mir ein zweites Glas einschenke, während er gerade mal einen kleinen Schluck getrunken hat.

»Geht so«, erwidere ich und schaue ihn an. »Wir wollten ja über uns reden.«

Arne atmet tief durch und ich merke, wie er sich innerlich sammelt.

Wie sitzen über zwei Stunden in meiner Küche und reden. Meistens redet er. Er redet darüber, wie sehr er mich liebt und wie schön eigentlich unsere Beziehung ist. Er redet darüber, dass er am liebsten alles so lassen würde, wie es ist, aber dass er für mich durchaus dazu bereit wäre, einiges zu verändern. Ich esse, trinke und höre mir alles an. Zwischendurch will ich etwas erwidern. Ich will sagen, dass ich es gar nicht so schön finde und manchmal noch nicht mal das Gefühl habe, einen Partner zu haben. Ich will sagen, dass ich das Gefühl habe, dass wir nebeneinanderher laufen und kaum Bezug haben zum Leben des anderen, aber ich kaue auf meiner Unterlippe und sage nichts. Ich will mir erst mal alles anhören und uns zuerst eine

Chance geben, bevor ich ihm gleich wieder nur mit Kritik begegne. Ich wünsche mir doch selbst so sehr, dass es funktioniert. Es ist schließlich Arne. Arne, in den ich als Jugendliche schon verliebt war. Arne, der dermaßen perfekt ist, dass ich es anfangs nicht glauben konnte, dass er sich wirklich für mich interessiert. Arne, bei dem es immer knistert, kribbelt und sich ein klein bisschen nach zu Hause anfühlt, wenn er mich in den Arm nimmt. Ich würde mir wirklich sehr wünschen, dass es funktioniert.

»Ich würde fast alles für dich verändern, Lissy, eben weil ich dich liebe.«

Er schaut mich mit großen runden Augen an und wartet auf eine Reaktion von mir. Ich kaue immer noch auf meiner Unterlippe.

Warum auch immer muss ich an Jenny denken, schaue hoch und frage für mich selbst völlig überraschend: »Würdest du ein Kind mit mir bekommen?«

Er zögert etwas zu lange und ich kann spüren, wie er nach einer passenden Antwort sucht.

»Bestimmt würde ich das. Nicht heute und nicht morgen, aber ganz bestimmt in der Zukunft.«

Seine Antwort macht mich traurig. Ich hätte mir ein bedingungsloses Ja gewünscht. Ich habe selbst großen Respekt und vielleicht sogar etwas Angst vor der großen Entscheidung, ein

Kind zu bekommen und trotzdem wünsche ich mir einen Mann, der bedingungslos Ja dazu sagt, mit mir eine Familie zu gründen. Ich sage aber nichts und kaue wieder auf meiner Unterlippe. Das tue ich auch immer noch, als ich ihn kurz darauf zur Tür bringe. Er nimmt mich in den Arm.

»Das kriegen wir beide hin, Lissy. Da bin ich mir sicher.«

Er gibt mir einen Kuss auf die Stirn. Ich schließe die Augen und fühle den Kuss, bevor ich kurz darauf beobachte, wie er mit festen Schritten die Treppe hinuntersteigt. Ich bleibe noch in der geöffneten Tür und warte, bis ich das Geräusch der ins Schloss fallenden Eingangstür im Erdgeschoss höre.

Ich nehme noch eine Kopfschmerztablette und gehe dann ins Bett. Mir schmerzt der Kopf von zu viel Wein und zu vielen Gedanken, aber vor allem von zu viel Ungesagtem.

FEUER-NINJAS UND WEINBRANDBOHNEN

Dafür, wie ich gestern ins Bett gegangen bin, komme ich heute trotz der frühen Stunde gut raus. Auf meiner Flurkommode steht ein Kalender zum Umblättern mit motivierenden oder zum Nachdenken anregenden Sprüchen. Ein Geschenk von Marie zu meinem letzten Geburtstag. Bevor ich mir meine

Tasche schnappe und mich auf den Weg zum Frühdienst mache, blättere ich ihn um.

»Wenn du nicht weißt, wo du hinwillst, wundere dich nicht, wenn du woanders ankommst.«

Ich muss ungewollt grinsen. Passt leider perfekt zu mir.

Ich habe diesen und auch die kommenden zwei Tage Frühdienst. Es ist viel zu tun im Hospiz und als ich mich Freitag nach dem Frühdienst mit dem Gefühl, völlig entkräftet zu sein, aufs Sofa fallen lasse, freue ich mich sehr auf mein freies Wochenende.

Heute Mittag stand völlig unerwartet der Sohn von Herrn B. auf dem Hospizflur. Er war gekommen, um noch ein paar liegen gebliebene Sachen seines Vaters abzuholen. Als ich ihm die kleine gepackte Reisetasche gereicht habe, drückte er mir einen Zettel in die Hand. Es war die Traueranzeige seines Vaters. Er schaute mich mit festem Blick an.

»Die Beerdigung ist nächsten Freitag«, sagte er, drehte sich um und ging.

Ich habe den Zettel im Dienstzimmer an die Pinnwand gehängt und ihn noch lange betrachtet.

Jetzt nach Feierabend muss ich wieder an ihn denken. Ich denke sowieso viel an ihn, vor allem seit er tot ist. Ich bleibe noch ein Weilchen auf dem Sofa sitzen und gucke auf meinem Handy herum, bevor ich mich zurechtmache und zu meinen

Eltern fahre. Doro und die Jungs wollten so losfahren, dass sie je nach Verkehrslage am späten Nachmittag oder frühen Abend da sind. Ich helfe meiner Mutter, den Kaffeetisch zu decken und höre mir dabei die neusten zwischenmenschlichen Vorfälle aus ihrem Freundeskreis an. Eine ihrer Freundinnen hat nächste Woche zum Geburtstags-Brunch eingeladen. Warum auch immer, wurde eine der Damen aber etwas später eingeladen als die anderen. Diese besagte Dame ist nun stark angesäuert, fühlt sich ausgegrenzt und möchte nichts zum gemeinsamen Geburtstagsgeschenk dazu geben. Meine Mutter fühlt sich dazu berufen, die Wogen zu glätten und wünscht sich, dass alle wieder gemeinschaftlich und glücklich bei diesem Brunch an einem Tisch sitzen. Allerdings sind bis jetzt alle ihre Versuche, Frieden zu stiften, ins Leere gelaufen und sie beschwert sich ausgiebig bei mir, wie schwer es ist, ihre Freundinnen zu versöhnen, obwohl eigentlich überhaupt nichts Gravierendes vorgefallen ist. Ich höre mir ihre Erzählung an und wundere mich darüber, dass sich Frauen im Rentenalter wie vierzehnjährige Mädchen benehmen.

Wahrscheinlich ist es für uns kaum möglich, solche Verhaltensmuster einfach so abzustreifen und tragen sie deshalb in unserem Leben mit uns weiter. Obwohl sie uns vielleicht sogar stören. Nicht steuerbar. Wir fühlen halt, wie wir fühlen und schaffen es manchmal nicht aus unserer zu engen Haut heraus.

»Gib ihr ein bisschen Zeit, Mama. Nächste Woche hat sie sich bestimmt wieder beruhigt«, sage ich zu meiner Mutter, während ich die Teller auf dem Tisch verteile.

»Ich hoffe, du hast recht.« Sie seufzt. »Ich kann das nicht haben, wenn solch eine angespannte Stimmung herrscht.«

Kurze Zeit später klingelt es an der Tür. Ich öffne sie schwungvoll und will gerade laut «Herzlich Willkommen» rufen, als ich zu meinem großen Erschrecken nur Martin vor der Tür stehen sehe.

»Hallo«, sage ich tonlos.

»Na, die Freude, mich zu sehen, ist dir ja ins Gesicht geschrieben«, sagt er und drängt sich mit mehreren Taschen in der Hand an mir vorbei ins Haus.

»Aber keine Sorge, deine Schwester und die Kinder kommen ebenfalls jeden Moment. Sie müssen noch irgendwas im Auto suchen.«

Ich runzele die Stirn und schaue um die Ecke. Tatsächlich steht das Auto der Familie Lawin bereits in der Auffahrt. Ich gehe hin und sehe Doro und die Zwillinge, wie sie gebückt im Fußraum vor der Rückbank herumwühlen.

»Hallo, was macht ihr denn hier?«

Doro schaut mich mit hochrotem Kopf an, während Justus ununterbrochen lautstark weint.

»Sein Ninja«, sagt Jonas, der als Einziger in der Lage zu sein scheint, die Situation aufzuklären.

»Was?«, frage ich, weil ich nichts verstehe.

»Justus und ich hatten beide ein Set von diesen Ninjas, die man auf kleine Bausteine setzen kann. Justus seiner ist jetzt weg. Ich glaube ja, der ist bestimmt auf dem Rasthof rausgefallen.«

Ich gucke wahrscheinlich immer noch etwas verwirrt, weshalb er weiter erklärt.

»Jetzt ist er traurig und heult die ganze Zeit. Papa ist völlig abgenervt und Mama meint, dass er vielleicht ja noch hinten im Auto liegt.«

»Ah ja. Soll ich euch vielleicht suchen helfen?«, wende ich mich an die errötete Doro.

»Nee, wir haben alles abgesucht. Wahrscheinlich haben wir ihn tatsächlich verloren.«

Auf diesen Ausspruch hin fängt Justus an zu brüllen.

»Das war ein Feuer-Ninja! Mein einziger Feuer-Ninja!«

Ich nehme ihn in den Arm, wogegen er sich zuerst wehrt, es dann aber doch recht schnell zulässt.

»Geht schon mal ins Haus«, sage ich zu Jonas und Doro gewandt. »Wir kommen gleich nach.«

Ich sitze noch ein paar Minuten mit Justus in der Auffahrt und lasse mir von ihm alles über die Ninjas erzählen.

Schließlich verspreche ich ihm, dass ich mich darum kümmere, dass er einen neuen Feuer-Ninja bekommt, wenn sich der alte wirklich nicht mehr auffinden lässt. Kurz darauf trinken wir gemeinsam Kaffee. Doro hat ihre alte Gesichtsfarbe zurückgewonnen und Martin seine gute Laune. Er erzählt ohne Luft zu holen, welchen beruflichen Herausforderungen er im Gegensatz zu seinen Kollegen gewachsen ist und wie ohne ihn die Welt untergehen würde. Ich habe größte Mühe, meine Gesichtszüge unter Kontrolle zu halten, damit man mir nicht gleich die fehlende Begeisterung bei Martins Ausführungen ansieht. Dies gelingt mir allerdings nur so mäßig. Als Martin sich selbst lobt für seine ausgeprägte Führungskompetenz muss ich ungewollt die Augen verdrehen, was Doro nicht entgeht. Sie tritt mich unter dem Tisch, worauf ich mich erschrecke und meine Tasse fallen lasse. Der Kaffee ergießt sich über den Tisch. Die Zwillinge schreien und johlen und meine Mutter rennt wie verrückt herum und versucht mit mehreren Lappen den Kaffee aufzusaugen, während sie sich über die Verunreinigung ihrer nigelnagelneuen Tischdecke aufregt. Ich freue mich, dass Martins Monolog beendet ist, stehe auf und ziehe Doro am Arm mit raus in den Garten.

»Wir sind draußen, müssen noch was Wichtiges besprechen!«, rufe ich noch über meine Schulter, ehe ich die Terrassentür hinter uns schließe.

Nachdem ich wie üblich eine kleine Standpauke bezüglich meines Verhaltens meinem Schwager gegenüber über mich habe ergehen lassen, besprechen wir das Vorgehen bezüglich Operation Gorillafelsen, wie Doro es immer noch nennt.

»Der Zoo öffnet um neun Uhr. Wir stellen uns mindestens zehn Minuten vor Öffnung vor den Eingang. Die Tickets habe ich uns schon online gebucht. Wir holen dich also morgens kurz nach acht Uhr zu Hause ab. Die Jungs nehme ich mit. Das kann ich ihnen nicht verkaufen, dass wir ohne sie in den Zoo gehen. Martin bleibt hier. Ich hoffe, das ist okay für dich so?«

Ich muss grinsen. »Wenn Martin hierbleibt, ist alles okay.«

»Mann, Lissy! Ich habe eben erst gemeckert. Ich will nichts mehr über Martin hören.«

Sie tritt mir erneut gegen das Schienbein, diesmal mit etwas mehr Wucht, weshalb es tatsächlich kurz schmerzt, worüber ich mich allerdings nicht beschwere, weil sie recht hat. Ich drücke sie stattdessen kurz.

»Tut mir leid, Doro! Ich werde mich bessern. Freue mich total auf morgen. Ich fahre jetzt nach Hause. Hab noch Frühdienstüberhang und wenn ich morgen wieder so früh aus dem Bett geschmissen werde, brauche ich dringend noch etwas Erholung.«

Ich verabschiede mich noch schnell von dem Rest der Familie, bevor ich zu meinem Auto gehe.

Ich fahre einen Umweg über die Stadt, um dem kleinen Spielzeugladen im Stadtkern einen Besuch abzustatten. Der Laden ist wirklich klein und heute Nachmittag ist er bis unters Dach gefüllt mit lärmenden und durch die Gänge wuselnden Kindern und ihren mehr oder weniger angestrengten Eltern. Ich war lange nicht mehr hier und weiß nicht wirklich, welche Richtung ich einschlagen muss, um einen Feuer-Ninja zu finden. Ich komme mir völlig deplatziert vor in der Masse von Eltern und Kindern und vermutlich sehe ich auch so aus.

»Sie sehen aus, als bräuchten Sie Hilfe«, spricht mich eine Verkäuferin an.

Dankbar lächelnd erzähle ich ihr, wonach ich suche, worauf sie vielsagend nickt und mich in eine Ecke führt, die ausschließlich mit Spielwaren in der Richtung, wie ich sie suche, gefüllt ist. Kritisch beäuge ich die vielen bunten Pappkartons. Laut Aufdruck sind sie gefüllt mit ebenso bunten aufeinander setzbaren Bausteinen mit kleinen Ninjafiguren dazwischen. Ich entdecke relativ schnell ein Paket mit dem gewünschten Feuer-Ninja, wobei ich feststellen muss, dass Justus mir wirklich alles über diese Figuren erzählt hat, außer wie exorbitant teuer sie sind. Ich schüttele meinen Kopf über diese Abzocke der Spielzeugindustrie und kaufe es trotzdem, gemeinsam mit noch einer Kleinigkeit für Jonas, da ich aus Erfahrung weiß, dass es ein

Garant für schlechte Stimmung ist, lediglich einem der Jungs etwas mitzubringen.

Zuhause möchte ich es mir eigentlich mit meiner neuen Zeitschrift, welche ich im Kiosk neben dem Spielzeugladen erstanden habe, auf dem Sofa gemütlich machen, werde allerdings unten im Treppenhaus von Frau Braun abgepasst. Ich habe zumindest das Gefühl, dass sie mich abpasst. Sie bemüht sich dagegen sehr, den Schein aufrecht zu erhalten, dass es Zufall ist, dass wir uns so oft im Treppenhaus begegnen. Sie berichtet mir, dass sie wieder Streit mit ihrer Schwiegertochter hatte und sie mal eine neutrale Meinung braucht. Ehe ich mich versehe, sitze ich bei ihr auf dem Sofa, halte eine Flasche Malzbier in der Hand und lausche den Erzählungen über die Unstimmigkeiten zwischen ihrer Schwiegertochter und ihr.

»Ich darf den Kindern noch nicht mal schenken, was ich will. Das schreibt sie alles vor. Schließlich weiß sie, was die Kinder schon haben und noch brauchen. Wissen Sie, was ich der Kleinen zum Geburtstag schenken soll? Ich wollte ihr eine von diesen Babypuppen aus der Werbung holen. Die kann man sogar baden und mit Brei füttern. Die hätte meiner Maus bestimmt super gefallen. Meine Schwiegertochter ist aber der Meinung, sie hätte genug Puppen, besonders welche aus Plastik. Ich soll ihr einen neuen Kindergartenrucksack besorgen.

Einen Rucksack, stellen Sie sich das mal vor. Welches Kind freut sich denn über einen Rucksack?«

»Ich glaube, das ist so, dass die Mütter die Schenkerei managen. Nehmen Sie das nicht persönlich, Frau Braun. Meine Schwester macht auch immer ganz klare Ansagen, was ihre Kinder geschenkt bekommen sollen und ich glaube, sie macht das wirklich, weil sie den Durchblick hat, was gerade gebraucht und bespielt wird und nicht, um uns zu bevormunden. Ich hätte mich als Kind übrigens sehr über einen neuen Rucksack gefreut, vor allem, wenn es ein besonders schöner ist und der von meiner Lieblingsoma geschenkt wurde.«

Es dauert noch eine gute halbe Stunde, bis sich Frau Braun den ganzen Kummer von der Seele geredet hat und sich aber zumindest bezüglich des Geschenks hat beruhigen lassen.

»Sie haben recht. Vielleicht kann ein Rucksack ja sogar ein besonders schönes Geschenk sein und wenn ich dazu eine Kleinigkeit besorge, die ich nicht abgesprochen habe, wird das wohl hoffentlich so in Ordnung sein.«

»Bestimmt.«

Ich kippe den Rest aus meiner Malzbierflasche in mich hinein und stehe auf.

»Wollen Sie schon gehen?«

Ich schaue sie verständnislos an, schließlich habe ich ja ein beachtliches Weilchen bei ihr gesessen.

»Ja«, sage ich deshalb nur und bewege mich Richtung Tür.

»Na gut. Warten Sie kurz, ich habe noch was für Sie.«

Ich hoffe inständig, dass es keine neue Mütze ist, die sie holt, als sie eilig aus dem Wohnzimmer läuft und ich sie irgendwo in einem Schrank kramen höre. Kurz darauf steht sie wieder vor mir. Ohne Mütze, aber mit einer Packung Weinbrandbohnen.

»Etwas Seelenfutter. Sie haben es ja auch nicht immer so leicht.«

Sie überreicht mir die Packung und tätschelt mir dabei wieder die Wange. Ich bekomme noch ein gequältes Lächeln zustande und verlasse dann fluchtartig ohne ein Wort des Dankes ihre Wohnung.

Ich lege die Weinbrandbohnen in den Küchenschrank neben die Geleebananen und die nach Pfefferminz schmeckenden Schokolinsen, wobei ich mich kurz schütteln muss beim Anblick dieses Gruselkabinetts der Süßigkeiten.

Als ich abends im Bett liege und die Augen schließe, sehe ich ihn ganz deutlich vor mir. Ich sehe Herrn B. Aber nicht wie er tot im Bett liegt. Ich sehe ihn, wie er in der Sonne sitzt und lacht.

»Die Beerdigung ist nächsten Freitag«, höre ich seinen Sohn sagen.

Dann schlafe ich ein.

OPERATION GORILLAFELSEN

Obwohl es Samstag ist, sind wir beinahe die Ersten bzw. die Einzigen, die vor Öffnung des Zoos am Eingang auf den Einlass warten. Doro hat einen Lageplan in der Hand und gibt den Zwillingen, die unbedingt zu den Pinguinen wollen, mehrfach zu verstehen, dass wir zuallererst schnurstracks zum Gorillafelsen gehen und uns alle anderen Tiere erst danach ansehen.

Die Jungs akzeptieren kommentarlos die Ansage ihrer Mutter, weil sie schon merken, dass sie da nichts weiter zu melden haben und als wir den Zoo betreten dürfen und durch die noch menschenleeren Wege gehen, sprechen wir alle kein Wort. Doro ist konzentriert, den richtigen Weg auf Anhieb zu finden und wir folgen ihr einfach, während unsere Blicke immer wieder in alle Richtungen abdriften. Ich war in meinem ganzen Leben noch nie so früh im Zoo, und sowohl die morgendliche Tageszeit als auch die fehlende Anwesenheit weiterer Besucher macht schon allein diesen Weg zu einem besonderen Erlebnis. Drei Minuten später stehen wir vor der großen Glasscheibe, welche die Gorillas in ihrem Freilandgehege von uns trennt. Es sind tatsächlich welche von ihnen draußen: ein Weibchen mit einem Kleinen auf dem Schoß, ein weiteres Weibchen, was gerade etwas Salat frühstückt und vor dem Felsen in der Sonne sitzt der Silberrücken. Es wirkt so, als ob er sich gezielt die

243

Sonne auf das Fell scheinen lässt und es genießt. Er hat die Augen halb geschlossen und scheint uns noch nicht entdeckt zu haben, eben so wie die anderen Tiere.

Wir setzen uns alle ein Stück abseits der Glasscheibe und beobachten sie. Die Menschenaffen. Sie scheinen uns so ähnlich. So ähnlich wie eine menschliche Mutter, hält die Gorillamutter ihr Kind im Arm. So ähnlich, wie wir es wohl auch tun würden, löst das andere Gorillaweibchen Blätter von dem Salatkopf ab, um sie einzeln zu essen. Ihre Hände, die Finger mit ihren einzelnen Gliedern, sie wirken wie unsere. Wie es wohl sein mag, die Hand eines Gorillas zu halten? Plötzlich hebt der Silberrücken seinen Kopf und starrt uns an. Es scheint tatsächlich so, als ob er uns jetzt erst bemerkt. Was für einen Blick dieses Tier hat. Unverwandt starrt er uns an, sodass es fast schwer scheint, seinem Blick standzuhalten. Ob man ihn deuten kann, diesen Blick oder vielleicht sogar etwas in ihm lesen? Ich weiß es nicht. Aber je länger sein Blick auf uns liegt, umso mehr fange ich an, mich zu schämen. Es ist ein unglaublich tiefer Blick aus diesen wunderschönen pechschwarzen Augen, die unter mächtigen Augenwulsten gut geschützt liegen. Es ist ein besonderer Moment, der einen fühlen lässt, als würden wir mit ihm Kontakt aufnehmen und trotzdem schäme ich mich. Dafür, dass wir hier sitzen und ihn anglotzen, während er eingesperrt hinter einer Glasscheibe dies aushalten muss. Jeden

Tag muss er es aushalten, herausgerissen aus seiner natürlichen Umgebung. So ein mächtiges, imposantes Tier, was uns nebenbei noch unglaublich ähnlich sieht, wird hier gefangen gehalten, damit Leute wie ich es anschauen können, weil ein Bild nicht reicht.

»Alter, der glotzt uns die ganze Zeit voll an«, durchbricht Justus die Stille. »Komm Joni, wir gehen mal näher ran.«

Er nimmt seinen Bruder an der Hand und bevor wir überhaupt etwas sagen können, stellen sich die beiden dicht vor die Scheibe. Der Gorilla erhebt sich aus seinem sonnengesäumten Liegeplatz und geht ebenfalls auf die beiden zu. Wenn die Glasscheibe nicht wäre, könnten sie sich durch Handausstrecken berühren. Doro hat den Arm um mich gelegt und wir beobachten das Szenario.

»Selten, dass sie mal so ruhig sind«, flüstert sie mir zu und ich muss ihr recht geben.

Seitdem wir den Zoo betreten haben, sind die Jungs auffällig still und auch jetzt stehen sie völlig ruhig nebeneinander vor der Scheibe und schauen zu dem Silberrücken.

Dieser hebt jedoch plötzlich und ohne Vorwarnung seine Hand, ballt sie zu einer Faust und haut mit einer enormen Wucht auf Höhe der Zwillinge gegen die Scheibe. Diese weichen erschrocken mehrere Schritte zurück, wobei Justus hinfällt und augenblicklich anfängt, schrecklich laut zu weinen.

Doro ist in Windeseile bei ihm und klaubt ihn vom Boden auf. Jonas steht neben den beiden und guckt immer noch zu dem Gorillamännchen rüber.

»Mama, ich glaube, der will raus. Der ist voll aggro, weil er eingesperrt ist.«

Der Silberrücken reckt sein Kinn empor, wirft noch einen letzten Blick in unsere Runde und wendet sich dann ab. Während weitere Besucher ankommen und sich ebenfalls direkt vor der Glasscheibe positionieren, verschwindet er hinter dem Felsen.

Wir gehen weiter zu den Pinguinen und holen uns im Anschluss trotz der noch relativ frühen Tageszeit ein Eis, was uns eindeutig bei der Schreckbewältigung hilft.

GRUNDEHRLICHER STREUSELKUCHEN

»Also, ein Erlebnis war es auf jeden Fall«, kommentiert Doro am späten Nachmittag unseren Zoobesuch.

Wir haben die Jungs zu unseren Eltern gebracht, waren einkaufen und stehen jetzt in meiner Küche. Auf dem Küchentisch haben wir alle Utensilien für Gertis Streuselkuchen ausgebreitet. Ich bin ja eher nicht so die begabte Bäckerin, habe dafür aber eine Schwester, die nahezu alles kann und somit, wenn sie in meiner Nähe ist, alle meine Defizite spielend ausgleicht. Ich reiche an und Doro mischt, siebt und knetet. Ich beobachte sie dabei von der Seite mit einer Mischung aus Bewunderung und Befremdung. Doro ist gute zwei Jahre älter als ich. Unsere Geburtsdaten belegen, dass wir ein ähnliches Alter haben. Mein Gefühl widerlegt das allerdings. Doro ist schon immer wesentlich patenter und weltgewandter, als ich es bin. Seitdem sie Mutter ist, fällt es mir noch mehr auf.

Manchmal habe ich den Eindruck, sie ist erwachsen geworden und ich bin irgendwo zwischen Kindheit und Jugend hängen geblieben.

»So.« Sie nimmt ein Geschirrtuch und legt es über die Teigschüssel. »Der Teig muss jetzt erstmal mindestens eine halbe Stunde gehen. Wir stellen ihn am besten in die Fensterbank, da hat er es schön warm.«

Während der Teig geht, wohin auch immer, trinken wir einen Kaffee.

»Ich hätte nie gedacht, dass Gerti ein Kuchenrezept wichtig ist«, sagt Doro, während sie mit dem Kaffee in der Hand ungefragt meine Küchenschränke durchguckt.

»Ich auch nicht. Aber wenn, hätte ich eher an eine aufwendige Torte gedacht. Eine, die sich sowohl geschmacklich als auch optisch abhebt. Streuselkuchen ist so was Normales, Unaufregendes.«

»Vielleicht war das etwas, was ihr in ihrem Leben gefehlt hat. Etwas Grundsolides.«

Doro schließt meinen Küchenschrank und dreht am Knopf vom Backofen, um ihn vorzuheizen.

»Du musst in deinen Schränken mal aufräumen, Lissy. In deinem rechten Schrank hinten liegen lauter eklige Süßigkeiten. Die vergammeln da bestimmt schon.«

Ich erspare mir jeglichen Kommentar dazu und beobachte, wie sie aus Mehl, Zucker und Butter gekonnt Streusel herstellt, die sie auf dem Hefeteig verteilt, den sie mittlerweile auf einem Backblech ausgebreitet hat. Es sieht so professionell aus, als würde sie das täglich tun.

Eine Stunde später ist der Kuchen fertig und steht auf dem Tisch. Wir fotografieren aus sämtlichen verschiedenen Blickwinkeln. Wir fotografieren ihn auf dem Blech und auf Tellern drapiert, als Kuchen in seiner Gesamtheit und in kleine Stücke zerteilt. Es sind bestimmt über hundert Streuselkuchenbilder, die wir kurz darauf auf meinem Laptop begutachten. Wir sind uns schnell einig, welche Fotos am gelungensten sind, fügen diese dem verschriftlichten Rezept hinzu und laden alles gemeinsam bei einer Rezeptplattform hoch.

»Veröffentlicht!« Doro strahlt mich an und wir schlagen ein.

»Jetzt kommt das absolut Wichtigste! Wir müssen probieren, ob er überhaupt schmeckt.«

Ich lade für jeden von uns ein großes Stück auf einen Teller. Wir setzen uns nebeneinander aufs Sofa im Wohnzimmer und essen stillschweigend den Kuchen und während wir das tun, muss ich ihm zugestehen, dass er das verdient hat. Er hat es verdient, dass wir ihm unsere volle Aufmerksamkeit schenken, während wir ihn verzehren, weil er so köstlich schmeckt und mich an etwas erinnert. Er erinnert mich an unsere Oma, die uns häufig Hefekuchen frisch aus dem Ofen serviert hat. Er erinnert mich an unsere Kindheit und an das Gefühl von Geborgenheit und Wärme. Er erinnert mich daran, wie wertvoll manch vergangener Moment ist und wie das ganz Besondere häufig in den absolut einfachen und alltäglichen Dingen steckt. Manchmal sogar in solch einfachen Dingen wie einem grundehrlichen Streuselkuchen.

ERHALTUNG DES NATÜRLICHEN LEBENSRAUMES

Es dämmert schon leicht, nachdem wir mit unserer Streuselkuchenverkostung fertig sind.

»Drei Punkte von Gertis Liste sind noch offen«, sage ich, als ich uns zum Tagesabschluss gerade noch ein Glas Wein einschenke.

»Eigentlich sind es nur noch zwei«, erwidert Doro und zieht einen Notizblock aus ihrer Handtasche.

Punkt sieben: einen Yoga-Kurs besuchen, habe ich, ohne dass ich wusste, dass es auf Gertis Lebensliste aufgeführt ist, bereits abgearbeitet.«

Das stimmt. Doro besucht seit Längerem einmal die Woche abends einen Yoga-Kurs.

»Dafür musst du dich um die Tierheimgeschichte, Punkt sechs, kümmern. Ich kann das nicht machen. Die Jungs haben ja schon Schildkröten und ein Mehr an Tieren kann ich uns als Familie im Moment nicht zumuten.«

Ich gucke etwas unsicher.

»Ich weiß nicht. Mir fehlt ebenso die Zeit für ein Tier, allein wegen des Schichtdienstes.«

»Ach, das geht doch. Vielleicht gibt es ja ein ganz kleines Tier, einen Hamster oder so. Besser als im Tierheim hat er es dann bei dir allemal. Früher hatten wir doch auch Kaninchen.«

Ich seufze leise. So richtig passt mir der Gedanke nicht, weil ich selbst bei einem kleinen Tier Angst habe, ihm nicht gerecht zu werden. Aber ich merke schnell, dass ich mit meinen recht schwachen Argumenten bei meiner Schwester nicht weiterkomme.

»Und was ist mit dem letzten Punkt? Wie erfüllen wir den?«

Ich tippe mit meinem Finger auf den zuletzt aufgeführten Wunsch auf der Liste: Punkt acht, Motorrad fahren, egal, ob als Fahrer oder Beifahrer, Hauptsache zu schnell. Doro zuckt mit den Schultern.

»Keine Ahnung. Ich kenne tatsächlich niemanden, der Motorrad fährt. Du?«

Ich schüttele den Kopf.

»Na ja, da werde ich mir noch was überlegen.«

Sie leert das Glas in ihrer Hand in einem Zug und steht auf.

»So, Lissy! Wir sehen uns morgen. Du kommst zu Mama und Papa zum Mittag?«

»Jep, mache ich.«

Doro legt den Kopf schief. »Bringst du Arne mit?«

»Vielleicht. Ich frage ihn mal.«

Ich schließe die Tür und bin tatsächlich ein klein bisschen erschrocken, dass ich bis eben gerade seit geraumer Zeit nicht mehr an Arne gedacht habe. Bevor ich ins Bett gehe, rufe ich ihn an. Er hebt sofort ab.

»Lissy, wie geht es dir?«

»Gut. Ich wollte fragen, ob du morgen zum Mittagessen mit zu meinen Eltern kommst. Meine Schwester mit ihrer Familie ist auch da.«

»Das mache ich sehr gerne. Freue mich, dass du mich fragst.«

Ich muss lächeln und freue mich auch.

Am nächsten Tag holt Arne mich wie verabredet gegen Mittag ab und wir fahren gemeinsam zu meinen Eltern.

»Ich habe noch was äußerst Wichtiges mit meinen Neffen zu besprechen«, sage ich, als wir da sind.

Arne nickt und setzt sich an den Tisch neben Martin, mit dem er kurze Zeit später in eine angeregte Unterhaltung versunken ist, wie ich argwöhnisch beobachte. Die Jungs sind in meinem alten Kinderzimmer, in dem sie jetzt immer schlafen, wenn sie bei ihren Großeltern zu Besuch sind. Sie sitzen nebeneinander im Schneidersitz auf dem Bett und gucken sich ein Comic-Heft an.

»Na, ihr Zwei. Ich habe was für euch.«

Ich ziehe den Feuer-Ninja für Justus und die dazu erworbene Kleinigkeit für Jonas aus der Tasche. Die beiden gucken mich mit großen Augen an, was, ehrlich gesagt, nicht gerade die von mir erwartete Reaktion ist.

»Freut ihr euch nicht?«

»Tante Lissy, wir müssen mit dir reden.« Justus setzt ein bemüht ernstes Gesicht auf.

»Wir haben nachgedacht«, redet Jonas weiter. »Und dabei ist uns bewusst geworden, dass wir schon genug Spielzeug haben.«

Ich gucke die Zwei völlig perplex an.

»Wir wollen lieber Geld spenden für Gorillas. Wir haben uns informiert. Ihr ganzer Lebensraum wird kaputtgemacht und im Zoo leben zu müssen, ist doch eigentlich absoluter Schrott.«

Jetzt spricht Justus wieder.

»Der Gorilla gestern im Zoo war so sauer, bestimmt ist er auf die Menschen sauer, weil die ihn einsperren und ihm alles zerstören. Wahrscheinlich hätte er uns deshalb am liebsten umgehauen.«

Jonas guckt seinen Bruder an und nickt.

»Und deshalb haben wir beschlossen, dass wir nicht so sein wollen, wie die meisten anderen doofen Menschen und dass wir lieber helfen wollen, dass es den Gorillas gut geht.«

Justus zeigt mir das Label von einer bekannten Umweltorganisation, dass er auf ein Blatt gemalt hat.

»Vielleicht kannst du den Ninja zurückgeben und das Geld hierhin spenden? Mit dem Hinweis, dass sie es für den Erhalt des natürlichen Lebensraums der Gorillas verwenden?«

Ich weiß nicht, was ich sagen soll und gucke von einem zum anderen, wie sie so dastehen mit ihren ernsten Gesichtern.

»Jungs, wann seid ihr denn so groß geworden?«

Ich nehme sie beide in den Arm.

»Wie schlau und toll ihr seid.«

Sie lassen die Umarmung kurz über sich ergehen, bis sie sich gemeinschaftlich aus meinem Arm herauswinden.

»Schon gut, Tante Lissy. Wir sind ja nun keine Babys mehr.«

Ich nicke und verspreche, das Spielzeug zurückzugeben und das Geld wie gewünscht zu spenden, während ich fast vor Stolz auf meine Neffen platze.

Wir essen alle gemeinsam zu Mittag und danach hilft Arne Martin, das Auto für die Heimfahrt der Familie Lawin zu packen. Die Zwillinge stehen vor der Garage unserer Eltern und amüsieren sich köstlich dabei, einen Basketball immer im Wechsel von der Hauswand und der Garagenwand abprallen zu lassen. Meinen Vater würde dies definitiv nicht amüsieren. Er ist äußerst empfindlich, was eventuelle Beschädigung an seiner Immobilie angeht, besonders an der von ihm selbst gebauten Garage.

Doro und ich stehen an den Zaun gelehnt und beobachten die Männer, wie sie Taschen und Beutel im Kofferraum des Familien-Vans verstauen.

»Schön, dass dein Arne heute mitgekommen ist. Er versteht sich ja auch gut mit Martin«, sagt meine Schwester und knufft mich in die Seite.

»Hm«, mache ich und wende meinen Blick dabei nicht ab.

Wir stehen noch ein Weilchen auf diese Weise nebeneinander am Zaun, bis das Auto reisefertig beladen ist und Martin auf uns zukommt.

»So, Dorothea, sag mal deinen Eltern Bescheid. Wir können los.«

Kurze Zeit später, nach einem intensiven Verabschiedungsszenario, sitzen alle Mitglieder der Familie Lawin im Auto und winken, während Martin, dem aus Erfahrung die Verabschiedungen in unserer Familie immer zu lange erscheinen, umständlich versucht, in der Auffahrt zu wenden.

»Denk an die Gorillas, Tante Lissy!« ruft Justus mir noch aus dem geöffneten Fenster zu, bevor das Wendemanöver geglückt ist und das Auto die Auffahrt hinunter braust.

Arne steht neben mir und legt den Arm um mich.

»Machen wir noch was Schönes zusammen, Lissy?«

Ich lege meinen Kopf an seine Schulter, die schon immer wie gemacht dafür scheint.

»Gerne«, erwidere ich.

Auf Arnes Idee hin fahren wir zum See im Nachbarort. Hier kann man Tretboote ausleihen. Ich weiß nicht, wie lange ich das nicht mehr gemacht habe. Danach gehen wir noch Eis essen. Es ist ein schöner Nachmittag. Wir sprechen über alles Mögliche, nur nicht über uns. Als Arne mich am Abend bei mir vor der Haustür absetzt, küsst er mich. Das erste Mal heute. Er küsst mich so behutsam, als wenn er Angst hätte, was an mir kaputt zu machen. Es fühlt sich immer gut an, wenn Arne mich küsst.

Es war wirklich ein schöner Nachmittag, denke ich, als ich kurz darauf im Bett liege. Wirklich schön, aber etwas hat gefehlt. Etwas hat mir heute gefehlt zum Glücklichsein.

VORFREUDE SOMMERURLAUB

Zwei Tage später fahre ich direkt nach dem Frühdienst zu Jenny. Wir haben viel telefoniert in letzter Zeit, uns aber kaum persönlich gesehen. Sie sieht immer noch müde aus, als sie mir die Tür öffnet. Sie trägt eine Sportleggings und hat sich entgegen ihrer sonstigen Gewohnheit wenig Mühe gegeben, ihre Locken zu bändigen.

»Hast du was vor in deinem Urlaub?«, fragt sie mich, als sie ein Glas Latte Macchiato vor mir abstellt.

Ich zucke mit den Schultern.

»Nicht wirklich.«

Als ich Ende letzten Jahres meinen Urlaub geplant habe, waren Arne und ich noch kein Paar, sodass wir unsere Urlaubstage nicht aufeinander abstimmen konnten. Er hat mir bereits, als ich es erwähnte, dass ich ab Mitte dieser Woche Urlaub habe, mitgeteilt, dass er sich aktuell unter der Woche schlecht freimachen könne und wir uns, wie in letzter Zeit üblich, nur am Wochenende sehen könnten. Plötzlich schießt mir jedoch ein ganz anderer Gedanke in den Kopf, worum ich mich noch kümmern muss.

»Doch, ich habe was vor. Ich werde ein Tier adoptieren.«

Jenny guckt mich verblüfft an.

»Was willst du machen? Ein Tier adoptieren?«

»Ja, ich habe es jemandem versprochen, dass ich ins Tierheim fahre und dort ein oder mehrere Tiere adoptiere.«

»Das klingt ja irgendwie geheimnisvoll. Was für ein Tier soll es denn werden?«

Ich zucke erneut mit den Schultern. »Irgendwas Kleines, Unaufwendiges. Hast du eine Idee?«

»Wahrscheinlich macht es am meisten Sinn, wenn du erst mal schaust, was für Tiere zur Vermittlung da sind.«

Ich nicke.

»Willst du mitkommen? Du könntest mich beraten.«

Jenny zögert. »Ach, ich weiß nicht …«

»Jetzt hast du zu lange überlegt«, lache ich.

»Donnerstag ist mein erster Urlaubstag. Ich hole dich vormittags um elf Uhr ab.«

Etwas widerwillig stimmt Jenny zu und ich freue mich. Darüber, dass ich sie zu einer Unternehmung aus dem Haus bekomme und darüber, dass ich nicht allein ins Tierheim und solch eine schwere Entscheidung fällen muss.

Am nächsten Morgen komme ich nur schwer aus dem Bett. Eigentlich keine Besonderheit bei mir zu dieser frühen Stunde und dennoch bin ich in der Regel am letzten Arbeitstag vorm Urlaub etwas beschwingter. Aber heute kann ich tun, was ich will, die Motivation bleibt im Bett liegen, während ich schon lange aufgestanden bin. Die ganzen letzten Tage im Hospiz waren gefüllt mit einem hohen pflegerischen Arbeitsaufkommen. Gegen Mittag verstirbt eine ältere Dame. Sie war dreiundachtzig Jahre alt und sie hat die letzten zwei Tage nur noch im Bett gelegen, ohne die Augen zu öffnen oder auf Ansprache zu reagieren. Sie wirkte bereits vor ihrem Versterben weit weg oder zumindest so, als hätte sie schon angefangen, den Weg aus diesem Leben hinauszugehen. Nachdem meine Kollegin und ich sie ein letztes Mal gebettet und den Angehörigen Zeit und Raum zum Verabschieden an ihrem Bett gegeben haben, zünde ich die Kerze in unserem Abschiedsraum für sie an. Das Licht flackert hell auf und ich setze mich für einen kurzen Moment auf einen Stuhl und beobachte die lodernde Flamme. Der letzte

Tag vorm Urlaub ist immer etwas Besonderes, weil ich mich freue auf meine freie Zeit, aufs Ausschlafen, auf Erholung nach den letzten arbeitsreichen Tagen. Im Hospiz bedeutet er aber auch, dass ich die meisten Gäste nicht mehr wiedersehe. Ich gehe deshalb etwas andächtiger als sonst bei meinem letzten Gang vor Schichtwechsel durch die Zimmer.

»Sehen wir uns morgen?«, fragt ein Mann, den ich vor ein paar Tagen bereits an seinem Aufnahmetag im Hospiz begleitet habe.

»Nein«, sage ich. »Ich habe ab morgen für zwei Wochen Urlaub.«

»Oh, dann wünsche ich Ihnen einen schönen Urlaub.«

Er schaut auf seine Hausschuhe. »Sehen wir uns denn dann überhaupt noch wieder?«

Ich schaue ihn an. »Wenn ich das wüsste.«

Er wischt sich kurz mit dem Handrücken übers Gesicht.

»Machen Sie was Schönes in Ihrem Urlaub. Genießen Sie den Sommer und das Leben. Sie wissen ja, wie schnell alles kippen kann.«

Ich nicke. »Vielen Dank. Ich wünsche Ihnen das Gleiche. Haben Sie eine schöne Zeit mit ihrer Frau an ihrer Seite.«

Er lächelt. Ich glaube, weil er an seine Frau denkt.

Als kurze Zeit später die Tür des Hospizhauses hinter mir ins Schloss fällt, atme ich noch einmal tief durch und versuche, mich im Auto sofort mit der passenden Musik in den ultimativen Urlaubsmodus zu bringen, was mir erstaunlich gut gelingt. Abends treffe ich mich mit Marie. Wir gehen essen und trinken danach noch überdurchschnittlich viele Cocktails, sodass wir uns ein Taxi für den Nachhauseweg teilen müssen. Wir reden unwahrscheinlich viel dummes Zeug und lachen viel. Über Arne verlieren wir kein Wort. Ich finde, der Abend ist ein äußerst gelungener Urlaubsstart.

MUTTERLIEBE

Als Kind hatte ich mal von der Schule aus eine Nachmittags-AG in Kooperation mit dem lokalen Tierschutzverein. Im Rahmen dieser Arbeitsgemeinschaft sind wir Schüler alle zwei Wochen mit einer der betreuenden Lehrerinnen ins Tierheim gefahren. Das waren die letzten Berührungspunkte, die ich mit dieser Einrichtung hatte und ich weiß nicht warum, aber mir ist richtig ein bisschen mulmig, als ich den Blinker setze und die Abfahrt auf den Schotterweg, der zum Tierheim führt, nehme. Jenny hat kaum ein Wort gesprochen, seitdem ich sie abgeholt habe.

»Schön, dass du mitgekommen bist«, sage ich zu ihr, als ich auf einem der vor dem Haupteingang ausgezeichneten Parkplätze halte.

Sie lächelt schwach und wir gehen gemeinsam ins Haus. Wir warten ein Weilchen im Eingangsbereich, bis ein junger Mann auf uns zukommt.

»Ah, die nette Dame, die ein Tier adoptieren will. Wir haben ja bereits telefoniert.«

Er reicht Jenny die Hand, welche sie annimmt, aber sofort darauf hinweist, dass sie keinesfalls diejenige ist, die adoptieren will.

»An was für ein Tier haben Sie denn gedacht?«, wendet er sich deshalb nach der Begrüßung an mich.

Ich komme wie bisher immer bei diesem Thema ins Stottern und versuche zu erklären, dass meine Möglichkeiten, mich gut um ein Tier zu kümmern, begrenzt sind.

»Ich wohne alleine, habe nur eine kleine Dachgeschosswohnung und arbeite im Schichtdienst. Ich dachte an ein kleines Tier, vielleicht einen Hamster oder so was in der Richtung.«

Es entsteht eine Pause und er sieht Jenny und mich prüfend an.

»Ich zeige Ihnen erst mal unsere Einrichtung und unsere Schützlinge. Dann können Sie sich vielleicht selbst schon mal ein Bild machen. Wir brauchen übrigens auch unbedingt

Fördermitglieder in unserem Verein, damit wir unsere Arbeit hier fortsetzen können.«

Sein Ton ist mittlerweile von überschwänglich freundlich in bestimmt gewechselt. Jenny und ich nicken beide artig und folgen ihm auf Geheiß über die Anlage. Wir gehen erst ins Nebengebäude, in dem die Katzen untergebracht sind und werfen danach einen Blick auf die Vögel und Nager, die größtenteils draußen in Volieren und einem großen Freilandgehege untergebracht sind. Tatsächlich ist kein Hamster zur Vermittlung da, wie ich es mir ausgemalt hatte, dafür jedoch viele Meerschweinchen. Während wir zu den Hundezwingern gehen, überlege ich bereits fieberhaft, ob ich es schaffen könnte, zwei Meerschweinchen gerecht zu werden und wo ich am besten einen Käfig in meiner Wohnung unterbringen könnte. Die Anlage für die Hunde sieht noch genauso aus, wie ich sie aus Kindheitstagen in Erinnerung habe.

»Uns fehlt einfach das Geld, irgendwas zu modernisieren«, sagt der junge Mann, als könne er meine Gedanken lesen.

Viele große Hunde bellen durcheinander und haben sich an dem Zaun gesammelt, vor dem wir stehen.

»Wir laufen über im Moment. Sie glauben nicht, wie viele Menschen momentan in der Ferienzeit ihr Tier irgendwo an einem Rastplatz aussetzen, weil es nicht mit in den Urlaub kann oder soll.«

Man merkt seine Wut darüber und es fällt mir leicht, ihn zu verstehen. Zwischen den vielen relativ großen Hunden wuselt ein kleiner weißer hin und her. Er bellt so laut, wie er es eben schafft und läuft den Zaun hoch und runter, als würde er uns imponieren wollen.

»Der ist ja süß«, sagt Jenny und deutet auf ihn.

»Ach ja.« Der Mann lächelt. »Das ist unser kleiner Chico. Ein Malteser-Mischling. Eine seltene Rasse hier bei uns. Er ist erst ein paar Monate alt. Seine Mutter hat ihn nach der Geburt verstoßen und er hatte zusätzlich eine Infektion, die tierärztlich behandelt werden musste. Die Besitzer waren ganz verzweifelt, dass es nicht geglückt ist, dass seine Mutter ihn angenommen hat und waren mit der Situation überfordert. Somit ist Chico schon als kleiner Welpe bei uns gelandet. Er wurde mit der Flasche aufgezogen.«

»Wir nehmen Chico mit«, höre ich Jenny mit fester Stimme sagen.

»Das ist ja toll!«, entgegnet der Tierschützer und strahlt uns an.

Jenny wendet ihren Blick nicht von dem kleinen weißen Knäuel im Zwinger ab und ich gucke äußerst verstört.

»Ähm, Moment. Wie? Wir?«, stammele ich. »Entschuldigen Sie uns mal einen Moment. Wir müssen reden.«

Ich werfe ein gequältes Lächeln in seine Richtung zurück und ziehe Jenny am Arm ein Stück weiter, damit wir außer Hörweite sind.

»Sag mal, spinnst du? Ich kann keinen Hund mitnehmen.«

»Hast du es nicht gehört, Lissy?!«

»Hä?« Ich gucke sie verständnislos an.

»Seine Mutter wollte ihn nicht.«

Jenny schreit fast. Wir stehen uns gegenüber und ich versuche die Situation einzusortieren.

Da sagt sie es nochmals in einem ruhigen Ton: »Seine Mutter wollte ihn nicht.«

Sie schaut zur Seite und ich sehe, wie ihr die Tränen hochsteigen. Jetzt begreife ich es erst.

»Ach, Jenny.«

Ich nehme sie in den Arm und während ich sie halte, scheint es so, als dürfe ein Stück Trauer aus ihr ausbrechen. Sie weint so stark, dass erst ihre Schultern und dann ihr ganzer Körper zittert. Sie weint so laut, dass ich das Hundegebell im Hintergrund nicht mehr hören kann. Ich halte sie einfach nur fest und so stehen wir da wohl ein Weilchen. Vermutlich ein paar Minuten, wie lange es jedoch wirklich ist, kann ich nicht sagen, da es einer dieser Momente ist, in denen die Zeit verschwimmt.

Als wir uns schließlich aus unserer Umarmung lösen, strafft Jenny ihren Rücken, schaut mich an und wiederholt zum dritten Mal: »Seine Mutter wollte ihn nicht. Das kann ich nicht ertragen.«

Ich nicke. »Und wie machen wir das?«

»Wir teilen ihn uns. Chico wohnt bei mir und Alex und wenn wir keine Zeit haben, ist er bei dir.«

Jenny und Alex haben ein Reihenhaus mit Garten und wesentlich mehr Platz als ich.

»Er könnte ein Körbchen bei uns und eines bei dir haben. Somit hat immer jemand Zeit für ihn.«

Der Gedanke gefällt mir immer mehr.

»Oder passt das nicht zu deinem Versprechen?«

Jenny schaut mich abwartend mit großen Augen an, da ich immer noch nichts gesagt habe.

»Ich habe jemandem versprochen, dass ich ein Tier aus dem Tierheim adoptiere. Das würde ich ja damit tun, nur halt gemeinschaftlich mit dir. Ich denke, das müsste gehen.«

Jenny fällt mir um den Hals, wie ich es sonst nur von meinen Neffen kenne und wenig später sitzen wir mit dem Tierheimmitarbeiter an einem Tisch und besprechen sämtliche Themen im Bereich Hundehaltung. Danach gehen wir mit Chico eine Runde spazieren, um uns richtig kennenzulernen.

»So ein Süßer!«, ruft Jenny immer wieder, während er artig neben uns herläuft und immer wieder zu uns hochschaut, als müsse er sich permanent rückversichern, dass wir noch da sind.

Als wir uns kurz auf eine Bank setzen und Chico mir ungefragt auf den Schoß springt, um sich streicheln zu lassen, verschwinden meine Bedenken immer weiter in den Hintergrund. Wir verabreden uns mit dem Tierschützer, den Hund ab sofort täglich zu besuchen, noch ein gemeinsames Gespräch zu führen und ihn, wenn wir uns alle sympathisch und einig sind, nächste Woche mitzunehmen.

Als wir nach Hause fahren, hat Jenny ein Lächeln im Gesicht.

»Ich freue mich schon auf morgen«, sagt sie. »Wollen wir gleich morgen Vormittag wieder zu Chico? Alex hat da auch Zeit. Dann könnten sich die beiden gleich kennenlernen.«

»Morgen habe ich was Wichtiges vor. Aber ihr könnt morgen sonst ruhig ohne mich gehen. Dann hat Chico vielleicht sogar mehr Ruhe, sich auf Alex einzulassen.«

»Aber übermorgen kommst du dann wieder mit?«

»Klar, es ist doch unser Hund.«

Jenny steigt aus und läuft beschwingt zu ihrem Haus, während sie mir noch mal zuwinkt.

So habe ich mir das mit der Adoption nicht vorgestellt, muss ich sagen. Aber manchmal ist es ja so im Leben. Es läuft oft anders als gedacht. Wobei die ungeplanten Dinge oft die besten sind.

DIE BEERDIGUNG

Ich war mir die ganze Zeit nicht sicher, ob ich hingehe. Ich war mir nicht sicher, ob ich es will, ob ich es schaffe. Aber als ich zu Jenny im Auto sagte, dass ich morgen etwas Wichtiges vorhabe, wurde mir bewusst, dass ich unbedingt hingehen muss und es vermutlich unterbewusst die ganze Zeit fest vorhatte. Ich hatte es ihm schließlich versprochen. Somit fasse ich den Entschluss, dass es für mich selbst unumgänglich ist, morgen zu Herrn B.s Beerdigung zu gehen. Ich bin, wie in letzter Zeit vor so vielem, auch davor etwas nervös. Bevor ich zum Friedhof fahre, halte ich beim Blumenladen am Ende meiner Straße an. Ohne darüber nachzudenken, wähle ich eine tiefrot schimmernde Rose aus, welche die Floristin mir mit etwas Grün zu einem kleinen Handstrauß bindet. Mit diesem Strauß in der Hand schiebe ich mich mit ein paar weiteren mir unbekannten Leuten in die kleine Friedhofskapelle. Die Kapelle ist gut besucht und ich frage mich, wer wohl all diese vielen Menschen sind und welche Rolle sie in Herrn B.s Leben gespielt haben, bevor ich mich allein in die vorletzte Reihe setze. Schon beim

Hereinkommen habe ich gesehen, dass der Sarg mit Kränzen gesäumt vorne aufgebaut ist. Ich hefte meinen Blick fest auf meine Schuhspitzen und schaffe es erst, ihn wieder zu heben, als die Musik einsetzt. Keine Kirchenorgel, sondern Lieder vom Band. Ich kann mich noch genau erinnern, wie er mir die Liste mit seinen Liederwünschen gezeigt hat. Es kommt mir vor, als wäre es gestern gewesen und ich sehe ihn in diesem Moment beinahe deutlich vor mir, als ich die Augen kurz schließe und mich erinnere. Als die Trauerfeier beendet ist und die meisten die Kapelle bereits verlassen haben, gehe ich nach vorne. Ich halte einen kleinen Moment inne, in dem ich den Sarg betrachte und lege dann die Rose, welche ich seit Beginn der Trauerfeier fest umschlossen in der Hand hielt, auf dem Deckel ab. Als ich mich zum Gehen wende, steht Herr B.s Sohn hinter mir. Er nickt mir zu. Ich nicke zurück und ungewollt schießen mir die Tränen in die Augen. Mit eiligen, festen Schritten verlasse ich die Kapelle und trete ins Freie. Ich blinzele gegen die Sonne und brauche einen kleinen Moment, um mich sowohl an den Temperaturunterschied als auch an die starke Helligkeit zu ge-wöhnen. Ein paar Schritte weiter auf dem Vorplatz steht eine große Zinkwanne gefüllt mit Bierflaschen.

Auf einem Schild, das an der Wanne lehnt, steht: »Für meine Leute.« Ich muss lächeln, obwohl ich immer noch die Tränen in den Augen habe und überlege gerade, ob ich mir eine

Flasche mitnehme, als mir jemand in bekannter Art und Weise auf den Rücken klopft.

»Das gibt es ja nicht. Schwester Elisabeth!« Kletti steht neben mir. »Da hätte er sich ja gefreut, dass du hier bist.«

Ich will etwas sagen, weiß aber nicht so richtig, was. Außerdem bin ich immer noch damit beschäftigt, gegen meine Tränen anzukämpfen, was Kletti, der anfängt mich genauer zu betrachten, scheinbar nicht entgeht.

»Mensch Mädchen, du heulst ja gleich.« Er greift in die Wanne und nimmt zwei Bierflaschen heraus. »Ich nehme eins für dich mit. Komm!«

Er legt den Arm um mich und zieht mich zum Parkplatz vor dem Friedhof, wo wir uns auf eine Bank setzen, die etwas abseits steht. Er macht eine Flasche Bier gekonnt mit seinem Feuerzeug auf und reicht sie mir.

»Ich trinke meins später, bin mit dem Motorrad hier,« erwidert er auf meinen fragenden Blick. Die Luft flirrt vor meinen Augen und ich trinke in nur wenigen Minuten fast die ganze Flasche aus.

»Er fehlt mir sehr«, sagt er. »Und ich bin mir sicher, er wird für immer fehlen. Aber ich bin mir genauso sicher, es wird nicht immer so weh tun wie jetzt. Es wird besser, diese Sache mit den Schmerzen, auch oder vielleicht gerade, weil wir ihn in uns behalten.«

Ich nicke und schaue Kletti von der Seite an, dem ich so viel Tiefgang gar nicht zugetraut hätte. Er fängt meinen Blick auf und haut mir erneut kräftig auf den Rücken.

»Ich wollte jetzt noch `ne Runde mit dem Motorrad drehen. Hast Du Lust? Soll ich dich mitnehmen?«

»Fährst du zu schnell?«

Kletti grinst. »Immer.«

»Dann komme ich gerne mit. Genau das hat mir auf meiner Liste noch gefehlt.«

»Aha.«

Er grinst immer noch, während wir zu seinem Motorrad gehen und er mir einen Helm reicht. Bevor ich den Helm aufsetze, schaue ich auf mein Handy. Jenny hat mir ein Foto geschickt, wie sie Chico auf dem Arm hat. Der kleine Hund schmiegt sich an ihr Gesicht und sie lacht auf dem Bild, wie ich es schon lange nicht mehr bei ihr gesehen habe.

Ich antworte mit einem Smiley und lese die weitere Nachricht, deren Absender Arne ist: »Lissy, ich würde Dich gerne dieses Wochenende sehen und noch mal mit Dir sprechen. Bitte melde Dich morgen mal bei mir.«

Ich schalte mein Handy aus und lasse es in meiner Tasche verschwinden.

»Fertig?«, fragt Kletti.

»Fertig«, antworte ich und setze den Helm auf.

Etwas unbeholfen klettere ich hinter ihn auf das Motorrad. Kurze Zeit später befinden wir uns auf der Landstraße, wo Kletti sich definitiv nicht an das Tempolimit hält. Der Wind zerzaust mir die Haare und ich schließe die Augen, während ich meinen Kopf an seiner Schulter ablege. Vielleicht liegt es an dem zu schnell getrunkenen Bier, vielleicht liegt es an der zu schnellen Motorradfahrt, aber während in meinem Kopf sämtliche Gedanken von Gerti und Herrn B. wild aneinander vorbeihuschen, dominiert vor allem einer – und zwar der Gedanke, diesen Moment in mir festzuhalten. Diesen Moment, der mir das Gefühl gibt, so lebendig zu sein, wie selten zuvor und der mir zeigt, wie glücklich ich sein kann, ihn zu erleben. Ob ich Arne morgen anrufe? Vielleicht ja, vielleicht nein. Mal gucken, was der Tag noch bringt.